書下ろし

政商　内閣裏官房

祥伝社文庫

目次

プロローグ

些細(ささい)なことで家族と言い争いをした私は、腹を立てたまま上階の自室の書斎に入って、ドアを閉めた。

そこには、見た事もない男が立っていた。大きなマスクにサングラス、黒ずくめの服。

「死んで貰(もら)おう。今すぐ死ね」

そう言った。

「どこから入ったの？　今すぐ、出て行きなさい！」

しかし、男は返事の代わりに大きなナイフを取り出した。

肉切り包丁のような、大きなナイフ。

「お前が抵抗するなら、先に旦那と子供を殺す。お前が死ぬなら、お前だけにしてやる」

「あなたなのね？　毎日脅迫(きょうはく)メールを送ってきていたのは。『死ね、自決しろ』って」

「そうだ。大きな声を出すな。物音も立てるな。言うことを聞かなければ、お前を始末した後、旦那と子供も殺す。皆殺しにしてやる」

「私が死んだら?」

「お前だけで許してやる」

「そんな約束できるの? 私が死んだら下に行って、やっぱり」

男はジリジリと迫ってきた。

「そうしてほしければ、そうしてやるよ?」

私は、後悔した。ついさっき、本当につまらないことで夫と言い争いをしてしまった。それを謝ることが出来ないまま……永久に謝れないまま、私は……。

「そこのクローゼットを開けて、コートかなにかのベルトを使って、首を吊れ」

男はナイフの先で指示をした。

「いやだと言ったら?」

「何度も言う。お前のせいで、旦那と子供も死ぬ。お前のせいだ」

「私のせい? 私が何をしたって言うの?」

「そんな事も判らないのか。自分の胸に手を当てて考えてみろ」

私は混乱して……なにも判らず、立ち尽くした。

「テレビ、それにブログ……お前は発信力のある人間だって事を忘れたようだな。それが人を殺すことになるんだ」

男はいっそう近寄ってきた。

……もう、逃げられない。無理だ。私のせいで、夫や子供の命まで取られたくない。

「約束してくれる？」

「ああ。その約束は守る」

私はクローゼットを開けた。

コートのベルトを抜いた。

男は手を伸ばしてハンガーパイプの強度を試した。視線はまったく私から逸らさない。

それが、この男が殺し屋だと信じた理由だ。プロの手にかかれば……もう終わりだ。

「ここにベルトを掛けて、自分で首を通せ。こんな高さでも、人は死ぬんだ」

私は、震える手でベルトをパイプに掛け……輪になった部分に首を通した。

だけど……だけど、私は、殺されなければならないほど誰かに恨まれていたのか？

誰に？

恨まれていたとしても、釈明する機会すらなく、こうして死をもって償えというのか？

それほどの悪い事を、私はしたというのか？

……きっと私は自殺ということにされ、真相は誰にも知られることがないだろう。それでは、後に残された家族が、あまりにも不憫だ。どんなにか悲しみ、後悔することか……。

「最後に、最後に家族にひと言だけ！」

懇願した瞬間、男が私の足を蹴った。

あっと思う間もなく、ベルトが首の周りで絞まった。

医学は専門ではないが、常識として知っている。首吊りは、頸動脈や主気管などが強く圧迫され、脳虚血または窒息状態となり、失神状態から死に至る。その際、身体が倒れる衝撃で頸椎損傷を起こして即死する場合もある。

たぶん、そうなるのだろう……。

私は叫ぶことも出来ないまま、暗闇の中に落ちていった……。

第一章　相次ぐ謎の死

その朝、「内閣官房副長官室」の一日は昨日と同様、穏やかに始まった。

秘密組織、というわけではないが、関係者以外にはほとんど知られていないこの無名の部署で、私は働いている。

初の女性新人、しかも習志野の自衛隊特殊作戦群から異動させられてきた私、上白河レイは、ここに来てまだそれほど日が経っていない。それでも既に一度、大きな事件に巻き込まれている。その事件を惹き起こした犯人。反政権を標榜する野党議員やワイドショーのコメンテーターを襲撃し、殺害しようと試みたのは、私と同じ、元自衛官だった。

この「内閣官房副長官室」は、その名前にも拘わらず、官邸にあるわけではない。永田町の雑居ビル、それもコンビニの二階にひっそりとオフィスが置かれている。

その窓からは他のビルに遮られつつも、かろうじて朝日を浴びて輝く総理官邸が見える。

「いや〜ついに替わりましたな、総理大臣」

官邸のガラス張りのファサードから反射する光に照らされつつ、室長の御手洗嘉文さんとチーフの津島健太郎さんは茶飲み話をしている。その話題はもちろん「新政権」だ。

「政権が代わって官房長官も官房副長官も替わったから、そろそろウチも人事異動があるんじゃないですか？」

　見るからに切れ者で、仕事が出来そうな渋い中年の津島さんが、カーディガンがよく似合う好々爺風の老人・御手洗室長に水を向けた。

　この「内閣官房副長官室」は、読んで名の如く、内閣官房副長官の指揮下にある。ただし官房副長官は三人いる。衆議院議員・参議院議員から一人ずつの「政務」と、官僚から選ばれた「事務」の三人。うち事務方の副長官、つまり全ての官僚の頂点に立つ人物の直属が、この副長官室だ。従ってボスである副長官が替わったら、影響がないはずがない。

「君も知ってるだろうけど、ここはヨソの役所とは違うからね。欠員が出ない限り補充はない。人事異動じゃなくて、あくまで『補充』だからね。辞めるとか死ぬとかで空いた穴を埋める。その意味ではウチに異動はないでしょう。誰か辞めるんですかね？」

　室長はそう言いながら、一番の新入りである私を見た。

「あ、上白河くんは入ったばかりですもんね」

「いや、彼女も例外ではないですよ。前任者が辞めて空席が出来たから、上白河くんが抜擢されたわけで」

津島さんがコーヒーを飲みながら言った。そこでもう一人のスタッフである等々力健作(とどろきけんさく)さんが口を挟む。

「抜擢って言えるんですかね？　島流しというか追い出し部屋というか凍結部屋というか、そういう部署ですよね、ここは」

今日も相変わらずこじらせている。髪が薄くてギョロ目で痩(や)せた、冴(さ)えない貧乏神みたいな先輩だ。しかし等々力さんは外務省から来た超物知りで、数カ国語に精通している(と、自分で言っていた)。

「出向で流されたら、ここが最終ポストなんだって言われましたよ、ここで定年を迎えるか、自(みずか)ら辞めるか」

「しかし、室長は定年後の再雇用でしょう？」

私が来るまで一番の若手だった石川輝久(いしかわてるひさ)さんも言った。爽(さわ)やかなスポーツマン風の好青年だ。

「いやいや、室長は、その経験を買われて特に任じられたスペシャルなお方なんだ。再雇用という範疇(はんちゅう)には当たらない。ねえ？」

気を遣(つか)ってか持ち上げる津島さんに室長が言う。

「そういう津島君こそ、そろそろ警視庁から呼び戻される頃合いじゃないのかな？　この前の、殺人自衛官をめぐる活躍は、警視庁の中でも評判らしいよ？」

「いやいやいやいや」

津島は手を振った。

「私はここで、完全な黒子で一生を終えますよ。それが本望ですよ」

と謙虚に言ったところで、等々力さんが「あれ？」と妙な声を出した。

「津島さん、この前飲んだ時、オレは絶対に表舞台に返り咲くぞ！ 官房副長官室は墓場だ、とか言ってたじゃないですか！」

そう言われた津島さんは、狼狽した。

「きき、君！ 私はそんなこと言ってないよ。それは君の聞き間違い、というより、君自身の内心の声だったんじゃないの？ 君だって外務省に戻りたいんだろ？」

「君だって？ だって、ということは津島さんもそう思ってるってことになりますよね？」

「いやいや、私はそんなこと言ってない。君の記憶は正確無比だって保証でもあるのか？」

「いえ、それはないですけど、記録はあります」

等々力さんはスマホを見せた。液晶画面には酔っ払った津島さんがクダを巻いている映像が仰角で表示されている。テーブルに置いて隠し撮りをしたものか。

等々力さんがボリュームを上げると、画面の中ではまさに津島さんが「おれはね、いつまでもあんなところにはいないからな！　桜田門に戻って、バリバリ悪いヤツを捕まえるんだ！」と言い放ったところだった。

「あ！　きったねえ野郎だな！　なんでこんなもの撮ってあるんだよ！」

「いや、思うところがありましてね。せめてウチだけでも正確な事実を残しておきたいと。最近役所では、記録も記憶も消えるのがデフォルトじゃないですか」

「こんなものを残しておいたって仕方ないんだよ！　誰が情報公開請求する？」

津島さんは怒ったが、この遣り口は実に等々力さんらしい。等々力さんならやりかねない、と私は思った。彼はそういうヒトだ。

「まあしかし、ボスが替わってもここは変わらないんでしょうかねえ？」

「我々のボス、前任の副長官は黒子に徹して存在を消してたけど……今度のヒトはどうかなあ？　就任早々、やらかしてる感がありますけどね」

津島さんの問いかけというか呟きに室長が応じた。

「学術会議の件はまずかったな。あれは副長官のゴリ押しだ。新総理でさえ歯止めにはならない。やり手だけに、一度思い込んだことは何がなんでも通そうとする」

やはり警察官僚出身で官邸、省庁を問わずあらゆる役人、そして政治家の情報を一手に握っている官房副長官はゲシュタポかシュタージかと密かに怖れられ、総理でさえ気を遣わざるを得ない存在なのだと言う。

「お陰でせっかく順調に滑り出した新政権の支持率がダダ下がりだ」

「黒子であるべき副長官なのにねえ。悪目立ちするのは如何なものですかねえ」

「しかしどうなんでしょうね？　学術会議に手を突っ込んだのは官房副長官本人のこだわりですか？　それとも前総理からの引き継ぎ案件ですか？」

「どちらとも言えないね。官房副長官も、愛国保守が支持基盤だった前総理も、思うところはただひとつ、反日日本人は日本から出て行け、だからね」

「その点、今の総理は、そういうナショナリズムには一切興味がないように見えるね」

「たしかに。安保にも改憲にもまるで思い入れがなさそうだ」

「そこが前総理としては非常に不満なんだろうね」

　そこで石川さんが控えめに言った。

「たしか新総理は、総理の座が回ってきたのは青天の霹靂だとか、そんな野心はなかったとか言ってましたよね？」

「私は首相のガラじゃない、黒子や裏方が似合っている、とも」

　等々力さんが加勢した。

「いやいや、それを額面どおり信じるのはど素人だ。私が睨むところ」

　室長が少し声を大きくして、言った。

「新総理には、実は誰よりも野心がある。あの人はずっと裏方に徹して、総理になりたいとはおくびにも出さなかったけどね。しかし政治の世界ってそんなものだろ。少しでも欲があると悟られればすぐ潰される。頭も腰も低くして隠忍自重の世界ですよ。今の総理が官房長官時代、前総理の不興を買って一時干されていたことがあっただろう？」

その時にどれだけスキャンダルが起きたか思い出すのも嫌になる、と室長は言った。

「その不祥事をラインに戻った途端に全部片付けたのが今の総理だ。仕事はできる。もっと言えば世襲の、いわば貴族階級だった前総理と違って、地方からの叩き上げだから、国民の声に耳を傾けようという姿勢もある。そこが国民にもマスコミにも、今ひとつ理解されていないのだがね」

室長は残念そうだ。

「私としては、古き良き与党の伝統を継承した、つまり反日だなんだと余計なことを言わず国民を食わせていくことを第一に考える、今の総理に安定政権となってほしいと願っているんだが、いかんせん、党内基盤が弱い。再登板を狙っている前総理も、このまま引き下がることはないだろう。必ず何かを仕掛けてくる。諸君もそう思っていてほしい」

等々力さんがコメントする。

「たしかに、新総理が名乗りを上げた時の雰囲気は不穏でしたね。どうも、このままでは済みそうもないって俺も思いましたもん。就任式でも前総理と新総理の二人は、目も合わせていなかった」

たしかにそうだった、と室長はうなずいて続けた。

「でまあ、新総理だが、今言ったように、あの人は前政権の不祥事をほぼすべて火消ししてきた人だ。それも、かなり強引にね。なにしろトップがあのテイタラクだったから、尻拭い(ぬぐ)の手間も半端ではない。それを文句ひとつ言わず……実際はどうだったか知らないが……黙々とこなしてきた。それは忠誠心の表れとも言えるが、裏を返せば、それだけ野心が大きかったとも言えるのではないかと」

よほど強力な目的意識でもない限り、前総理がしでかしてきた、あそこまでの不祥事の尻拭いなどとても出来るものではない、と室長は言う。

「おっしゃるとおりですな」

津島さんが即座に同意した。

「誰も気づいていないが、新総理の目指すところは前総理とは違う。お仲間やお友達で楽しく利益を分け合おうというのではなく、本気で国民に富を流そうとしている」

少なくとも叩いてばかりのマスコミや一部国民とは違って、私はそう思っている、と言う津島さんに、私は思わず訊(き)いてしまった。

「でも、今の総理が『実はいい人』で能力もあるのなら、もっと早く総理になれていたのでは?」

「そこが二世三世のサラブレッドと、叩き上げの違いですよ、上白河君」

室長が説明してくれた。

「地盤も看板もカネもない人間が官房長官になれた、というだけでも大変なことだ。しかもそれだけではない。与党はいわば、体育会系の部活の世界です」

下級生はどんな理不尽にも耐えて汗を流さなければ上には行けない。学校なら年が明ければほぼ自動的に上級生になれるが、政治の世界にはそれがない。地道にぞうきんがけをして派閥のボスに認められなければ、出世の糸口すら摑めない、と室長は言った。

「それはどんな有力官僚出身者でも二世三世議員でも同じです。そして派閥のボスの命令は絶対です。せっかくボスから閣僚人事を打診されても、時の総理と考え方が違うから気に食わないと断る、みたいなことをしたらボスに睨まれて、その時点でアウトです。当選回数を重ねても天下を取るどころか政治家の階級を昇れない。ひたすら『ぞうきんがけ』一択で捲土重来を期す。そんな組織なんですよ」

これはまあ一般論ですけどねと付け加えた室長は、政治の世界を警察庁という独特の立場から見てきただけに、冷徹だ。

「だけど、いくら有能で、それに頑張って、大臣や総理のために身を粉にして働いても、仕事が出来すぎると、寝首をかかれると疑われて干されるんですよね」

等々力さんはそう言ってヒヒヒと笑った。

「まるで戦国武将だ。政治の世界ってイヤだねえ……仕事が出来ると潰されるって。それじゃ生き残ってる政治家は根性が悪いだけの、バカばっかりってことになるじゃないですかねえ」

「等々力くん。官房副長官室が総理官邸になくて良かったね。下手したら君、明日、東京湾に浮かんでるよ」

津島さんがニヤニヤして言った。

「『反政府は消される』都市伝説ですか？　そういう陰険な工作をやるのがうちの部署だって思い込んでるヤツもいるようですけどね。冗談じゃねえ。ニッポンにそんなゲシュタポみたいな組織はねえんだよって」

等々力さんは冗談に紛らわせたが、ちょっと首を竦めてみせた。

「まああれだ。さっきも言ったとおり前政権は、今の総理を警戒してラインから外した途端にスキャンダルが続出して制御不能寸前になったからな。口が悪いだけの副総理と、ウラ工作に長けてるだけの幹事長じゃ対処できなかった」

室長はそう言って腕組みをした。

「それもあって、前総理とそのご一統は、今の総理に対して腹に一物あるんでしょうね。つまり、現政権はいろんな意味で爆弾を抱えてるってわけです」

「前政権の負の遺産もあるし？」

等々力さんはなおも言って、自分で自分に突っ込んだ。

「おっと。本当にここが官邸と別の場所にあって良かったなあ」

突然、津島さんが大きな声を出した。

「盗聴器が仕掛けられてたりしてね。新任の副長官は疑り深いお人らしいから、身内ですら信用しないところがある」

そう言った津島さんは、等々力さんの顔色が悪くなるのを見て大笑いしている。

私は……思わず石川さんと目を合わせてしまった。

なんだか今朝は、私たちには笑えない冗談ばっかりだ。

さっきからテレビはつけっぱなしで、朝のワイドショーを流している。いつも「一般国民が何に関心を持っているのかを知るには、ワイドショーを視聴するのが手っ取り早い」と、官房副長官室の面々は、妙に上から目線でワイドショーを眺めているのだ。だがその反応はといえば、私の母親と大差がない。強いて言えば芸能人のスキャンダルや結婚離婚には、あまり興味がない、ということぐらいだろうか。

「しかしあれだねえ、ここんとこ、芸能人がよく死ぬね。立て続けに。しかも警察の見解では全員が『自殺』だって。ホントかね？」

給湯室にお茶のお代わりを取りに行き、戻ってきた室長がボヤくように言った。

「ホントかね、とおっしゃいますと？　警察発表が虚偽ではないかと？」

警視庁捜査二課出身の津島さんが問い返した。

「だってそうだろ？　この前は前途洋々のカワイコちゃんアイドルだし、すぐその前には大きな大会で優勝したばかりの女子ゴルファー、その前は渋い舞台俳優、ＩＴで当てた青年実業家……」

　室長は指を折りながら数え上げた。

「自殺したとされている人たちには共通点はまったくない。強いて言えば、有名人ってところだけだ。報道によれば、遺書はなかったんだろう？　遺書もないのに自殺と断定するのは短絡的じゃないのか？」

「ネットの情報によれば、自殺した芸能人はみんなクローゼットで首を吊っていたとか……」

「等々力さん、ネットの書き込みなんてウワサとウソの塊じゃないですか。マンションでひっそり死ぬならクローゼットでしょう？　現代の住宅には鴨居なんかないんですから」

　石川さんが口を挟んだが、等々力さんが一撃のもとに粉砕した。

「室長が最初にあげた前途洋々のカワイコちゃんアイドル、美里まりんと言うんですが、あの子が自殺するはずなんか、ないんです！　絶対に！」

　等々力さんは、冴えないオタク拗らせ中年で、アイドルに異様に詳しい。彼のスマホには、主要アイドルのデータベースが入っている。以前見たくもないのに無理やり見せられたのでしっかり覚えている。

「美里まりんは東京都葛飾区出身のチャキチャキの江戸っ子で、気っぷが良くて竹を割ったような気性、根に持ったり悩みをいつまでも抱えるようなタイプではないんです。歌もまあまあだし踊りもまあまあ、スタイル抜群で可愛いし……結論。あの娘に限って、自殺は有り得ません」

　そう断言する等々力さんに石川さんが突っ込む。

「けど、そういうのは作られたキャラクターかもしれないじゃないですか。芸能人じゃなくても、今はあらゆる人がキャラを作って生きている時代ですよ？　直前までとても元気で、まさか自殺なんて思いも寄らなかった、なんてケースがいくらでもあるでしょう」

「まあ……仮に自殺だとすれば、『個人的な悩みのすえの突発的自殺』ということにしかならないんだろうねえ。他人の内面には誰も踏み込めないからね」

　室長が取りなすように言った。

　その時、突然画面が切り替わり、見るからに知的な美女がインタビューを受けている映像が流れ始めた。

「新進気鋭の美人政治学者か……確かに美人なんだが、こういう報道でいちいち美人と付けると、女性団体や、意識高い系の視聴者からクレームが来るのに」

と、等々力さんが言いかけたとき、その映像にテロップが重なった。

「政治学者・上野原朋子さん、死去」

女性アナウンサーが少し慌てた声で原稿を読み上げた。

『たった今入ったニュースです。政治評論家で慶明大学准教授の上野原朋子さんが今朝、自宅で亡くなっているのが発見されました。三十八歳でした』

「えっ！」

津島さんが反射的に立ち上がり、そのニュースを伝えるテレビ画面を食い入るように見つめた。

『上野原さんは歯に衣を着せない発言が人気を呼んでテレビの討論番組に数多く出演する傍ら、政治学者としての業績にも定評があり、先月出版された「バカしかトップを取れない日本政治」はベストセラーになっていました』

「まさか……アイツが死んだ？　そんな筈はない……絶対にない！　上野原朋子はそんな気配はカケラも見せず、ケラケラ笑ってたぞ。それも昨日の夜だ。おれはアイツと飲んだんだ。おかしいだろ！」

津島さんが、呻くように言った。

「……アイツは、上野原朋子は、絶対に自殺なんかするような人間じゃない」

続いて流れたコメンテーターの発言も、関係者に聞いたという「政府諮問委員に内定しかけていたのを外されて悩んでいた」「家庭問題でノイローゼか」という、要するに「誰が言ったのか判らない」根拠が不明のものばかりだ。

「何言ってるんだ、コイツらは！　何を知ってるんだオマエらは！」

津島さんは動揺しきった様子でスマホを取り出すと、慌ただしく電話をかけた。

「あ、津島。忙しいところ悪い。今テレビで観たんだが、政治学者の……ああ、ああ……本当なのか……判った。済まんね」

通話を切った津島さんは、腰が抜けたように自分の椅子に座り込んだ。

「今ホンチョウに確認した。事実だそうだ」

そう言うと、焦点が定まらない視線のままぶつぶつと呟いた。

「しかし……アイツが……アイツが、何故？」

こんなに狼狽えた様子の津島さんを初めて見た。それは私だけではない。さすがに鈍感な等々力さんも言葉が出ない様子だ。

「アイツは自殺するようなタマじゃないぞ！」

津島さんは、徐々に怒りが募ってきたようだ。

「アイツはとことんタフな人間で、やる気の塊だったんだ！」

「アイツって……津島さんは、そこまで仲がいいお知り合いだったんですか？」

私が訊くと「そうだよ！」と憤懣やるかたない返事が飛んできた。

「……深夜の長時間討論番組で対決したんですよね」

石川さんが言った。

「ああそうだよ。もう何年前になるのかな。『朝まで生激論』って番組で、私はどういうわけか政府の代弁者として何度か出演させられて……なんでオレなんだって抵抗したんだけど、どうしても頼むと副長官に言われて仕方なく出ることになって……」

「知ってます。見ましたから。津島さんが、その美人学者さんにボコボコにされたんですよね！」

石川さんは、何故か嬉しそうに言った。

「そうなんだよ……文字通り完膚なきまでに叩きのめされた。警視庁の道場で柔道の乱取り百連発やった気分だったよ。アイツ……上野原朋子はマサチューセッツ工科大学の特別研究員を辞めて日本に帰ってきたばかりで、もうイケイケだったし」

ちょうどタイミングよく、テレビには亡くなった上野原朋子先生の写真が映し出された。

見れば見るほど知性美に溢れた超美人だ。下手なことを言うとばっさり殺られそうな、勝ち気で聡明で強い意志が表情からも滲み出ている。

「今の亭主と結婚して日本に戻って有名大学の准教授になったんだ。あの頃はもう、向かうところ敵ナシで、学会の重鎮や大物、権威、顔役なんかでもバッサバッサだった。ほら、あの映画監督、激昂すると『バカヤロー』って叫ぶあの親父にさえ怯まず立ち向かっていた。なんか不思議な魅力があってな。私とも、ガンガンやり合ったけど、番組が終わったら仲良くなって」

「津島さんはガンガンやり合ったんじゃなくて、ボコボコにされたんですよね」

石川さんが訂正した。

「そうなんだけど！　そうなんだけどさ……」

津島さんの声が弱くなってきた。

そうだ、私もその番組を偶然見たのだ。

「思い出しました！　私も見てましたよ、その番組。たしか雨の夜で」

自衛隊に入る前、私は福生で暴走族をしていた。走り屋としては開店休業の雨の夜、することもなくて家で夜通しダラダラとテレビを見ていた時だ。いつもはこ難しい討論番組なんか見ないのだが、たまたま合わせたチャンネルで、若い美人がオッサンを口だけでボコボコに叩きのめす、物凄いバトルが展開されていて目が離せなくなったのだった。

「女王さまみたいなすごい美人に滅茶苦茶言われている、と～っても情けない人がいて、何あれチョーカッコ悪い！　って思ってたら、あれ、津島さんだったんですね！」

Sの女王様が舌なめずりしながら虚勢を張るオッサンをぶった切っていく。相手の論拠を崩し論法を麻痺させ、言葉のロープでオッサンをぐるぐる巻きにして、あげく尻を蹴飛ばして東京湾に放り込む……そんな鮮やかな「言論殺人ショー」だった。

「バトルのテーマは労働問題でしたっけ？」

石川さんが何かを思い出しながら訊ねた。

「たしか、最初の回はそうだったな。非正規雇用者が全体の四割、身分が不安定で先の保証もないから結婚にも子作りにも踏み出せず、その結果として少子化が続く。人口が減るのは国のせいだ、国は自分の首を絞めてるのが判らないのか！　って。おれはね、一応政府の立場の代弁者だったから、防戦にこれ努めながら自分でもこれは嘘だな、苦しいな、と思いつつ政府の擁護をしていたわけだよ。論破されてズタズタにされたのも当然だ。なにしろ喋ってる本人が間違ってると思ってるんだからさ。それに、あの番組は、政府側を血祭りに上げるショーだしね。ズタボロにされながら、ようやく判ったよ。マトモな官僚が出演しなかった訳が。巡り巡って関係が無さそうなオレにお鉢が回ってきた理由がね。私がどんなにズタボロにされても、政権中枢には何の傷にもならないからさ。テレビ局としては、私のようなオッサンが若い美女にケチョンケチョンに言い負かされるのを面白がって、是非また出て欲しいって懇願されて、仕方なく何度か出た」

津島さんは自嘲の笑みを浮かべつつ、この上もなく懐かしそうな声になった。

「私としてはあまり思い出したくない黒歴史ではあるけれど、アイツと友達になれて、それだけはよかったと思っていたのにな」

津島さんは立ち上がると窓に歩み寄り、外に顔を向けて話し続けた。

「あの番組は、深夜に生本番が終わると、局の社員食堂でお疲れをやるんだが、アルコールも出て、みんな和気藹々になるわけ。本番中はバカだのアホウだの罵り合ってた相手と仲よくお酒飲んでご飯食べて談笑するわけ。本当はみんな、仲がいいんだよ。ツンケンするのはオンエア用の設定なんだ。で、私も彼女と、どういうわけか意気投合しちゃってさ、それから何度もメシ食ったりお酒飲んだり。こっちの情報を聞き出したかったりもしたのかもしれないけど、私は、彼女と話すのが楽しかったな……本当に」

津島さんの声が鼻声になったのでよく見ると、泣いていた。

「だから、昨日の夜も飲んだんだ。彼女は今の政府の労働政策に怒ってたな……」

「今、テレビでは、政府諮問委員に内定しかけていたのを外されたのが自殺の原因だって、そう言いましたよ」

ときどき無神経になる等々力さんが言ってしまった。今そんなことを言っちゃマズいだろうに……。

「いや、アイツに限ってそれだけはない」

津島さんは振り向いて、キッパリと言った。眼が赤い。

「アイツは逆に闘志を燃やして、『私を外したのは、私の言うことがよっぽど煙たかったんでしょうね。政府がその気なら望むところよ。徹底的にやり返してやる！』って言ってたんだぞ。それに、結婚生活も私生活も順調だったし。テレビにも出てたし、これを人生順風満帆と言わずして何とするって調子だったんだぞ。昨日の夜だぞ！　たった十二時間前のことだ！」

それなのに……と津島さんは俯いた。

私たちにも、どう声をかけたらいいのか判らない、とても重い雰囲気になってしまった。

そんな中でも鈍感な等々力さんは、にこやかにもっと何か言おうとしたので、石川さんが慌てて彼の口に手を当てて黙らせた。

「まあ……我々他人には思いも付かないアレコレがあったんでしょう。そうとしか思えませんよ。津島君もあんまり気に病まないように、ね」

室長が気を遣いながら、言った。

その時。沈痛な空気を破るように元気よくドアがノックされ、ノックを上回る元気さでドアが開いた。

「おはようっス！」

入ってきたのは、鴨居崇。大物政治家で今回も新内閣で横滑りの副総理をやっている鴨居センセイの一人息子だ。まだ高校生で今日は平日なのに、朝から何をしてるんだ？

「崇くん、学校はどうした？」

当然ながら津島さんが訊いた。

「今日は創立記念日でお休みッス」

華奢な高校生は、人懐っこい笑みを浮かべた。出会ってすぐの頃はまさに反抗期全開、ハリネズミのように誰も寄せ付けない、尖りまくったクソガキだったが、大きなヤマを一緒に乗り越えて、私たちには敬意を払うようになった。

本当に崇の高校が創立記念日かどうか判ったものではないが、いちいち確かめるのも面倒臭い。

だが、今日はその崇に、連れがあった。

「いつもお世話になってるんで……先輩をお連れしました」

私たちにお世話になっているって意味か、お世話になってる先輩って意味か。彼の言動は相変わらずテキトーで意味不明だ。

どぞ、と崇がドア外に呼びかけると、長身の人物が颯爽と入ってきた。やたら身体にフィットしたスーツに身を包んだ、色白の若い男。銀髪に染めているので年齢は不詳だ。何だか宇宙人かアンドロイドみたいな人工的な感じがする。少なくとも高校生には見えない。

私の目は、その人物に釘づけになってしまった。

「こちら香月先輩です」

「香月友治と言います」

長身の男は丁寧(ていねい)に頭を下げ、私たちに名刺を差し出した。名前しか印刷されていない、何の役にも立たない名刺だった。

「先輩とはこの前、バーで知り合って」

「おいおい。高校生がバーに入っちゃイカンだろう」

思わず、という感じで室長が言った。

「いやもちろん、ジュースとかジンジャエールを頼みましたよ！」

崇はあくまで調子がいい。

「で、香月先輩とはスポーツクラブで、一緒にスカッシュとかやったりして」

「先輩って、高校の？」

「あ、いえ、年上なので先輩と」

崇とは十歳くらい離れている感じで、そんな友達をどうしてここに連れてきたんだ？と私は首を傾(かし)げた。それは他の面々も同じ気持ちだろう。

「おれがちょっと、政府の秘密組織を知ってるんですよって話したら、是非行ってみたいって言われて……」

「おいおい崇くん。それはちょっと困るね。君はそういう感覚で、総理官邸にも遊びに行ったりするのか？」

津島さんが正面から叱(しか)り始めた。

「それに、ここは秘密組織じゃない。公の政府機関だ」

「半ば忘れられた、盲腸みたいな機関ですけどね」

自虐する石川さん。

そのやりとりを、「香月先輩」はクールに眺めている。

「まあ、立っているのもなんだから、と歓待したいところだけど、ここはそういう場所じゃないのでね」

等々力さんが邪険に言った。

みんな、崇に遊びに来られるのを迷惑がっている。言葉にこそしないが、態度で判る。

だがその空気を察した崇は、逆に反抗的になって、余計に食い下がってくる。

「コーヒーくらい飲ませてよ。せっかく来たんだし」

「いやいやだから、ここは役所なんだから」

と津島さんがさらに突っ撥ねようとすると、室長がコソコソと耳打ちした。

「まあ、たしかに、せっかく来たのに追い返すような真似をするのも失礼ですな。まあどうぞ。上白河くん、本当に悪いけど、コーヒーを」

室長がソファに案内した。

私も来客用のカップにコーヒーを淹れて、二人に出した。

「粗茶……いえ、安物ですが」

「あ、いえ」

香月先輩は軽く頭を下げて、コーヒーを一口飲んだ。

「そんなことないです。とても美味しいですよ」

ニッコリ笑う香月先輩の顔は輝いていて、まるでスターのようなオーラを感じた。

「あの……香月さんは何をやってらっしゃる方なんですか？」

思わず訊いてしまった。身のこなしに、何か武術か、格闘技をやっているような雰囲気を感じたのだ。それだけではなくなぜかとても気になって、この人のことをもっと知りたくなったのだ。

「僕ですか？　商社に勤めているときに海外勤務の経験があって、その時に当地のビジネススクールにも通って学位を取りました。今は独立して、個人で貿易商をしています」

「貿易商って、どんな？」

「手広くやってます。インテリア雑貨から精密機器まで、リクエストに応じてなんでも、という感じで」

「凄いんですね」

香月さんは照れて「いえいえ」と手を振ったが、そこに崇が身を乗り出した。

「先輩。この人、上白河さんって言うんですけど、凄いんですよ。一見可愛いけど、物凄く強いんです。カンペキな殺しのテクニックを身につけた、人間凶器っていうか」

「ちょっと！　人聞きの悪い事、言わないでくれる？」

私はこれまた思わず、崇に声を荒らげてしまった。

「だってそうだろ？　この前の一件だって、上白河さんの大活躍で事件は解決したんだから。相手は凶器を持ってたけど、上白河さんは素手で立ち向かったんですよ」

「そうだったかな？」

私はトボケた。

「そうだったじゃん。いやいや、なんでおれのほうが詳しいワケ？　彼女、元は自衛隊で……」

「あ〜、鴨居くん。ここの職員の個人情報をみだりに漏らさないでくれるかな？　最近はいろいろうるさいのでね」

津島さんがストップをかけてくれた。

しかし、これで崇の面目は立ったようで、二人は腰を上げた。

「なんか、済みませんでした。お仕事中、お邪魔しました」

世間というものが判っているらしい香月先輩は私たちに頭を下げてから、崇の肩に軽くパンチを入れた。これは親しみの表現だろう。

「それでは、失礼します」

二人が出ていって、私たちは顔を見合わせた。

「なんだあれ？　いわゆる有名人の顔見せ訪問ってやつ？」

等々力さんは貰った名刺を見た。

「名前しか書いてない名刺を配る意味って何なんです？　自分は超有名人だ、セレブだってアピールですかね？　普通なら、肩書きとか連絡先が書いてあってこその名刺なのに」

「いや、だからね、あの香月氏のバックには、ある有力者が居るらしいんだ。歴代の首相にも繋がる、大変な大物と噂される人物が」

まあ、噂に過ぎないが、と言って、もっともらしく頷いた室長が私に言った。

「ときに上白河くん。君はなんだか、香月氏にホの字のようだが」

「え？　とんでもないですよ。どうしてそんなこと判るんですか。会ったばっかりなのに」

「そりゃ君、彼を見た瞬間に君の表情が変わったし、目の色だって変わったし。君くらい感情が顔に出るヒトも珍しいぞ」

津島さんが茶化すように言った。

「香月氏も君に興味がある感じだったしな。まあだから、今後どこかで会ったりした場合、くれぐれも失礼のないようにね」

「そんな……そんなことありませんよ」

なぜかムキになって否定してしまった。

崇の突然の来訪は乱入と言ってよかったが、珍しいことではない。知る人ぞ知る組織だからということなのか、名前も知らない議員がいきなりやって来て、陳情し始めることさえあった。なぜここに来たのかと聞けば「官房副長官から総理まで直結している、そういう重要な部署だから、わざと存在が隠されてるんでしょ?」と言われたりする。実際は、政権のドブ掃除みたいな仕事ばかりなのに。

点けっぱなしのテレビには、作家でコメンテーターの柊ミカコが、「あの強いハートの持ち主が自殺なんて……絶対にありえません!」と言っている。

柊さんとはこの前の事件以来、仲よくさせて貰っている。影響力のあるテレビのワイドショーのレギュラーで、公然と政府を批判するコメンテーターという理由で政府にマークされており、挙げ句命まで狙われたのだが、私としては彼女の言うことはほぼ間違いがないと思っているし、人としても大好きだ。そんな柊さんが「自殺ではない」と言うのだから……いやいや、それだけではない。直接親しかった津島さんも「アイツは自殺しない」と言い切っているのだから、やっぱり上野原朋子という人の死には不審な点があるのだろう。

そのとき、司会のアナウンサーの元に、さらに原稿が入った。

『今入ったニュースです。群馬県にある企業の研修施設で、帝都新聞論説委員の日下部十朗氏が亡くなっているのが発見されました。詳しい事は判っていません』

『ええと、それはどういうことですか？　誰が亡くなったんですか？　事故？　自殺？　殺人？』

柊さんが質問したが、アナウンサーは『詳細は調査中とのことです』としか答えられない。

「なんじゃそりゃ」

等々力さんが呆れたように言った。

「ほとんど何にも判らないのに報道するの？　そもそもニュースの出所はどこだ？」

「おいおい等々力くん。テレビに向かって悪態をつくようになったら独居老人だぞ」

津島さんが揶揄うように言った。

「いやまあワタシはもう独居老人みたいなモンですけどね」

と、等々力さんが言い返したところに電話が入った。

「はい内閣官房副長官室。はい。副長官、御手洗です」

電話に出た室長の声がいきなり緊張を帯びた。

「はい。了解しました」

そう言って電話を切ると、室長は向き直り、全員に言った。

「今テレビで流れた件だが……副長官から直々に指示が出た。要するに、マスコミにこれ以上の報道をさせないよう、現地に飛んでハナシをつけてこいと。事実関係については伏せて、あくまでも病死、急病による急死という説明で押し通すよう要請しろと」

「ってことは、病死のタグイではない死亡ってことですな？」

津島さんがパソコンのキーを叩きながら、訊いた。

「出しちゃマズい事件なら、どうしてテレビ局に漏れちゃったんでしょうね？　最初から伏せておけばいいのに」

「等々力くん。そんなトーシローみたいなこと言うなよ。マスコミは消防無線を聞いてるんだ。妙な出動があればチェックが入るし警察も隠し通せない。さらに警察が何も発表しなければ、マズい事件なんか全部隠されてしまうだろう。そういうことじゃないのか？」

なるほど。津島さんの説明に、私は納得した。

「つまり、マスコミのツッコミに耐えきれずに群馬県警は概要の概要を発表したけど、副長官からの指令は、それ以上突っ込まれたり後追い報道されたりしないようにブロックせよってことですね」

「いや、群馬県警は知らないそうで、救急の出動要請もないそうです」

室長は電話を受けながら走り書きしたメモを読み上げた。

「群馬県N市にある大手人材派遣会社『キャリウェル』の研修施設で、滞在中だった帝都新聞論説委員の日下部十朗氏が死亡しているのが見つかった。発見は今朝九時ごろ。施設に常駐している医師が死亡を確認。状況から見て自殺らしい」

「だから？」

等々力さんが首を傾げた。

「もっと詳しい事を聞かないと。だいたい人材派遣会社の研修施設に、どうして大新聞の論説委員が滞在してたんです？　研修の講師か何かですか」

「いや、そういうことではなさそうだ。キャリウェルというのは、日本有数の人材派遣会社で、最近は政府の補助金事業の事務代行などもやっている。群馬県N市に研修施設を持っていることになっているが、この施設の実態は、キャリウェルの、いわば迎賓館（げいひんかん）だ。要人を心ゆくまで接待するための豪華な施設で、山一つすべてを所有しているらしい」

「なるほど。迎賓館ですか。そこで政府の人間を接待して受注に結びつけるわけですな。そんなところにどうして大新聞の論説委員が？　接待されてたんでしょ？　まさか腹上死とか？　本当に自殺なんですか？」

「不謹慎（ふきんしん）だぞ、等々力君。死亡宣告をした医師の見立てでは、自殺という判断だそうだ。だが、そういう場所での自殺となればあらぬ疑いを招くし、事故死にしてもいろいろ勘ぐられそうだし、ましてや事件性ありとなれば言語道断（ごんごどうだん）だ。ということで、とにかく、この件全体を揉（も）み消して、報道しないようにしてほしいと。さっきの第一報だけなら、何のことだか判らないまま忘れられるだろうと」

「しかし新聞の論説委員なら民間人でしょ。揉み消すならその新聞社がやればいいのでは？　そもそも、揉み消すほどの事なんですかねえ？」

　等々力さんが首を傾げた。

「ほう？　情報通の等々力くんともあろうものが、ウラが読めないのかね？」

　津島さんが突っ込んだ。

「キャリウェルがただの人材派遣の会社じゃないことは知ってるよな？　政府に食い込んで、諮問委員会そのほか、ありとあらゆる委員会に人を送り込んでるし、政府のさまざまな事務も請け負ってる組織だぞ。あそこの会長は元大臣で元総理の政策顧問だった立山大祐。それに、問題の群馬にある研修施設だが、研修というのは名目で、その実態は、今言ったようにグループ全体の迎賓館だ。要人の接待や大きな会議をやっている。一流ホテルもビックリの設備とスタッフを揃えているそうだ」

「そこに、帝都新聞の論説委員が……ですか。帝都と言えば、反体制でリベラルが売りの新聞ですよね？」

　既にピンときた等々力さんは頷きながら返事をした。

「その論説委員を歓待して帝都新聞を取り込もうとしたのか。いや、実はウラでは帝都とキャリウェルはツーカーの関係だったのか……」

「巡り巡って、キャリウェルの不祥事、イコール政権の不祥事ってことになる。だから騒ぎが大きくなる前に蓋をする。さすがやり手の官房副長官。悪知恵が冴えている」

津島さんはそう言って立ち上がった。

「では、行ってきますか。群馬のN市……高速使って二時間くらいか」

「ヘリ飛ばしますか？」

石川さんがなんだかウキウキした感じで言った。

「君、乗りたいの？　あんまりいいものじゃないけどね。それにヘリポートまでの時間を考えたら……ここからチョクに向かっても大差ないんじゃないかな」

室長が穏やかに言った。

「私は官邸に行って副長官と詰めてきましょう。立山大センセイも出張ってくるかもしれませんしね」

「立山と言えば……現代の政商、それも悪の権化のように言われてますな」

またも等々力さんが口を尖らせた。

「正社員を減らして非正規雇用を増やし、日本の社会を不安定にした張本人。国際競争力の維持を名目に、大企業に一方的に有利な政策を推進し……」

「個人的な感想です。諸説あります、とテレビならテロップが出るところですね」

石川さんが横から言った。

「茶化すんじゃないよ。おれは、本気で、あの男が日本をメチャクチャにしたと思ってるんだ」

等々力さんの熱が籠った言葉に、他の面々は黙ってしまった。

「あれ？　みんな賛同してくれると思ったのに……」

「微妙なんだよな、この問題は。普通に考えれば等々力くんの言うとおりなんだが……」

津島さんが困った顔で言った。

「一応、今の総理と立山は強い繫がりがあって、立山が民間人に戻っても経済問題の師匠的扱いだ。それに我々は、政府の一員でもあるのだから、おおっぴらに親方日の丸の批判をするのはマズいだろう」

「いや、おれは総理を批判してるんじゃなくて、立山を」

「同じ事だよ」

津島さんは厳しい顔で言った。

「私は室長とともに官邸に行く。そのあと、警察庁にも寄って本件の扱いを協議して……そのあとは上野原さんのお通夜に行ってくる。君らはN市に向かってくれ」

官房副長官室の面々は立ち上がった。

＊

「どうも納得いかないんだよな」

る。

関越自動車道をひた走るワンボックスカーの中で、等々力さんはブツブツ言い続けてい

「どう考えたって立山と、当時の総理の犯した罪は重くて取り返しがつかないことになってると思うんだけどな」

後部シートで腕組みしてふんぞり返っている等々力さんは、運転している石川さんに「そうだろ?」と同意を求めた。

「君は国税庁から来てるんだから、経済のことには詳しいはずだ」

「国税庁は税金を取るところなので、マクロ経済のことまでは……」

石川さんはわざとらしく肩をすくめてみせた。

「おいおい、ここでナニを言っても上にはバレねえよ。それにウチの部署は、思想信条の自由に関しては、きっちり守られてるぜ?」

等々力さんはそう言って、コンビニのオニギリを取り出し、フィルムを剝いた。

「等々力さん。休日のドライブじゃないんですよ」

私はやんわりとご注意申し上げた。

「このドライブレコーダー、安全のために車内も記録してるの、知ってました?」

等々力さんは慌てて居ずまいを正し、食べかけのオニギリをポケットに仕舞った。

「……とは言ってもだよ? なんで我々が、民間の不始末の尻拭いっつーか、報道差し止

めっていう伝家の宝刀まで出さなきゃならんわけ？　君ね、報道差し止めって簡単に言うけど、これは大変なことなんだよ？　国民に知らせないって事だからね」

しかも、あの立山の会社だ、と吐き棄てるように言った。

「あんな奴の悪事、ありったけ晒して叩きまくればいいんだよ！」

「あの、等々力さん。等々力さんはどうしてそんなに、立山って人を憎んでるんですか？」

助手席に座っている私は振り返って、訊いた。

「根本は、人件費を抑えるために非正規雇用を増やしたこと。本来なら臨時雇いと言って、身分の保証が無い分、正社員より高い賃金を払うべきなのに、どういうわけか正社員じゃないヤツは二流三流だから安くコキ使えって話にスリ替わってしまった。その結果が、給料は安いわ、会社の業績に応じて首を切られるから先の保証はないわ、社会保障もないわのないないづくし。だけど最初のころは『自由な働き方が選べる』とかオイシイ事ばかり言ってさんざん煽った。で、どうなった？　生活不安だから結婚も出来ない。結婚出来ないって事は子供が出来ない。人口が増えない。若い世代が減れば政府にお金が入らず、年金そのほかの原資が供給できなくて、社会保障はボロボロになる。今、それが進行中だ。日本をガタガタにした張本人、それが立山なんだよ！」

「それが判っているのに、どうして立て直そうとしないんですか？」

「そりゃ雇う側としては、人件費が安い方が有り難いからだよ！　将来的に人口が減ろうが、今企業の経営者をやってるジジイどもの知ったことではないんだよ！」

そう言った等々力さんは、私が座っている助手席の背を蹴った。

「君も、もっと勉強しろ！　そろそろウチに来て半年だろ？　いつまでも『何も知りませーん』『教わりませんでした〜』『底辺の高校でした。私バカです〜』じゃ通用しねえぞ、こら」

だんだんと言葉遣いが悪くなってきた。お酒を飲んでいるわけでもないのに、等々力さんの目が据（す）わっている。

「おい、次のサービスエリアに入れ。ちょっと……気持ち悪くなってきた」

等々力さんは酔いは酔いでも、車酔いしていたのだ。

「次はＳＡじゃなくてパーキングですけど……」

石川さんはカーナビを見た。

「嵐山（らんざん）パーキングです」

「いいからそこに入れ！」

嵐山パーキングエリアのトイレでスッキリした等々力さんは、スナックコーナーで何か食べると言い張った。玉子丼とうどんのセットを食べる等々力さんと同じテーブルで、私と石川さんはソフトクリームを舐（な）めながら、等々力さんの食事が終わるのを待った。

「ねえ等々力さん。僕たち遊びに来てるわけじゃないんですからね。さっさと食べてくださいよ。だいたいさっきだってオニギリ食べてたじゃないですか！」

　時間を気にした石川さんは少し苛立っている。

「食べてないって。車内にもドラレコが仕掛けてあるとか、余計なこと言われたから食い損ねた」

「オトナは普通、車酔いはしないもんですけどね」

「悪かったね。おれはいつまでも純真なんだよ！」

　等々力さんはそう言ってうどんをじゅるじゅると啜り上げた。どう考えてもワザとやっている。

「さあ、早く行きましょう！　ついさっき、津島さんから『もう着いたか？　パトカーに先導させようか？』って電話が入ったんですよ！」

　石川さんは腕時計を見ながらなおも急かす。

「いいじゃねえか。急いで食ったたって、十分も変わらねえよ」

「等々力さん、本当は行きたくないんじゃありませんか？　そもそもが民間で、ウチの管轄ではないこの件に、フタをする任務がイヤなんでしょ？」

　あくまで反抗する等々力さんを見て、私も思ったことがつい口から出てしまった。

「ふん？　だから駄々をこねてサボタージュしてるってか？　まあそうかもな。人間、やりたくないことは先送りするもんだろ?」

「しかし、津島さんが……それに、情報を伏せるのなら早く行かないと」

石川さんはやきもきしているが、等々力さんは、我関せずのままだ。

「急いで行って、論説委員が生き返るか? もう死んでるんだから、じっくりやろうぜ」

ついに石川さんが、等々力さんの手から割り箸をもぎ取って腕を摑んだが、そこで「待ってください」と私が止めた。

「考えてみたら、このへんでご飯食べておかないと、この先ずっと食べられないのでは? 夜まで食べられないのは辛いです」

「ほうら見ろ!」

等々力さんは勝ち誇った。

「石川くん。君だって若いんだから、腹が減るのは辛いだろ?」

結局、私たちはここでランチを食べた。正直言って、辛味噌からあげ丼はなかなか美味しかった。

沼田インターチェンジで一般道に降りると、すぐに山間の道になり、そこからは山を越え、谷を縫うようにえんえんと走った。スピードを出せないから、想定以上に時間がかかる。カーナビの到着予定時刻は十四時十五分と表示された。

「研修施設だか迎賓館だか知らないが、どうしてこんな山の中に作るんだよ？　カネはあるんだろうから、もっと便利な場所に作ればいいじゃないか！」

　等々力さんは文句を言い続けている。

「儲かってる会社の迎賓館なんだろ？　お客を呼んでいい気持ちにさせて、取引を上手くまとめようってところなんだろ？　だったら都心にドーンと広い土地を買い占めて、六義園とか小石川後楽園とか、浜離宮みたいなのを作ればいいじゃないの？　社員の研修にも使うなら、アクセスのいいところの方が便利じゃんかよ」

「要人は、ヘリで運ぶんだと思いますよ」

　石川さんが運転しながら答えた。

「じゃあ、おれたちもヘリで飛んでくれば良かったじゃないか！　もう十四時近いんだぞ」

「ヘリでも時間がかかるのは同じだって言ってませんでしたっけ？」

「それに、ヘリだとパーキングエリアに寄ってご飯食べられませんでしたよ？」

　石川さんと私は一緒になって等々力さんを論破しようとした。

「山全部を買ったそうじゃないですか。キャンプが出来るし、渓流釣りなんかも出来るんじゃないですか？　都心だと、さすがにそれは無理でしょ？」

「いやいやいやいや」

等々力さんはまるで取り合わない。

「こんな山奥じゃないと広い土地を確保できないんじゃあ、キャリウェルなんて会社もたいしたことねえな！　見かけ倒しって言うか、張り子の虎って言うか」

山間を縫うように延びる道が、二手に分かれた。カーナビは左折しろと命じた。

石川さんがハンドルを左に切ると、とたんに道幅は狭くなり、舗装も途切れて砂利道になった。脇道に入ってからもずっと上り坂だ。しかも左右ともに急斜面で、切り立った山の中腹を進むような悪路だ。

「なんだ？　ここから私道ってか？　いきなり道が悪くなるって、ケチってるのかよ？」

等々力さんがお約束のように悪態をついた。

その道をしばらく進むと、左右に張られたチェーンに行く手を遮られた。「進入禁止」の札も揺れている。ここから先は勝手に入れなくなっているのだ。

かと言って門番がいるわけでもなく、インターフォンがあって誰かに連絡できるわけでもない。

「上白河さん、悪いけど、あれ外してきて」

石川さんに言われた私は、車から降りてチェーンを外した。

「これで車が通れるなら、チェーンの意味ねえじゃないか」

と等々力さんが文句を言った。

「まあ、精神的なストッパーにはなりますよね。野次馬は入ってこないんじゃないかと」

前進した車に、チェーンを張り直した私は戻った。

ゆっくり前進して大きなカーブを曲がると……。

目の前には忽然と、石造りのお城が現れた。お城といってもおとぎ話に出てくるような、優美な尖塔満載の、王子様お姫様が住んでいるような白亜の殿堂ではない。西洋風には違いないが、難攻不落の要塞のような、頑丈そうな角張った建物だ。

いや、お城に見えたのはいわゆる城壁で、本当のお城はその中に聳え立っている。

「ほう。こうきたか」

等々力さんは興味深そうに眺めた。

城壁の向こうに見えるのは浦安にある、あのレジャーランドの「シンデレラ城」のように華奢なものではなく、大きな石を積み重ねた、城壁と同じく無骨で頑丈そうな建造物だ。

「僕、何かで見た事があるんですが、この感じは、スコットランドの、ネス湖の湖畔に建ってる昔のお城みたいな……」

私たちを乗せたワンボックスカーは城壁の正門までやって来た。本物のお城の扉のような、鋼鉄製の重々しい扉が堅く閉ざされている。

「これ、ほら、あの大きな丸太を大勢でガンガンぶつけて、壊して入るしかないのか？」

等々力さんが呟いたが、まさにそんな感じで、とりつく島がないとはこのことだ。

しかし……よく見ると、正門の上には小さな監視カメラがある。

「向こうからは見えてるはずだ。マイクだって近くにあるはずだし、人を感知するセンサーだってあるんじゃないか？　ってことは、扉に向かって『ヤアヤア我こそは』と名乗りを上げればいいのでは？」

等々力さんがそう言って、今にも大声を上げようとしたところで、石川さんが「ちょっと待った！」と声をかけ、車を降りた。正門脇の、石の色がちょっと違うところを探っている。やがて、パカッとその場所の蓋が開き、今風のインターフォンが姿を見せた。ボタンとレンズとスピーカーの付いた、よくあるインターフォンだ。

「ごめんください。内閣官房副長官室の石川と申します」

「はい。承（うけたまわ）っております。今開けますので」

声がして、巨大な扉が内側に開いた。

中には広い庭があり、その向こうに建物が聳えている。美しい公園の中にあるお城は、私たちがイメージしていた「企業の迎賓館」とは大きく違っていた。

見渡す限りすべてが城内だ。森があり小さな湖といってよい大きさの池があり、起伏のある敷地の中には、小さな川まで流れている。その奥の、小高くなったところにお城は建っていた。

正門から続く長いアプローチ。森の木々を縫って、くねくねと上に延びている。お城自体は、ちょっとしたホテルくらいの大きさがある。広い敷地の中には、ほかにもコテージのような建物がいくつか点在している。

広く空いたスペースには丸にHの文字が。ヘリポートだ。しかも三つもある。ヘリコプターが同時に三機、着陸できるということだ。

毒舌を吐きまくっていた等々力さんも、すっかり無口になってしまった。「いち民間企業の施設」という事前情報からは予想もつかない、圧倒的なスケールに降参してしまったのだろう。

お城の正面エントランスは階段になっていて、二階に当たる部分が入口になっている。お城から少し離れた倉庫のようなガレージには、ロールスロイスやメルセデスといった超高級外車が駐まっているのが見えた。その脇に、従業員が急な買い物にでも使うのか、オフロードのバイクも駐まっている。

ガレージとは言っても石造りで、お城と同じデザインで統一されている。

石川さんは、我々が乗ってきたワンボックスカーをガレージの近くに駐めた。

私も持ってきたバックパックを取り出して、車から降りた。

「なんだそのでかいリュックは。お泊まりでもするつもりか？」

バックパックを背負った私を、等々力さんは鼻で笑った。

「見たところは立派な建物だが、中に入れば普通のビルなんだろ」

正面の階段を昇りながら等々力さんの毒舌が復活した。タカを括った様子でエントランスから一歩踏み込むと……。

白い大理石が敷き詰められた広い玄関ホールからは、これまた白い大理石の階段が上階に続いていた。その吹き抜けの天井からは、豪華なシャンデリアが吊り下がっている。

玄関ホールから階段の奥に続くロビーには、高級そうな花柄の布を張ったソファが並んでいる。磨き抜かれた木の床にはペルシャ絨毯。壁際には、やはり磨いた木材に彫刻で模様が彫られた、ホテルのフロントのようなカウンターがあるが、それはバーだった。背後の棚にはお酒のボトルがびっしり並んでいる。うしろの壁は鏡になっている。

「いらっしゃいませ」

カウンターの脇からタキシードに身を包んだ長身の男性が現れて、深々と一礼した。

「内閣官房副長官室の皆様ですね？　お待ちしておりました」

その男性は、キャリウェル・キャッスルのジェネラルマネージャーの塚田と名乗った。

「現場保存は大丈夫ですね？」

相手の貫禄に負けまいと、等々力さんが声を低くして威圧的に言った。

「はい。当館常駐の医師が蘇生措置ののち、死亡確認をいたしましたので、ご遺体そのものは現場から移しました。朝の九時に発見してから五時間以上も、ご遺体をそのままにはしてをけませんので」

「それは……まあそうでしょうな」

「私は当館の責任者として、トップの信任も厚いので……何卒ご理解ください」

「そういうことなら、まあ仕方がないですな」

等々力さんは堂々たる態度の塚田マネージャーにあっさり同意してしまった。強きに弱いタイプなのか。

「しかし、遺体を移したのは仕方がないとして、現場の写真などはもちろん、撮ってありますよね？」

「あっ」

言われて初めて気がついた、という様子で、塚田マネージャーの顔に狼狽の表情が浮かんだ。

「いえ、それが。イレギュラーなことですので、私もいろいろ動転しまして、やる事も多く……」

「写真を撮るまで気が回らなかったということですか？」

等々力さんが畳み掛けるような口調で訊いた。

この塚田という男は、押し出しは立派だが実務能力はない、もしかして見かけ倒しってやつか？　と私は思ったが、もちろん口には出さない。

「では……ご遺体を見せて戴けますか？」

石川さんが訊ね、どうぞこちらへと案内された。

「地下に、使っていない倉庫があります。自然冷却で低い温度に保たれているので、ちょうどいいかと」

「亡くなったのは、帝都新聞論説委員の、日下部十朗氏で間違いありませんね？」

石川さんが念を押した。

「はい。日下部様は一昨日（おととい）からこちらに滞在されていました」

「こちらと日下部氏とはなにか特別な関係があったのですか？」

「いえ……しかし、有力マスコミの方々をご招待するのはよくあることですので」

「……接待して、いいことを書いて貰おうという？」

等々力さんが控えめに訊いた。

「ええまあ、企業がマスコミ関係者を接待するのは、そういう目的ですよね」

塚田マネージャーは（良く言えば）率直（そっちょく）なモノ言いをする人のようだ。

「既に御存知のように、この件については伏せるようにというお達しが出ています。そういうデリケートな案件なのに、どうして一部マスコミに漏れてしまったんです？」

等々力さんが相手の顔色を慎重に窺（うかが）いながら、訊く。

「いえそれは……倒れている日下部様を最初に見つけた、わた……いえ、ウチのスタッフがパニックになってしまいまして。そこでちょうど日下部様の傍(そば)に落ちていたスマホが鳴り、反射的に拾い上げて応答したところ、その相手が運悪くテレビ局で……。つい、日下部さんが死んでる！　と口走ってしまったのです。それがそのまま一部で報道されてしまって……困った話です」

その話を不審そうに聞いていた等々力さんが突っ込んだ。

「ウチのスタッフ？　電話で口走っちゃったのはアナタじゃないの？」

「はい。それがナニか？」

塚田マネージャーは、自分の失策に気づいていない。そして、自分の行動を悪いとも思っていない！

「そのテレビ局は帝都新聞の系列でした。だから当然、ウチウチの話として処理してくれるものと思ったのに……まあ、続報はなかったんですけどね」

塚田マネージャーはまるで悪怯(わるび)れていない。

「どう考えても、この施設で不祥事があったと報道されるのは好ましくないので」

「いやいやいやいや」

等々力さんが口を尖らせた。

「そういう問題ではないでしょう！」

「幸(さいわ)い、ここには常駐の医師がいますので、救命処置をして死亡宣告も出来ましたし」

「いやだから、そういう問題ではないと言ってるんです！」

等々力さんは塚田マネージャーの前に出た。

「警察には連絡しましたか？」

「もちろんしました。九時に発見して、すぐ」

「で、警察は来ましたか？」

「いいえ、来ておりません」

「何故？　たとえ自殺でも警察は来ますよね？　それに警察発表もないようだが？」

「来る来ないも発表するしないも警察のご判断でしょう。私のレベルでは判りません」

そう言いながら塚田は私たちを案内して、目立たない扉から業務用と思われる殺風景な階段室に入った。

階段を下りた先は地下の廊下だ。くねくねと長く延びている。陰気な照明が等間隔に照らす中を、私たちは延々と歩かされた。城の外の他の建物に繋がっているのでは？　と思うほどだが、歩きながら塚田マネージャーはべらべらと喋った。

「この建物はスコットランドのお城をそのまんま移築したのがオーナーのご自慢です。本物のお城ならではの魅力に惹かれて、いろんなお客様がお見えです。マスコミ上層部の方々、それに政治家も来ますし、芸能人もね。この前なんか、アイドルの平野カリナが来て即席ディナーショーをやってくれましたよ。あと、女優の樋口アンナと俳優の大沢源人が来て……ここなら人目を気にしなくていいわけだから、もうね、それはそれは」

「個人名をそんなに軽々しく出していいんですか？」

等々力さんが呆れたように言った。

「私たちだからいいようなものだが、アナタ、誰にでもそんなに喋ってるんですか？」

「いえ、そういうわけでは……」

塚田マネージャーは戸惑いの笑みを浮かべた。

「もちろんマスコミの人だと思えば言ったりはしませんよ。でも、あなた方は政府の方だから……」

笑みを消して口を閉ざした塚田マネージャーは足を速めた。

「アレは……あちこちでベラベラ喋ってるぞ」

等々力さんは私に耳打ちした。

「こちらです」

塚田マネージャーが立ち止まって目の前のドアを開けた。

その中は、ひんやりと寒いくらいで、医務室からそのまま運び込まれたらしい、簡素なパイプベッドだけが置かれていた。上にはシーツがかかった物体が載っている。

「先ほど、当館常駐の医師に連絡しましたので、そろそろ来ると思います。まずは検分を」

塚田マネージャーは丁重な手つきでシーツを剝いだ。

中年の男性の黒ずんだ顔が出て来た。シーツが剝がされるにつれて、血に染まったポロシャツ、そしてスラックスという着衣が現れた。顔にも手にも、明らかな切り傷がある。

「あの……自殺だと聞いたのですが……これはどう見ても……」

思わず訊いてしまった。左腕と手の甲に見えるのは、明らかに防御創だ。

「誰かと争った、としか思えませんが」

「咄嗟に『自殺』と言ってしまったのです。仕方ないじゃないですか。こういう施設で事件事故というのはマズいでしょ。あとで現場にご案内します」

塚田マネージャーがそう言ったとき、開いたままのドアをノックして、白衣の女性が入ってきた。

「当館常駐の、堀田洋子医師です」

こういう施設に常駐している医師は、なんとなく現役引退をした老人のイメージがあったのだが、意外にも若い女医さんだった。アルバイトなんだろうか？

「私が検死をしました。死因は出血性ショックです。いわゆる滅多刺しに近い状態ですが、左側の頸動脈に深い創傷があり、それが致命傷になったと思います。鋭利な刃物で切り裂かれたと判断して間違いないでしょう」

そう言って首の左側を指差した。そこには大きな裂傷が口を開けており、切断された血管や筋肉などが無残な形で曝け出されていた。

「出血性ショックは、以前なら出血多量と言っていたものです」

詳しく説明致します、と医師はシーツを剝がされた遺体の複数の箇所を次々に指差した。確かに、ポロシャツもスラックスも刃物で無数に切られていて、周辺にはどす黒い血の染みが出来ている。

「これは、相当揉み合った様子に見えますが……」

「おっしゃるとおりこの傷は、いわゆる防御創でしょうね。刃物を激しく奪い合った結果かもしれません」

「ということであれば自殺、ということは完全にありえませんね」

ええ、と医師は頷いて、死体の腕や顔の皮膚を押してみせた。

「現状では、死斑は顕著で指圧を加えても消えません。午前九時の発見時には死斑の転移……動かすと死斑の場所が変わる現象がありましたが、今はありません。発見時には、ご遺体は個室のベッド上にありました。ベッド上で死亡したものか、死亡後に寝かされたものかは不明です。死亡してから仰向けの状態のままだったことは間違いありません」

堀田医師は講義のように慎重な口調で説明しつつ、硬直した死体を傾けて臀部を見せた。たしかにそこには死斑があった。

「死斑の色が薄弱桃色なので、失血死が推測される状況と一致します。そして、今、ご覧になればお判りになると思いますが、死後硬直は全身に及んで、一番強い状態です」

　堀田医師は死体の状況を再確認しつつ、指や腕、脚を曲げようとしてみせた。力を入れても曲がらないことはよく判った。次いで医師はペンライトを取り出し、遺体の目を照らした。

「角膜の混濁も始まっています」

「直腸温度は？　死亡時間を割り出すには体温が重要なんでしょう？」

　等々力さんが訊いた。

「死体を発見した午前九時の時点では、三十度でした」

　堀田医師はノートを確認しながら答えた。

「ということは、死亡推定時刻は何時ごろになりますか？」

「私は、そういう専門ではありませんが、法医学の原則から考えると、午前一時プラスマイナス二時間、という感じだと思います」

「昨日の午後十一時から今日の午前三時まで、ということですか」

　四時間も幅があるのか、と呟いた等々力さんは、疑わしそうな目で堀田医師を見た。

「あなた、専門外だとおっしゃったけど、その判断、大丈夫なんですか？」

「専門外だからこそ、慎重に、原則に沿って判断しました。私、臨床医ですから法医学の教科書は手許にありませんが、ネットで逐一確認しました」

「ネットで？」

「あの、ネットと言ってもツイッターで質問したわけじゃないです。医者が見る専門のサイトがあって、詳しい資料が参照出来るのです」

「それは……大変失礼をば」

ずっと黙って考えていた石川さんが訊いた。

「殺人なら犯人が、過失致死傷でも犯人がいますね。その犯人は？」

その問いに、塚田マネージャーは笑顔を見せた。

「……その件についてお話しする前に、事件の現場を見ませんか？」

彼は先に立って遺体を安置した部屋から出ると、どんどん足を速めて歩いた。まさか逃げる気か、と思うほどの早足だ。私たちも小走りについて行く。

地下から階段を三階分上がった。エントランス・フロアを一階とすると、ここは二階か。業務用の階段から鉄扉を開けると、そこは豪華な赤い絨毯が敷かれた廊下だった。凝ったガラスのシェードに入ったＬＥＤ照明に柔らかに照らされた空間に、ドアがズラッと並んでいる。

「エントランスに続く階にはレストランやバー、ホールや会議室などがあり、それ以外のフロアは、ご覧のようにほぼ全室が客室です。この建物の外に点在するコテージにも、レストランや客室、サウナなどの設備がありますが」

この部屋です、と塚田マネージャーはドアを開けた。

ベッドにも床にもどす黒い血溜(ちだ)まりが出来ている。激しく争った跡なのだろう。最後に倒れ込んだ場所がベッドで、発見された時に仰向けだったとすれば、殺害した何者かが、きちんと寝かせ直したのかもしれない。

これだけの量の血の痕(あと)があれば猛烈な臭いがして、吐きそうになってもおかしくないが……両開きの窓が全開になっていて、外に向かって大型扇風機が回っているのは助かった。

外はもう薄暗くなっていた。時計を見ると、もう午後四時になっている。

「幸い、ここ数日のお客様は日下部様だけでしたので」

「ここは、日下部さんの個室ですか？」

私は訊ねながら部屋を見た。

部屋の壁には頑丈そうなフックが取り付けられ、そこからチェーンやロープがぶら下がっている。天井には滑車(かっしゃ)まであって、ここが極めて特殊な用途に供される部屋であることはひと目で判った。

「ここは……拷問(ごうもん)部屋ですか？」

「いえいえ……その、いわゆる、プレイが出来る部屋です」

「プレイというと……？」

「上白河君。きみは若い女の子だから判らないかもしれないが、世の中にはSMというものがあってだね」

横から等々力さんが割り込んだ。

「SのオッサンがMのオネエチャンをムチでシバいたりロウソクを垂らしたり……逆に、Mのオッサンが女王様にやって貰う場合もあるが」

「大丈夫です。それくらい知ってます」

私がそう言って等々力さんを止めると、塚田マネージャーが補足説明をした。

「日下部様はSで、当館でM役を担当する女性と、そういうプレイをしていたのです」

「では、日下部氏を殺した犯人が、その……」

石川さんが決定的な質問をした。

「そうです。おそらく、直前まで日下部様と一緒にいた、プレイの相手をした女性です」

塚田マネージャーは、ようやく肝心なことを言った。

「名前は?」

「え?」

「だからプレイをしていたという、その女性の名前だよ。ここで仕事してたのならアンタ、当然、名前ぐらい知ってるだろ?」

等々力さんが追及した。

「菊池……菊池麻美子です」

不承不承、塚田マネージャーが答えた。

「その菊池麻美子さんは今どこに?」

石川さんが訊いた。警察沙汰になっていないとはいえ人ひとりを殺しているのだ。当然、この施設の中に居て、願わくは拘束されていて欲しいと全員が思った。

しかし塚田マネージャーの返事は驚くべきものだった。

「判りません」

「プレイの相手というのは、いわゆるコンパニオンとして専門業者から派遣されてくる女性? それともここの専属?」

等々力さんが質問する。

「専属です。お客様の個人情報を守る必要がありますので。菊池はウチの契約スタッフです」

「外から通ってくるんですか? それとも住み込み? 敷地内に寮があるとか?」

「従業員の寮があります。私もそこに住んでおります」

「その部屋は調べましたか?」

私が訊いた。

「えっ? それはまだ……現在、部屋に居ないことは判っていますが」

「あのね、行方が判らないんだよね？　って事は、逃走したの？　つまり逃げたってこと？　部屋から無くなってるものはある？」

　等々力さんが訊いた。

「それは判りませんが、大きなスーツケースがそのままだったので、多分、持ち出した物はないんじゃないかと」

　塚田マネージャーは悪怯れた様子もなく、当然のように答えた。

「ってことは、もしかして着の身着のままか？　そういうコンパニオンの女性は、どういう格好をして仕事をするんですか？」

　こういう質問は等々力さんの専門だ。

「それは……お客様の指定によりますが……日下部様はM女をご指名ですから、プレイに即した、言わば、セクシーな格好であろうかと」

「では、犯人と推定される菊池という女性は、そういうセクシーな格好で逃げたと考えられますな？」

「自分の部屋に戻っていなければ、そういうことになろうかと思います」

「セクシーな格好というのは、具体的にはどういう？」

　等々力さんの目が光った。

「過去の例ですと、日下部様はベビードールないし生地が透けたスリップ状のもの、ないしはレオタードのような衣装をお好みだったようで」

そうですか、と等々力さんは想像するような表情を浮かべた。

「しかし、どうしてその女性を探していないんです？」

ついに黙っていられなくなった、という口調で石川さんが訊いた。

「探そうにも、人員が不足しておりまして。お客様の数によって随時、スタッフを増やしたり減らしたりしますので……昨日から今朝にかけては、先ほど申し上げましたように、お客様は日下部様だけでした」

それに、と彼は付け加えた。

「……こんな山奥です。ここに来るまでにお判りでしょう？　人里からはかなり離れていますし、途中にはなんにもありませんし、携帯電話の電波すら届きません。周りに集落もありませんし観光地も何もないので、走る車もありません。菊池の服装も極めて軽装だと思われますし、逃げたとしても遠くまでは行けず、そのうち諦めて戻ってくると……」

塚田マネージャーの口ぶりは、今までに何度か同じようなことがあったような感じだ。

「どうも、ここでは、公になると相当マズいことばかりが行われているようですな」

つくづくうんざりした、という口調で等々力さんが言った。

「だから、女が逃げ出す。これが初めてではないんでしょう？　あげく女が客を殺してしまった。簡単に片が付くと思ってもらっては困りますね」

「それより逃げたその女性、菊池麻美子を確保する事が先でしょう！」

我慢できなくなって私は言った。

「朝の九時に発見して、すぐに堀田先生が死亡を確認、ご遺体を移動したんですよね？　堀田先生の見立てによれば、死亡時刻は午前一時プラスマイナス二時間。最短でも、もう十数時間が経っています。大体その菊池さんという女性は何時頃に逃げたのでしょう？」

「そんな……逃げた時間なんて、私には判りませんよ」

塚田マネージャーは半笑いで言った。

「それじゃ菊池さんは、何時頃呼ばれてこの部屋に入ったんですか？」

「夕食後です。日下部様はバーでお酒を飲んでらして……それからおもむろに立ち上がってお部屋に戻られましたから……だいたい十時頃だったかと」

「夜の十時ですね。で、アナタが日下部さんが倒れているのを見つけたのが、朝の九時だったんですね？」

「はい。朝食にお見えにならないのでお部屋に電話しましたがお出にならず……ご病気かと思って伺（うかが）ったら、ドアの鍵がかかっていたのでマスターキーで開けましたところ……」

「それが朝の九時だったと」

「はい。で、菊池が逃げた件については……詳細は判りません」

塚田マネージャーは再度、言った。

「こちら、防犯カメラは、あるんでしょう？　それを見れば何時頃どこから逃げたとか、すべて特定出来るんじゃないですか？」

等々力さんが、当然のことを聞いた。しかし塚田マネージャーは浮かぬ顔だ。

「それはそうなんですが、実は……防犯カメラのシステムが機能しておりませんで……一部が壊れて修理が出来ないまま時間が経ってしまい、だんだんと全体が機能しなくなって」

「早い話が、壊れたのを放置していたらどんどん全部壊れちゃった、ということですな？」

ええまあ、と塚田マネージャーは不承不承答えた。

「このドアは内側からロックされていたんですな？　じゃあ、密室だったわけか。窓は開いてましたか？」

「あ」

また塚田マネージャーは目を宙に徘徊わせた。

「……たしか……開いていたと」

私は弾かれたように窓際に駆け寄った。

扇風機が回っていて、カーテンがたなびいていたので誤魔化されたのだが、カーテンの裾が窓外に出ている。カーテンをロープ代わりにした形跡はないが、飛び降りようと思えば飛び降りられるだろう。途中までカーテンに縋って外壁を伝えば、十分可能なはずだ。

「菊池さんっていうスタッフは、窓から外に出たようですね。足取りはある程度追えると思います」

私は階段を駆け下り、城の外に出て、日下部の部屋の窓の下に回った。

山間の夜は早い。もう辺りは暗かった。

窓の下には雑草が生えているが、足跡らしい形に踏まれて倒れている。着地したときの足跡だろう。だが、踏みしだかれた雑草は既に元に戻りかけている。

そこから続く足跡を慎重に辿った。

お城が建っているのは広い敷地の真ん中あたりだ。かすかな足跡を辿り、周囲の広大な庭園を歩いていくと、入ってきたゲートとは反対側の、敷地の裏側に当たるところに突き当たった。そこで石の城壁は途切れ、丈の低い金属フェンスになっている。

ここだけどうして防備が甘いのだろうと覗いてみると、すぐに理由が判った。

フェンスのすぐ外が崖になっている。だが、このフェンスに摑まってどちらかに移動していけば……城壁に沿った道に出られるかもしれない。

私はフェンスを乗り越えてみた。

案の定、足跡はあった。雑草ではなく土だったので、足跡はよりくっきりついている。裸足ではない。ヒールのある靴のようだ。

その足跡は、正門の方向に続いていた。ごく幅の狭い、道とも言えない崖の上の土の足場は、やがて城壁に沿った細い砂利道に変わった。

私は元来た道を引き返した。

窓の下には等々力さんや塚田マネージャー、石川さんもいた。

「裏側のフェンスを越えて、崖伝いに逃げたようです。時間は……」

私は踏まれて倒れて元に戻りつつある雑草を見つめた。

「……今から十時間くらい前でしょうか」

「何故判る？」

等々力さんが訊いてきた。

「踏み潰された雑草の戻り方です。細い木の枝が折れていたら切り口の乾き具合から、道の石が動いていたら、その土の香りから、だいたいの経過時間が割り出せます」

「……凄（すげ）えな。それも自衛隊で習ったのか？」

私はハイと答えた。私が属していた部隊では、野外演習で二手に分かれ、お互いの班がどう動いたか、時間経過も含めて割り出す訓練を何度もやらされた。

「しかし、仮に犯行時間が午前一時として……今から十時間前っていうと、午前六時？朝まで犯人は、死体の横にいたって事ですか？」

石川さんが首を捻（ひね）った。

「真っ暗の中、逃げるのは危険だと判断したか、これからどうすればいいか、朝まで悶々と悩んだのかもしれません。たぶん、殺した事で心身ともに疲れ果てていたのでしょう」

「そんなこと、どうして判る？」

「足跡を見れば、だいたいのことは判るんです。利き足はどっちか、荷物を持っているか、元気か、それとも疲れているか。でも、この足跡には迷いが感じられません。逃げるしかないと決めて、朝になるのを待って、記憶を頼りにフェンスを乗り越えて逃げたんだと思います」

「なるほどね。ツジツマは合う」

等々力さんは岡っ引きの親分のように顎に手をやって頷いた。

「すぐに後を追います！　若い女性とはいえ、人を殺しているかもしれないんです。放っておいてはいけません」

追い詰められた彼女が第二第三の被害者を出すかもしれないではないか。

「後を追うって、山狩りでもしようって言うんですか？」

明らかに気乗りしない様子で塚田マネージャーが言った。

「あまり大事にはしたくないんですよね。人手もいるし。なに、待っていればどうせ行き場を失って帰ってきますよ。こんな山奥じゃ行くところなんかないんですから」

「帰ってこないかもしれないでしょう！　彼女が逃げおおせたらどうするんですか！」

「だから逃げられませんって。逃げたとしても捕まえるのはウチの仕事じゃないでしょ」

バカじゃないのかこの人は？　私は呆れた。

彼女が警察に捕まれば何もかもが表沙汰になる、というアタマはないらしい。

「とにかく後を追います。彼女の身柄を確保します！　等々力さんたちは、菊池さんの部屋を捜索してください！　駐車場にあった二輪、貸してもらえますよね？」

あくまでも何もしたくないコイツの相手をしている場合ではない。

私は勝手にコトを進めて、持ってきたバックパックから暗視ゴーグルを取り出した。山の中に行くというので、こういう事もあろうかと、万一のために持ってきたのだ。

早足で駐車場に移動すると、塚田マネージャーが後からやって来て、渋々、といった様子で何かを差し出した。

「これがキーです」

幸い、オフロードバイクは私でも扱えそうな250ccのものだった。万が一転倒した場合、ナナハンでも起こせないことはないが、時間がかかる。

「あまりおすすめできませんね。もう真っ暗だし、照明なんかない山道ですよ」

カーブも多いし、とマネージャーは言った。

「慣れていないと人探しどころか、安全に運転するのさえ難しいですよ」

「大丈夫です」

私は断言した。習志野で、私はそういう訓練も受けている。その時使ったのが１２５ｃｃのオフロードバイクだったのだ。

暗視ゴーグルを装着してヘルメットを被ると、気持ちが引き締まった。本来なら革のライダースジャケットに革のボトムも欲しいところだ。

「レイちゃん。スカート穿いてこなくて良かったね」

等々力さんがからかうように言った。思えば私は、自衛隊に入ってから除隊して裏官房に出向するまで、スカートを穿いたことがない。

「そのパンプスでバイク大丈夫か？」

とことん等々力さんがうるさいので、私はニッコリ笑ってバックパックからタクティカル・ブーツを取り出した。いわゆるミリタリー・ブーツで、自衛隊時代に履いていたものだ。

「用意周到ですな」

等々力さんは降参した。

「じゃあ、行ってきます！　菊池さんのお部屋の捜索、ヨロシク！」

キック一発でエンジンはかかった。さすがに整備状態は良好だ。

ウォン！　とふかすと、エンジンの調子もいい。

私は後輪をスリップさせながらロケットスタートを切った。

砂利道だが、なんということもない。もっと悪路をぶっ飛ばす訓練も受けたのだ。とはいえ……犯人だという女性、菊池麻美子さんはどこに行ったのだろう？　山腹に張り付いた道は右も左も急斜面だ。山に慣れない人間にはありがちなことだが、闇雲に下るのは絶対に駄目だという鉄則を知らず、菊池さんは斜面を下りてしまったのだろうか？　麓にならば村落があるとでも思ってしまった？　迷って遭難した可能性しか思い浮かばないが、少なくともそれなら殺人を重ねることはないわけだ。事が明るみに出る恐れもない……。

そんなことを考える自分が嫌になり、薄着で山中を彷徨う、若い女性の心細さを想像して胸が痛んだ。だが今の私の義務は一刻も早く彼女を発見し、これ以上の被害、そして事が大きくなるのを未然に防ぐことだ。

街灯もない山道をひた走ろうとした私は、そこで気がついてエンジンを切った。

道はずっと下りだ。

それなら惰性で下る方がいい。そうすれば無音だし、ヘッドライトがなくても暗視ゴーグルがある。彼女がまだこの近くに居るのなら、音もなく接近したほうがいい。

バイクのエンジンを切り、自転車が坂道を下るように走らせながら、私は、周囲がもっとよく見えるように、膝でシートをホールドしながら、暗視ゴーグルを調整して、感度を上げた。

砂利道は終わって、舗装道に戻った。しかし車の通行は絶無だ。もちろん人家もない。丈のある雑草が生い茂る一帯があるが、ここに潜んでも意味はない。だが、行き場をなくして茂みの中にうずくまっている可能性も否定は出来ない。

とにかく、もう少し行って、何も見つからなければ、引き返してこよう。道路の周辺は帰り際に念入りにチェックすればいい。菊池さんが彷徨ううちに絶望して、自ら命を絶つような真似をしなければいいが……。

ときどきバイクを止めて、繁(しげ)みの様子をチェックする。

動物が潜んだ跡が見える。ただそれがタヌキとか猪(いのしし)なのか、人間なのかまでは判別できない。枝の折れ具合からすると、やはり、かなり時間が経っている。

さらに走った。ずっと下り道だ。三十キロ以上は進んで、漆黒(しっこく)の闇のずっと向こうに、ようやく人家らしい灯りが見えてきた。この道のりを、彼女は歩いたのだろうか？　血に染まった、下着同然の服で。

道の先に灯りが近づいてくる。ずっと真っ暗で人の気配がないところを走っていると、無条件にホッとしてしまう。

しかし、油断は出来ない。

私は少しずつブレーキをかけ、その灯りに向かってゆっくり接近した。

何もない道端にぽつんと建つ、トタン張りの掘っ立て小屋。アルミサッシの窓から灯りが洩れ、中に自動販売機がいくつも並んでいるのが見える。

その小屋の中に、幾つかの人影が見えた。

少し手前の路肩にバイクを止めた私は、音を立てないよう、慎重に近づいた。

小屋の手前と奥には駐車スペースの空き地があり、手前のほうには、使われていないガーデンチェアやテーブルが積み重ねられているのがぼんやり見える。

小屋の中では複数の人影が動いている。しかも……女のくぐもった悲鳴が漏れてくる。口を塞いで黙らせようとしているものか。

私の側の空き地には何もないが、小屋を挟んだ向こう側には車が駐まっているようだ。

足を速めて小屋に近づき、中の様子を窺った。アルミサッシの引き戸は開けっぱなしだ。

案の定……。

自動販売機の、ほの暗い明かりに照らされて、男が二人がかりで女を押さえ込もうとしているのが見えた。既に女は半裸状態だ。裸の胸が露出していて、下半身も脱がされようとしていた。半ば引き下ろされている薄い布地……下着のようにしか見えないが……には、血が付いている。この男たちに襲われて怪我したのではない感じだ。

女は左右に首を振り「止めて！」と叫ぼうとしているようだが、声にならない。ハンカチかなにかを口に詰め込まれているのかもしれない。

必死にもがく両脚に、男のうちの一人が馬乗りになっている。女を押さえ込みながら、下着同然の僅かな着衣を脱がそうとしている。

女の上半身を押さえつけているもう一人は女の腹の上に乗って、片手で女の口を押さえ、もう片方の手で胸を弄っているようだ。二人とも、こちらに背を向けている。

私は、背負ったバックパックから武器を取りだせるようにジッパーを音もなく静かに開けつつ、ゆっくりと接近した。武器といっても弾丸を発射する銃ではない。

掘っ立て小屋の中には、奥の壁に沿って自販機が並び、道に面した側にはテーブルと椅子がいくつか置かれている。ここで自販機で購入したうどんやそば、ハンバーガーなどを食べられるようになっているのだ。

自販機とテーブルに挟まれた狭い通路に、女が押さえ込まれている。

状況は判った。

開いたままの引き戸から音もなく侵入した私は、手前にいる、女の下半身に取りついている男の首筋にそっと腕を回した。そこから一気に絞めて後ろに引き擦り倒す。いわゆる柔道の裸絞め、プロレスで言うスリーパーホールドだ。

あっけなく技が決まって、男は一瞬で失神した。

半ば自由になった両脚を女が激しくバタつかせたので、もう一人が異変に気づいた。慌てて振り返ったその男の顔面にも、一撃を加えてやった。

鼻の軟骨がへし折れる手応えがあり、鼻血が吹き出した。

「お、お、お前……」

無言のまま右フックを決めてやると男は吹っ飛んだ。自販機に後頭部をぶつけ、そのまま動かなくなった。

「もう大丈夫」

私は押さえ込まれていた女に声をかけた。

だが彼女はパニックに陥っていて、助けた私に飛びかかってきた。顔には目の周りにも口元にも生々しい痣がある。いや、顔だけではない。見える範囲の全身に打撲傷や切り傷があり、中には裂傷と言ってもいい大きく深い傷もある。

仕方がない。彼女を落ち着かせるために、頬に一発、ビンタをした。

「落ち着いて。助けに来たんだから」

スイッチが切れたように、彼女は大人しくなった。

傷だらけで服も切り裂かれたひどい有様だが、スタイルのよさはわかった。痣はあっても鼻筋がスッと通り、整った顔立ちであることも。

クールビューティという感じだろう。

「菊池……菊池麻美子さん？」

私が名前を呼ぶと、相手の女性は茫然として頷いた。

　顔には痣だけではなく、血が付いている。男たちに脱がされた服……シースルーのキャミソールに、同じく透ける素材のミニスカートだったが……それにもかなりの血が付いている。これもたぶん、彼女自身が怪我をして出血したものではない。

「キャリウェルのお城から逃げてきたんでしょう？　私は警察ではないので安心して。あなたを保護するだけだから」

　私はそう言って彼女を抱き起こして、バッグから防寒着を取り出して手渡した。しかし彼女は怯えている。

「ちょっと寒いけど、これを着て」

「もう、もう一人……」

　彼女は呟いた。

「もう一人いる。もうすぐ戻ってくる……」

　菊池麻美子はそう言って、外の様子を窺った。

「お酒かなんかを買いに行ったみたいで……」

と……。

　遠くからバイクの音が響いてきた。いわゆる暴走族仕様の、やたら排気音がうるさいバイクの音だ。

「あのバイクが……」

「判った。そのまま床に伏せて」

私も姿勢を低くして、バッグから武器を取り出した。

バイクが外の駐車場に停まり、エンジンが切れた。

チェーンをジャラジャラさせながら、バイクから降りて空き地の砂利を踏みしめる音。

それが近づいてきた。

自販機小屋の入口に、髭を生やしてマッチョぶった男の顔が見えた瞬間、私は持参した武器のトリガーを引いた。

「うお！」

その男は首筋を押さえて倒れた。

それを見た彼女は怯えて目を見開き、今にも悲鳴を上げそうになったが踏みとどまった。

「まさか……殺しちゃったの？」

囁く彼女に、いいえ、と私は首を横に振った。

「これはテーザー銃。スタンガンの先だけが飛び出す仕掛けなの！」

電撃に強いタイプなのか、それとも狙いを外したのか、男は早くも起き上がろうとしている。駆け寄った私は、ブーツの爪先で男の頭を蹴り上げようとした。

だがその足首を摑まれた。思い切り逆方向に捻られたのでバランスを失った。

引き倒された私の頭を、今度は男の足が蹴った。

痛みというより脳震盪が起きて、気が遠くなりかけた。

「なんだ。オネエチャンじゃねえか。ナニ調子に乗ってるんだ。こんなオモチャ使いやがって」

男は首筋からテーザー銃の電極をもぎ取ると、勝ち誇ったように周囲を見渡し、私が乗ってきたオフロードバイクに目を止めた。

ふん、と鼻を鳴らしてバイクに近寄った男はクソ馬鹿力を出してバイクを持ち上げると、そのまま舗装道路に叩きつけた。

バイクは一瞬で破壊された。ヘッドライトは割れ、ハンドルは曲がり、シャーシも歪んでしまった筈だ。

これで私の足を封じたつもりなのか。

男は戻ってきてゆっくりと私の上に馬乗りになったが、よく見ると、既に股間からペニスを露出させている。

それを、私の口に宛てがった。

「舐めろ。噛んだら、殺す」

しかし、私は頑として口を開けなかった。

男は、私の顔を殴りつけた。

「おれたちは悪くない。悪いのはこの女だ。おっぱいもヘアも丸見えの、スケスケの服着やがって。裸より恥ずかしい格好をしてるんだぜ？　やってくださいってことだろう？　男なら犯すのが当たり前だよな！」

さらに数発殴られたが、男が言葉を切ったところで私は反動も付けず、いきなり上半身を起こした。九〇度の回転だ。間近に迫った男の顔に驚愕の表情が浮かぶ。その額に思い切り頭突きを食らわせた。

「調子に乗ってるんじゃないよ！」

今度は私のターンだ。そこから顎とこめかみに立て続けに打撃を加える。脳震盪を起こさせ、相手を無力化するためだ。

ほどなく男が弱ったので俯せに倒し、駄目押しのニードロップを後頭部にお見舞いしておく。

今度こそ、男は動かなくなった。むろん、死んではいない。

私は立ち上がった。菊池麻美子を連れて帰らなくてはならない。

スマホを取り出したが、電波は飛んでいない。

と、視界の隅で、さっき失神させた男が目を覚まし、ゆっくりと立ち上がるのが見えた。

私は視線をスマホに集中させつつ、殴りかかってきた男の右腕を左手で摑んだ。そのまま捻りながら、右腕を載せて全体重を掛けてやった。

　男の右腕は、嫌な音をたててあっけなく折れた。

「痛え！　痛え！」

　男は腕を押さえて絶叫し、小屋の外に転がり出た。

　首を絞めて落とした男も、目を覚ました。タダならぬ様子を察して、こそこそと逃げ出そうとしている。

　逃げようとする男の背中に跳び蹴りを加えた。

　タクティカル・ブーツだから、かなり痛い筈だ。

　男はふっ飛んで小屋の引き戸に激突し、ガラスを粉々に割ってしまい、そのガラスの中に倒れ込んだ。

「ここね、携帯が繋がらないのよね。どうしようかなあ。まあ、私もずっとバイクで走ってきたから疲れちゃったし……ちょっと休憩する。菊池さんも大変だったよね？　ここに隠れてたの？」

　そう訊くと、菊池麻美子は頷いた。

　彼女は私を、驚愕と憧憬が混ざったような視線で見ている。目を見張り、なぜかほんのり、頬まで染めている。

「強い……凄く強いんですね」

「それほどでもない。ねえ、あなた、朝、逃げ出したんでしょう?」

お城から? と訊く私に彼女は素直に頷いた。

「はい。ずっと走って、歩いて、午後の三時頃にここに辿り着いて……」

「朝からずっと飲まず食わずだよね? っていうか、前の晩からずっと?」

彼女は控えめに、こくりと頷いた。

ちょっと待ってね、と私は自販機で冷たいお茶と、うどんを二つずつ買った。もう肌寒いが、渇いた喉には冷たいお茶の方が美味しいと思ったのだ。温かいものなら自販機のお湯で、うどんがすぐに出来る筈だし。

「はい、出来ましたよ」

彼女には海老天うどんを勧めた。ここでは海老天が出ると「大当たり」で、かき揚げが出ると「中当たり」らしい。私の分にはかき揚げが入っていた。

啜ってみると、カップうどんよりはるかに美味しい、お店のうどんの味がした。うどんにコシがないのは言いっこなしだ。

「美味しいね」

と言うと、彼女の表情もほどけた。

しかし……これからどうするべきか。彼女をお城に連れ戻す。それが私の仕事だ。

だが、彼女の目の周り、そして口元の痣を見れば相当ひどいことをされたのは判る。相手を殺してしまったとしても、間違いなく正当防衛だ。か細い声と華奢な身体つきからしても、憎しみから人を殺めるタイプには見えない。

私の気持ちは揺らいだ。

彼女を連れ戻すのは正しいのか？　警察に連れて行って、起こったことをすべて話させて、きちんと立件させるべきではないのだろうか？

もちろん、内閣裏官房のスタッフとして、それが出来ないことは判っていた。

お城で起きたこの事件そのものが、表には出せないことなのだ。

「菊池さん……あなたはこれからどうするつもりだったの？」

そう訊くと、うどんを食べる彼女の手が止まった。

「……判らない。警察に行くべきだろうけど、怖い。だって、お客さんを殺してしまったから……でも、あのお城に戻ると、また同じことの繰り返しになってしまう……」

ここからの足をどうするか、そのことも考えなくてはならなかった。等々力さんたちがここを探し出してくれればいいのだが、すぐには無理かもしれない。

ここまで走ってくる途中には、人家もなければ公衆電話もなかった。この先のどこかにスマホが繋がるポイントがあると思うが、そこまで歩かなければならない……。

考え込んでいると、一台の車のヘッドライトが見えてきた。

明かりはゆっくりと近づいてくると、この掘っ立て小屋の前で停まった。

黒塗りのセンチュリー。日本では「大物」が乗る車だ。

後部ドアの窓が開き、突き出された手が手招きするのが見えた。

その手はかなり皺深く、老人のように見える。

ここに偶然やってきたのではない。ここを目指してやって来た……そう思わせる駐まり方だ。

私はゆっくりと立ち上がり、センチュリーに近づいた。

「乗りなさい。送っていこう」

車の中から老人の声がした。

「あなたは誰ですか？」

「うむ。どう言えばいいかな。名乗るほどの者ではない、と言えば嘘になってしまうし、かと言って、実名を出すのも憚られる」

「私たちがここに居るのを知っていて、来たんでしょう？　私たちが何者かも知ってるんでしょう？」

「むろんだ」

老人は少し私の方に身を乗り出した。暗闇の中で、顔が少し見えた。人の心の、底までを見透すような鋭い目つき、そして端正なその顔立ちには、どことなく見覚えがあった。

しかし、どこで見たのか、それが思い出せない。

ふと心配になって後ろを振り返った。が、菊池麻美子は同じ場所でうどんを食べている。

「お城に帰るしかなかろう?」

「でも、彼女はお城に戻されるのを嫌がっています。たぶん、あんなことをしてしまった以上、自分も始末されるか……それとも、今まで以上のひどい待遇が待っているのではと、それを心配しているのでしょう」

そう言うと、車内からはくぐもった「ふぉっふぉっふぉ」という笑い声が聞こえてきた。

「君は勘違いしているかもしれないが、あのお城では別に、誘拐してきた若い女性を性奴隷(せいどれい)のように働かせて、お客に性的な奉仕をさせているわけではない。そういう事が全く無いとは言わんが、それにはきちんとした対価が支払われている。それも、相当な額がな」

「でも……」

「悪いようにはせん。こういう事になったのは、明らかに管理側の手落ちだ。不始末をしでかした遊女を大川(おおかわ)に放り込むような、そんな江戸時代のようなことは断じてさせんから、安心しなさい」

私は車の中を覗き込み、改めて老人の姿を見た。

後部座席には、鶴のように痩せた……ほとんどミイラか即身仏かと思えるような老人が和服姿で端座している。厳しい修行の最中の山伏というか、全身から殺気を放っているような、そんな圧すら感じる。痩せているから目の光も、刺すように鋭く感じるのだろうか？

「誰ですか？　あなたは」

「一言にして言えば、あの城のオーナーに影響力を持っている人間だよ。人は私の事を『鎌倉の老人』とか言ったりするがな」

「はあ？」

だからなんなのだ？　この老人が、悪評高いキャリウェルの一統ではない証拠はないし、どうせこういう金持ちは徒党を組んでいるのだろう。私たちなんか虫けらも同然の消耗品としか思っていないはずだ。

「まあとにかく、君。ここにいつまでもいられないだろう？　この車に乗るしかないだろう？　悪いようにはしない」

「……」

私には返事が出来ない。この老人を信用できる材料がまったくないのだ。

「君が疑っているのは判る。だが、疑り深い人間を私は嫌いではない。そういう人間に、遭うことがなくなってから久しい。だいたいは、私が誰か判れば、納得するのだがな」

「あなたが誰なのか、判らないもの。仕方ないでしょう」

私がそう言うと、老人はまた笑った。しかしその笑い声には邪気を感じなかった。

「まあいいです。たしかに今は、この車に乗るしか仕方ないですね」

私は掘っ立て小屋にとって返すと、菊池麻美子を促して、センチュリーに乗り込んだ。

第二章　死者たちを結ぶ線

私たちが「お城」に戻ると、等々力さんと石川さんがエントランスから飛び出してきた。が、黒塗りのセンチュリーを見て驚いたように後ずさりした。

私が降り立つと、等々力さんは怒鳴った。

「心配したぞ！　どこまで行って、何をして、どうなってたんだ！」

が、私の後から痩せぎすの老人がステッキをついて降りてくるのを見た瞬間、口を噤んで顔を伏せ、すすすっと再び後退してしまった。わかりやすいほど相手を見て反応してしまう人だ。

そして、最後に、私の防寒コートにくるまった菊池さんが車から降りた。その顔には苦渋の表情が浮かんでいる。

ここに来るまでの車内で、老人は彼女に「決して悪いようにはしないから」と何度も言い聞かせ、説得しようとしていた。だが菊池さんは、「あそこに戻るくらいならいっそ死んだ方がマシ」とまで口にして、ずっと震えていたのだ。

塚田マネージャーが飛んできて、老人の足元に平伏すると、土下座した。

「先生！　大変、申し訳ないことを……なんとお詫びしていいか……本当に……」

「君は一体、何をしとるか！」

老人は驚くほどの大音声で一喝し、ステッキを塚田マネージャーに突きつけた。

「いろいろ言いたいことはあるが、ここはどういう場所だ！　知的な刺激と、リラクゼーションの場という話ではなかったのか⁉　それがただの歓楽施設になっているようだが？」

塚田マネージャーはただただ恐れ入っている。

「君はオーナーの親族かもしれんが、その立場に漫然として、職務怠慢ではないのか？」

「いえ……ワタクシは一年三百六十五日一日二十四時間、滅私奉公しているつもりですが……」

「ただここに詰めていて言われるままにハンコを押す無能な管理職ではないのかね？　現にこんな不祥事が起きている」

「それは……ワタクシが着任する前からのことでありまして……」

「君には、旧弊を改善するという意欲がないのか！　それでは前例踏襲の小役人と同じだ！」

老人は激しい言葉で塚田マネージャーを叱責した。かなり偉い人物らしいが、この施設とどう関わっているのか、マネージャーとどんな上下関係があるのかは全く判らない。

「この迎賓館のオーナーであるキャリウェルは能力主義・成果主義を標榜しているが、肝心の、自社中枢の人事はズブズブの縁故採用ではないか！　君などはその最たるものだ。いや、ここだけではない。日本社会の全部がそうだ。だから社会の上層部では無能な小人がのさばり、一般の国民は成果主義に追い立てられて疲弊するばかりだ。社会がますます荒廃し、格差がひどくなる一方なのだ。判るか、君！」

老人はなおも塚田マネージャーを叱責しようとしたが、我に返った様子で言葉を切った。

「……もっと言いたいこともあるが、こういう形で私の言葉を浴びるのは君としては不本意だろう。続きは私の部屋で話す」

そう言って、老人は菊池さんの手を取った。

「この子は私が預かる。責任を持ってな」

そこまで言った老人は、私を見た。

「悪いようにはせん。いや、もっと明確に言っておこう。彼女をこれ以上不幸にはしない。それは約束する」

老人は菊池さんと塚田マネージャーを引き連れて、奥の方に歩いて行ってしまった。

「……ええと、これは」

　石川さんが等々力さんに訊こうとしたが、等々力さんは首を振った。

「訊いても無駄だ。おれにも判らん」

「しかし、このままでは東京に帰れませんよね？　殺人はあったけど、妙な老人がコトを収めてしまって犯人の女を隠匿しているって説明、室長や津島さんには出来ませんよ？」

　私も同感で、等々力さんを見た。

　部下に見つめられて、一番年長の等々力さんは不貞腐れた。

「だから、おれに訊くな。おれを責めるな！　とにかく、マネージャーが戻ってくるまで待とう」

　私たちは仕方なくロビーのソファに座った。

　緊張していた糸が、切れた。すると……急に空腹を感じて、お腹が鳴ってしまった。

「ん？」

　と等々力さんが私を見た。彼と石川さんはここで待っていただけかもしれないが、私は一仕事してきたのだ。

　時計を見ると、まだ夜の七時だった。暗い山道を走り、ほの暗い自販機レストランで男たちと戦って菊池さんを助けたので、もう真夜中のように思っていた。

　すると……何も言わないのに手押しワゴンを押すウェイターさんがやって来て、「お食事を用意致しました。どうぞお召し上がりください」と、ソファ前のテーブルに料理をサーブし始めた。

ワンプレートのステーキと、サラダとライスの盛り合わせだ。

「では遠慮なく」

等々力さんはサーブされるや否やナイフとフォークを取って食べ始めた。

「美味いねえ。さすがだ」

私も食べたが、等々力さんの言うとおり、たしかに美味しい。赤身のステーキは絶妙な焼き加減だし、付け合わせのマッシュポテトは濃厚なコクのある味で、サラダもフレンチドレッシングの酸味がキツすぎず、野菜も新鮮だ。

ステーキから出た肉汁が染みたご飯がまた、いける。

見ると、石川さんも顔を綻ばせて無心に食べている。

「そう言えば、津島さんには連絡しましたか？」

ふと思い出して、私は等々力さんに訊ねた。

「してないよ。現状ではどう説明していいのかわからないじゃないか。津島さんは今、上野原さんの御通夜に行ってるだろうけど」

「室長から連絡は入ってないんですか？」

いや、と言いながら等々力さんは自分のスマホを取り出し、次の瞬間、「ヤベ！」と口走った。

「着信履歴が凄いことになってる……電波が届かないところに差し掛かった時、バッテリー温存のためにスマホを切っちまったまんまだった」

そう言われて私も自分のスマホを見ると……津島さんと室長から二十回ずつくらいの着信があった。ここに着いたときに消音モードにしたままだったから、私も等々力さんを責められない。

石川さんは……「連絡はしてました」と答えた。

「通話するのはよくないと思ったので、ショートメッセージで。簡単なことだけですが。お城に着いた、説明を聞いた、死体を見た、犯人は逃げた、上白河君が捜しに行った、帰ってきた、と」

「遺体についても、ですか？」

思わず私が訊いた。

「あ、それは、君が犯人を捜索しに出て行ってから、時間があったので、メールした。要点だけだけど」

石川さんはそう言ってから、等々力さんを見た。

「どうすべきでしょうか？　我々は警察ではないので、犯人の菊池の身柄を引き渡せという権限はないですよね？　地元警察に通報して協議しますか？」

「しかし地元警察も、事件があった事自体は知ってるんじゃないのかなあ。知ってるのに動かないって事の意味を考えるべきじゃあないのかなあ」

等々力さんの答えは、ハナから逃げ腰だ。

「いや、地元警察は知らないかもしれませんよ。テレビで流れても、警察の問い合わせにあの塚田マネージャーが完全否定して、もっと上からの圧力もかかったかもしれませんし」

「上からの圧力って、よく使われる便利な言葉だけど、どうなんだ？　そんなもの本当にあるのか？」

「いや、あるでしょう！　今までだってさんざん邪魔されてきたじゃないですか！　そもそも我々自身が圧力そのものだとも言えるわけで」

「そうかねえ？」

等々力さんはオトボケ戦法で、保身に走った。一応の安定状態にある今、事を荒立てて火の粉を被りたくはないのだろう。

そこへ、塚田マネージャーがやって来て、神妙な顔をして私たちの前に立つと一礼した。「いろいろと……ご面倒をお掛けしました」

「で、どうするんですか、この件は？」

等々力さんが怖い顔で立ち上がり、塚田マネージャーに迫った。

「警察にはどう対応するんです？　殺人となると、さすがにこのままでは済まないでしょう？　普通なら、死体を見つけた、朝九時の時点で警察に通報しますよね？　日下部さんのご遺体は、どうするんです？」

「それは……上の指示を仰いで、そのように」

「上って、具体的には誰です？　そのように、とは？」

等々力さんは強い口調で迫った。

「ですからこの件をどうするか、上の方が対応しておりまして、私としてはそれに従うのみです。皆様におかれましては、この件、いろいろと複雑な問題がありますので、どうかご配慮を戴きたく……」

「揉み消しに協力せよということですか？　こちらだって上司の判断を仰ぎますよ！」

等々力さんは颯爽とスマホを取り出して、電話をかけた。

「あ、室長、等々力です」

見てろよ！　という顔で通話し始めた等々力さんだが、にわかに顔が曇って声が小さくなった。

「……はい、はい。こちらもいろいろありまして、連絡する機会を逃しておりまして……はい……なるほど」

見えない相手にペコペコして、その額には汗が滲んだ。室長に相当厳しく叱責されているのか？

「……判りました。そのように致します。では」

神妙な顔をして通話を切った等々力さんは、塚田マネージャーに向き合った。

「おたく専属のお医者さん……堀田先生でしたっけ？　あの先生から詳細な死体検案書が所轄署に送られてきていて、事件の概要については、内閣官房・警察・キャリウェルの三者が共有していると。警察というのは、所轄のN署に群馬県警、そして警察庁だ。つまりこれは高度な政治案件として扱われる、そうだ」

「だから警察に通報しても動かなかったんですね」

石川さんが納得した表情で言った。

「日下部さんのご遺体は、明日の午前中にキャリウェル本社差し回しの車が引き取りに来る。そのあとは縫合などをしてご遺族に渡されることになる。犯人の菊池麻美子については、鬼島六平氏の預かりとする」

「キジマロクヘイって、誰です？　あの老人？」

そんなことを訊いた石川さんを、等々力さんと塚田マネージャーが睨むように見た。

「そう。俗に、『鎌倉の老人』とか『先生』とか呼ばれている、政官財界に顔が利く人物だ」

まさか実在するとは、この目で見るまでは信じられなかった、と等々力さんは言った。

「まあ、妖怪というかバケモノのような。伝説上の存在、というか」

「だけど、私たち、会いましたよね。生きてましたよ」

私は、その妖怪と一緒の車に乗ったのだ。

「君は、大変希有な体験をしたのだ」

等々力さんは重々しく言った。

「しかしですよ。その鬼島老人が犯人を預かるって……それは、事件が裏で処理されるってことですよね？」

石川さんは納得がいかない様子で言った。

「殺された日下部氏も、ＳＭプレイの最中だったわけだし、遺族も強く言えないんだろう。それに、ここは今をときめく政商・立山大祐がトップを務める会社の施設だし、どっちを向いても、アレだ、その……」

「隠蔽、ですか？」

私が言うと、等々力さんは力なく、「うん」と返事をした。

「ただ、一度テレビに流れてしまった以上、完全に無かったことには出来ない。新聞雑誌は抑えられるかもしれないが、フリーのライターだとか、コントロール出来ないヤツが動いて、ネットにあることないこと書きまくる可能性がある」

「それは困る。いえ、困ります」

塚田マネージャーが慌てた。

「それを防ぐ方法は一つ」

「なんですか？」

塚田マネージャーは食いついた。

「きちんとした発表をすることです。そうすれば根拠の薄い飛ばし記事を、消せはしませんが、蹴散らすことは出来ます」

等々力さんにそう言い切られて、塚田マネージャーはさらに困惑した。

「まったく何にも発表しないのは最悪です。何を書かれても仕方ないし、我々も、どうなるか保証できませんよ。あらぬウワサが広まって、御社の本体までが批判に晒されて、トップの立山さんが、今以上に誹謗中傷されても知りませんよ」

言いたくはありませんが、御社の立山さん、非正規雇用を増やして日本の社会を破壊した、と、ただでさえ評判は最悪ですよね？　と等々力さんは言った。

「そこに持ってきて殺人絡みで炎上したら、これはもう、燃え切るまで鎮火できませんからね。誰もが容赦なく叩ける獲物を探しまくってるんだから」

「そうですよ。何も発表しないわけにはいきませんよ。わけても『鎌倉の老人』がせっかくお出ましになって事態を収拾しようとしてくれているのだから、それを台無しにするのはマズいですよ。立山さんの立場が困ったことになるのでは？」

石川さんも加勢した。

「要人を接待する場所が、昔の軍隊の慰安所みたいになってるとか言われたら大変ですよ。まあ実際、そういうことをやってるみたいですけどね」

「いやそれは、お客様のご要望があればこそであって、こちらからそれを売り物にして、お客様を呼び込んだわけではありません」

塚田マネージャーは反論したが、等々力さんに「本当にそうなの？」とギロッとした目で問い質されると、黙ってしまった。

「まあ、大手新聞社の論説委員という幹部が、ここでSMプレイをやり過ぎてM嬢に反撃されて殺された、なんて発表は、まさか出来ませんわな。ましてやそのM嬢が、ここに常勤してるなんて事になったらアナタ」

「それはご勘弁を。どうか、それだけはご内聞に！」

塚田マネージャーは再び土下座しそうな勢いだ。

なんだか、等々力さんが脅しをかけるヤクザかなにかに見えてしまう。

「では、どうでしょう、日下部さんはここで急死した、ということで。それなりのお年だから、急性心筋梗塞とか動脈瘤の破裂とか。それなら問題ないでしょ？　これ以上の譲歩は出来ませんよ」

「それはもう、問題ないです！」

塚田マネージャーは縋るように等々力さんの手を取って握手をして、腕を上下にブンブンと振った。

「上の方にも諮りますが……どうかそれでなんとか収めてください」

「判った。判ったから、手を離して」

「あのですね、ここを淫売屋みたいに言われましたけど、以前ここのスタッフだった子が、なんか、その後芸能界デビューして人気になったんですよ。名前は言えないけど。最近、別のことでも話題になったね。だから女の子も、スキルアップのステップだと割り切ってたりするんです。まあ、それがあとから揉め事のタネになったりもするんですけどね」

「それはどういうことです？」

「ですから……ウチは大手で資金も豊富だからと、脅しにかかる手合いもいるわけですよ。オレの女が昔ここで、とかね。非合法な事をやっていたと警察に訴えるぞと。けど、それをやったら、その女の子自身も捕まることになるんですけどね。女の子にしてみれば、すべて了解した上で、割り切ってやってるのに……」

普通の神経では言えないようなことを、塚田マネージャーはしゃあしゃあと言い放った。

しかし、私にはそうは思えない。菊池さんはどう見ても、そういう割り切った考えで仕事をしていたわけではなかった。だから、ああいう事件を起こしてしまったのだ。

「あの……菊池さんは……どうなるんですか？　あのお年寄り、鎌倉の人？　あの人が預かるって……なんか、もっとひどいことになるんじゃないですか？」

「いやまあそれは」

等々力さんがなにか言いかけたが、私の険しい顔に気づいてか、黙ってしまった。

「そもそもあのご老人、そんなに信用出来る人なんですか？　偉いヒトなんだろうなあとは思うけど、そういう人ほど、一般人なんかどうにでも出来ると思ってたりしません？　しかも菊池さんは犯罪を犯してしまった負い目があるから、尚更……何をされても逆らえなくなっているのでは？」

「いや、あの鬼島先生は、そういうレベルのお方ではないのですよ」

塚田マネージャーは断言した。

「というと？」

「それは……そんなことをする必要がないというか、うまく言えませんが……」

やっぱり答えられないではないか。

「要するに、鬼島老人はスゴいという虚名ばかりが広がって、実際の人柄とかは判ってないんでしょう？」

等々力さんもそう言ったが、等々力さんだって鬼島老人について知っているとは思えない。

石川さんも困惑したまま黙っている。彼も知らないのだ。

「みなさん、あの老人がどういう人かも判らないのに、あの老人が任せろと言うから、言いなりにならなければならないって、おかしくないですか？」

そう言っても、男たちの反応は薄い。菊池さんはどうせ殺人犯なのだから、そんなにケアすることはない……とでも思っているのだろうか？

「私は、菊池さんが心配なんです！　あの老人がどんなに偉い人だと言われようと、私自身が納得していないんです。信用して任せることなんか出来ません！」

「それは君が彼女を助けたから、それだけ思い入れが強いってだけじゃないのか？」

私を宥めるように等々力さんが言った。

「我々は警察じゃあないんだから、取り敢えず彼女の身柄については何の権限もない。上の方でこの件をどうするかハナシが決まったようなんだから、ここは手を引くしかない。そうだよな、石川」

同意を求められた石川さんも、小さく頷いた。

「じゃあ、我々は引き揚げよう。上白河君もそれで納得してくれ。塚田さんも、あなたの判断で勝手なことはしないように。くれぐれも頼みますよ」

等々力さんは撤収を決めて、私たちを急き立てた。

日付が変わった、午前零時過ぎ。

首相官邸近くの雑居ビルの二階には、まだ明かりが点いていた。

北関東からようやく戻ってきた私たちがオフィスのドアを開けると、ソファには喪服を着た津島さんが一人ポツンと座っていた。

「ただ今戻りました」

等々力さんが報告すると、津島さんは俯向いたまま、「ご苦労さん」とだけ言った。

津島さんは、仲よくしていた政治学者の、上野原朋子さんのお通夜の帰りなのだろう。

このオフィスは禁煙なのだが、津島さんはぼんやりとタバコを吸っていた。床にも、そして喪服のズボンにも灰が落ちている。テーブルには飲み掛けの缶ビール。

「あの……さきほど電話でご報告しましたように……」

「ああ、聞いてるよ。爺さんがすべてを引き取ったんだな。まあ、あの場所でああいう事になれば、ああいう収拾をするしかないだろう。急病死として発表するというのも、まあ妥当な線だろうな」

そう言う津島さんには、心ここにあらずという感じがありありだ。

「……あいつはさあ、高い金を払って有名ジムの会員になってたんだよ。大枚払っている以上は休むのが勿体ないから利用する！　って。そういうふうに自分を追い込むんだって。論文も本も、書くのは体力勝負だと言ってさあ。そんなやつが自殺するか？」

津島さんはそう言って缶に手を伸ばし、ビールをぐい、と呷（あお）った。

私は、菊池さんの処遇について津島さんに相談したかったのだが、とてもそんな状態ではないことが判った。津島さんはお通夜でもかなり飲んだ様子で、顔は真っ赤で、目はとろんとしている。

「どう考えても、自殺なんて考えられないんだよなあ……。残されたダンナさんとお子さんも、いまだに信じられない感じで茫然（ぼうぜん）としてた。それが痛々しくてねえ……」

と、さらにビールを呷った津島さんは、スマホを取り出して、手の中で転がした。

「何度もホントのところを聞き出そうと思ってさあ、古巣に電話しかけてはやめた。もうおれは部外者だしね、警察がみだりに捜査上の秘密を口外しないって事も判ってるし……だけどそれじゃあ気が収まらない……だってね、おれにとっては、君、上白河君！」

いきなり大声で名前を呼ばれた私は驚いて「ハイッ！」と直立不動になった。

「こんなに元気そうな上白河君がだよ、お疲れさまでしたって笑って別れて、それぞれ帰宅して、翌朝出勤してこないんで見に行ったら首吊って死んでたって、例えて言えばそういうことなんだよ？　そりゃまあ、みんな、人には言えない悩みとか秘密とかあるんだろうが……それにしたって死を選ぶ人間って、そんなに衝動的にやってしまうモノなんだろうか？　私には、判らないね」

津島さんは手の中でスマホをなおも御手玉のように転がしていたが……。

「やっぱり聞いちゃおう」

というと、津島さんは画面をタップした。

「……ああ、津島です。こんな時間に申し訳ない。ああ、そうだよ、上野原さんの御通夜に顔出して……どうしても割り切れなくて……ああ、うん」

相槌ばかり打っていた津島さんだが、息を吸い込むと、意を決したという感じで、質問を発した。

「上野原さんの死亡時の状況……そう、クローゼットの中で首を吊っていたっていう状況だけど、あの状況で、捜査の結果、自殺ではなかったと判った事件は、これまでになかったのかな？　同じような事件が続いてるだろ？　そう、自殺に見せかけた他殺、ってことになると思うが」

うんうんと津島さんは険しい顔をして返答を聞いていたが、「済まんね、ありがとう」と言って通話を切った。

「警視庁時代に仲よくしていたヤツが捜査一課にいるんで、ちょっと訊いてみたんだ。上野原さんや、その他の類似例について。これは非公式見解というか、ヤツの個人的な心証だけど、『殺人ではないとは言い切れない』と言っていた。過去の例についても調べておく、と言ってくれた」

「……津島さん、今夜はゆっくり休んでください。我々も引き揚げよう」

珍しく等々力さんが殊勝(しゅしょう)な顔でそう言い、私たちもオフィスから出た。

思えば、長い一日だった。まったく何も解決していないどころか、納得できない気持ちは深まるばかりなのだが……。

＊

日付が変わってからの帰宅は残業もいいところだ。しかも今日は業務外の「肉体労働」もあった。暗い山道の追跡も暴走族相手の立ち回りも、自分から志願したこととはいえ、それが当然みたいな雰囲気のある我が職場は、もしかしてブラック？……などと思いつつ、私は自分の部屋に帰ってシャワーを浴びてベッドに潜り込み、一眠りしたかと思ったら目覚まし時計に起こされて、出勤した。

オフィスには石川さんが一人だけ居た。

「帰ると遅刻しそうだったから、ここに戻って泊まっちゃいましたよ。着替えはロッカーに置いてあるので。まあ、女子はそうはいかないでしょうね」

と、聞きようによっては性差別みたいなことを言いつつ、石川さんは電気シェーバーで髭(ひげ)を剃(そ)っている。

「ところで、知ってる？　ネットでまた炎上してるの」

「知らない。ネット見ないから」

私と石川さんは、トシが近いのでフランクな会話が出来る。石川さんから上になると、途端に年齢が跳ね上がるので、言葉遣いにも気を遣うのだ。

「ほら、『自殺した』とされる一連の有名人のなかで、ちょっと渋い舞台俳優がいたでしょ？　テレビでは悪役をやったりする、平田俊太郎（ひらたしゅんたろう）って人」

私はテレビもあまり見ないし、劇場にお芝居を観に行ったことは一度もない。

そんな私の無反応を見た石川さんは、説明を始めた。

「……まあ、いるんだよ、そういう役者が。きっと顔を見れば『ああこの人』って判ると思うけど……その平田俊太郎が、自分のブログでかなり手厳しい政権批判をしていたんだって。だから、ネットでは『平田さんは政府に殺された』ってウワサが広がってる」

「それなら、津島さんのお友達だった上野原さんも、朝のテレビでかなり激烈に政権批判をしてたんですよね？」

そうらしいね、と石川さんが応じた。

「だからネットでは、『政権批判をすると消される』みたいな陰謀論がすぐ盛り上がるわけだ。キャッチーだし都市伝説みたいなものだから、みんな無責任に書き込めるし。だけど中にはそんな野次馬ばかりじゃなく理性的な人もいて、『ちょっと批判されたくらいでいちいち人を消してられるかよ』『政府だって忙しいんだ』『しかしこの前の、暴走元自衛官のような事件もあったからなあ。アイツは政府に批判的なヤツが気にくわなくて殺して回ってたんだろ？』とか、ね」

「だけど、ネットでそういう話が盛りあがったりウワサが広がったりしたからって、それが何なの？　何か起きるの？」

「いや……すぐにどうこうはないけど、世論のうねりと捉えられることもあって……」

と話し始めたところに、室長や津島さん、そして等々力さんのベテラン組が相次いで出勤してきた。

「みなさん、昨日は遅くまで大変でしたね。ご苦労様でした」

室長がみんなを労った。

津島さんは、一夜明けて、顔色はまともだ。昨夜は悪酔い気味で顔は真っ赤だったが、今朝はいつもの津島さんに近い。

しかし、室長はと言えば、スッキリしない表情を浮かべている。

「昨夜、私は副長官に呼び出されましてね。事務方のトップである、新任の横島副長官」

浮かない口調からすると、あんまりいいやりとりではなかったらしい。

「なにか妙な指示が出ましたか？」

等々力さんが妙に嬉しそうに訊いた。

「出ました。今度の副長官はアレですから」

室長は表現をぼかしたが「アレ」が意味するところは私にも判った。

「ネットで、よからぬウワサが広まっていることに、副長官は懸念を抱いてらっしゃる。そのウワサがこれ以上過熱しないよう、直ちにクールダウンさせよとのご下命です。出来ればネットから一掃せよと。根拠のない言説だからウワサなのであって、そういう、人心を惑わせ乱す言説は世間の不安を醸成させるから、という理由です」

「具体的には、どこまで何をやれとおっしゃったんですか?」

津島さんが無表情に訊く。

「早い話がヨゴレ仕事です。政府批判をしたから消された、という噂を消し去るために、カウンターで有ることないこと、いや、ないことないことを流せと。さまざまな別の噂やウソ偽りを、あらゆるチャンネルを使って拡散しろと。つまり自殺した、とされる芸能人や有名人は、それぞれ何かで悩んでいたと。スキャンダルやクスリをやっていたのがスクープされそうだったとか、仕事上で大きなミスをしてしまったのを苦にしていたとか……とにかく、もっともらしい自殺の動機をでっち上げて、とにかく流せと」

室長は、顔を歪めて、言った。

「なんですと?」

それを聞いた津島さんは顔色を変えた。

「いやそれは、承服出来ない指示ですな。この仕事は私、お断りしたいですな」

「うん。君がそう言うとは思ったよ。思ったけどもだ、これが宮仕えの辛いところでね。個人の考えとか個人の良心なんてモノは、無いと考えねばならんのです」

「それは重々判っております。私も警視庁に入って刑事として叩き上げられましたから。しかし、今回のこれは……どうしても承服できません。誰かの命令で冤罪をでっち上げるのと同じじゃないですか。死人に口なしとばかりに事実無根の噂を流すのは、死者への冒瀆です」

津島さんはそう言って腕組みをすると、自分の椅子に座り込んだ。テコでも動かない、という気構えが全身から発散されている。

「津島君。君の気持ちは判るんだがね……昨夜がお通夜だったんだしね」

室長は、どう言えば津島さんを説得できるか、かなり困っている。

「まあ、アレじゃないですかね」

等々力さんが妙に明るい声を出した。

「みなさん、マジメすぎるから困るなあ。ねえ室長。こういう指示は、『指示に従ってやりました／やってます』って実績さえあればいいんじゃないでしょうか？　そりゃ気が進まないひどい仕事もあるけれど、それはウチがそういう、ドブ掃除をする部署だから。やらねばならないドブ掃除なら、やりますよ。ドブが詰まると困りますからね。しかし、やる必要のないドブ掃除なら、『やったこと』にする。それもまた官僚というか、宮仕えの知恵じゃないですかね。悪知恵と言うべきか」

それに、津島さんが「ん？」と反応を示した。

「やったフリってのは無理だろう？　なにをやったか報告を求められるぞ」

「そこが腕の見せどころってヤツですよ。高等サボタージュというか……」

例えば……と等々力さんは自分のパソコンに向かってササッと何やら文章を書き、大型テレビモニターに映し出した。


『アイドル美里まりんが自殺した真相を知っている。教えてやらないけど』

『芸能界って汚染されてるよね～。みんなヤクやってるんだぜ』

『あれだ。上野原は学術会議に入れなかったから悲観したんじゃねえの？』

『呪われたテレビ番組がある。自殺したヤツは全員、それに出演していた』


などなど、実に低級な、ハッキリ言ってクソな書き込みだ。そういう文章を、等々力さんは量産してゆく。

「要するに、こういうモノをネットに流せばいいわけだ」

まあ、このレベルの書き込みなら、どうせ安いお金で雇われた頭の悪いアルバイトが、ネットにあることないこと書き散らしているに決まってる……と読めないことはない、のかもしれない。

「バカな書き込みだと思うだろ？　しかし、これには巧妙な罠を仕掛けてある。この書き込みは、わざと広告会社の便通のサーバーを経由させたから、書き込みのＩＰアドレスを辿ると便通に行く。ってことは？　はいそこ」

等々力さんは教師のように石川さんを当てた。

「……便通の社員か、バイトが書き込んだってことになります」

「正解。さらに、同じような低レベルの書き込みを、それも捨てメアドを使って、ツイッターそのほかのアカウントを山ほど取って書き込む。そうすれば、それこそ根拠のない、ただのデマだと一目瞭然で判るだろ？」

「一目瞭然で判ってしまったら、それは横島副長官にも判るんじゃ？」

石川さんは首を傾げたが、その懸念は半ば的中することになった。

等々力さんの「下手な小細工」書き込みは、その意図がバレてたちまち炎上してしまったのだ。あっという間に拡散して、大勢が食いついたのだ。

『どこかのバカがバイト書き込みしてるぞ！』

『疚しいヤツの仕業だろ』

『便通のアドレスがダダ漏れだ。やったバカは得意なんだろうけど、すぐバレるから、やっぱりソイツはバカ』

『構ってチャンか？』

等々力さんのネット工作は「どれだけ叩いても大丈夫な書き込み」認定されてしまったようで、誰もが面白がって叩き、嘲笑し、罵倒した。

「いかん。トラフィックがもの凄い事になってる。下手したら便通のサーバーが落ちます！」

国内ネットワークの状況をモニターした石川さんが警告を発した。

「さすがにやりすぎですよ！」

「判った！　消そう。おれの書き込みを全部消そう！」

等々力さんはそう宣言して、発言削除をはじめたが、すでにリツイートされまくり、魚拓も取られまくりで拡散してしまっている。全部はとても消せない。

「これ、新任の副長官が狙った効果になったんでしょうか？」

私は素朴な疑問を口にしたが、みんな返答に窮して黙り込んだ。

「たぶん、なんの役にも立たなかったか……ハッキリ言って、逆効果って事ですね？」

「だが、俺は言われた通りにやったわけだ。これで名目は立つ」

そうなのか？

「まあ、ネットでよからぬ嘘を流すと、それなりの対価を支払うハメになるって、上の方でも判ってくれればいいんですが」

石川さんの言葉がすべてのようだった。

「だけど……こんな穴を掘って埋めるだけの意味のない事をさせられるより、真実を知りたいですね」

石川さんがぽつりと言った。本当にその通りだ。

「どうでしょう？　警察もやってるとは思いますが、自殺した人たちのすべてのデータ……立ち回り先とか交友関係とか、あと、これ言うとヤバそうですけど思想信条とか趣味嗜好も含めて徹底解析して、共通する条件を抽出してみるのは？」

「警察は当然やってるよな。だが、その結果は表には出てこない。捜査上の秘密だからだ」

津島さんは首を捻った。首の骨がポキリと音をたてた。

「出来ないことはないでしょう。スーパーコンピューターじゃなくても、その辺のパソコンでも可能な筈です」

石川さんの提案に、面倒な事が大嫌いな等々力さんが難色を示した。

「嫌だよ。データ入力が大変だろう？　エクセルを使うにしたって、項目別にデータを入力しなければな……」

「それは大丈夫だ。すでにそういうデータは捜査一課の連中が入力を済ませているはず。それを戴けばいい」

津島さんが簡単に言うので、等々力さんは口を尖(とが)らせた。

「だったら結果も貰(もら)えばいいじゃないですか！」

「だから結果は捜査上の秘密になる。元の入力データだけなら問題なかろ？」

そういうと、津島さんはデスク上の電話を取りあげ、短縮ボタンを押して架電(かでん)した。

「あ、津島です。お忙しいところ恐縮。例の件だけど……ほら、有名人の連続自殺。あれ、捜査本部は立ち上がってないの？　個別の事件として扱ってる？　ホントかい？　それじゃあ効率悪いだろうに。でね、捜査資料の一つを是非(ぜひ)。送って貰えないかと。いや、生のデータでけっこう。こちらも何か協力できるんじゃないかと。何をおっしゃる。こういう時は持ちつ持たれつ、助け合っていきましょうや。あ、ああそう。判りました。ありがとう」

津島さんは満足そうに電話を切った。

「警視庁のサーバーにあるそうだ。ウチはサーバーにアクセスできる権限、あるよな？」

「はい、今、アクセスしました」

石川さんが自分のデスクから返答した。

「二〇＊＊年、東京における有名人の自殺というエクセル・データがあります」

「それ、ダウンロードして、ウチのエクセルで共通項を検索して」

「はい、出ました。共通項」

石川さんは、ほぼ瞬時に返答した。

「共通項は多いです。有名人ってみなさん、似たような生活をしてるのかな」

「出身校とか年収とか、そういうのはいいぞ。もっと自殺に関わりのありそうな項目を」

「それも出ました」

津島さんの注文に被せて、石川さんは結果を口にした。

「今のところ『一連の』という括り(くく)にされている青年実業家・前島忠夫(まえじまただお)、舞台俳優・平田俊太郎、メジャー大会で優勝した女子ゴルファー・渋沢桜(しぶさわさくら)、アイドル・美里まりん、そして、政治学者・上野原朋子の五人に共通するのは……まず、自殺の状況」

「クローゼットで首を縊り(くく)、家族に発見されて病院に搬送(はんそう)されたのち、死亡が確認された」

石川さんに津島さんが答えた。

「はい。それと、みなさん、同じテレビ番組に出演歴があります」

それを聞いた等々力さんは「え?」と驚いた。適当に書いたウソが、ズバリ的中してしまったからだ。

「五人同時ではなく、各人がバラバラでゲストに呼ばれたのは……テレビニッポンの『ワイドモーニング』……ではなく、深夜番組の『ギリギリないと』ってこと?」

そう答えた等々力さんに、石川さんはサムズアップで応えた。

「御名答！」

「クイズ番組かよ」

等々力さんは冗談に紛らわそうとしたが、その表情は強ばっている。

「朝の番組だと美里まりんが出ていません。深夜の『ギリギリないと』は、上野原さんが一回だけ『新政権でどうなる日米関係』という硬いテーマの回に呼ばれてますね。共通項はまだあります。五人とも、同じスポーツクラブの会員であること、です」

石川さんのその言葉に、全員が「ん？」と反応した。私もだ。

「日本橋浜町にあるフィットネスジャパン浜町。ここに通っていたようです。この五人が出演していた『ギリギリないと』を放送しているテレビ局の近く、ということもあるのでしょうか？」

石川さんの疑問に、室長が答えるように言った。

「テレビ局近くのスポーツクラブですか……そこならお互いが会っている可能性もあるし、共通の知り合いが出来る可能性もある。誰かに動静を把握されている可能性も出て来るし、テレビで共演したということより、いろいろ犯行に結びつく要因があると思われますね」

室長の言葉に、みんなが頷いた。

「探ってみる価値はあるでしょう。こんなクソ作業をするよりよっぽどいい」

室長は、らしからぬ言葉を使ってしまったことに気づいて「あ、失礼」と軽く頭を下げた。

「じゃあ……若いコンビでちょっと行ってきてくれるか？　ああいうところには体験コースがあるでしょう？　必要があれば入会してもいいです。必要経費で処理しましょう」

＊

都心にある公園としてはかなり広い、浜町公園。

この近くには「明治座（めいじざ）」があり、民放の「テレビニッポン」もある。

それらにほど近い場所にあるスポーツクラブ「フィットネスジャパン浜町」に、私は石川さんと出向き、「体験コース」に申し込んだ。

ビル全体がスポーツクラブになっていて、ウェイトを使ったトレーニング室や、身体（からだ）に負荷をかけて鍛（きた）えるマシンルーム、ダンスやフィットネスで汗を流すスタジオ、スカッシュやテニスのコート、地下にはプール、そして最上階には露天風呂やサウナもある。

一通り係の人に案内して貰って、私と石川さんはレンタルのトレーニングウェアに着替えてトレーニング室に入った。スポーツブラにTシャツ、ジャージという普通の姿なのに、私は中にいた男性たちの視線を浴びてしまった。石川さんも私を見て、ニヤリとした。

「上白河くんは、スタイルいいね。馬子にも衣装ってこのことだな」

「孫って、私、お婆さんじゃないし」

「あ、いやいや、そうじゃなくて、君みたいにスタイルがいいと、ナニを着ても似合うねってこと」

「そうじゃないだろう？」

近くで腹筋のトレーニングマシンを使っていた老人が口を挟んできた。

「馬子にも衣装とは、どんな人間でも身なりを整えれば立派に見えることのたとえだ。そのかわい子ちゃんにそんなこと言うと侮辱になるよ」

「あ！　悪い悪い！」

石川さんは慌てて私に謝った。

「じゃあ、あれだ。北川景子みたいにナニを着ても美人だ。これでどう？」

腹筋トレーニングマシンの老人は「う～ん」と首を捻った。

トレーニング室を選んだのは、そこが一番出入りが多くて、人も集まっているからだ。

実際、昼の時間なのに、結構な数のヒトがいて、マシンもまんべんなく使われている。

ウェイトトレーニングやマシンを使ったトレーニングは自衛隊時代、毎日のようにこなしていたから、まったく苦にならない。華奢に見える私を見たトレーナーが、軽い負荷でマシンを設定してくれたが、それではスカスカでやった気にもならない。

「設定し直していいですか？」

そう断って一番強いレベルに上げた。早速グイグイやると、トレーナーや石川さんは目を丸くして驚いた。屈強な男がひいひい言いながらやっているマシンをすべて最強レベルに設定して、しかもどんどん違う機種に移って、軽くこなして行ったからだ。

トレーナーは「ここにくる意味、なかったりして」と半分冗談にして笑って誤魔化した。でも、定期的にやっていないと筋力は衰えるから、自費で会員になろうかな、と思っていると……。

「やあ。君、凄いですね」

声をかけてきた若い男がいる。見ると、それはこの前オフィスに遊びに来た、香月さんだった。

初対面で「あ」と私の目を釘づけにした、そのときのままの美貌。今日も見るからにカッコいい香月さんだ。ありふれたTシャツやジャージも、この人が着ていると高級ブランドにしか見えない。

私はつい、顔が火照るのを感じた。自分でも判るくらいだから、傍目にもたぶん、真っ赤になっているのでは？

全身が映る大きな鏡を見ると、本当に顔が真っ赤だったので、私は慌ててスポーツドリンクを飲んだ。

「あ……どうも。こんにちは。今日も崇君と一緒ですか？」

何気ない振りを装って訊いてみた。この前は鴨居崇に連れられてオフィスに来たので、訊いてみたのだが、彼は首を振った。

「僕も大人だから、いつも彼と一緒ではないですよ」

そう言って笑ったが、目は笑っていない。鋭い視線で私を観察している。しかし崇とは、スポーツクラブで知り合ったと言っていたはずだ。

「さっきから見てましたが、なかなかやりますね。元自衛隊の方だと伺いましたから、相当仕上がってるんだろうと思ってましたが……想像以上だ」

そう言うところを見ると、香月さんもかなり自信があるのだろう。

「どうでしょう？　一緒にトレーニングしませんか？」

断る理由はない。

私たちは並んで、ベンチプレスをすることにした。

彼はいきなり一〇〇キロから始めた。私をチラチラ見ながら涼しい顔をして一〇〇キロのバーベルを上げ下げしている。

私は……久しぶりなので八〇キロから始めたが、小柄でムキムキでもない私がいきなり八〇キロでスタートしたことに、香月さんはちょっと驚いたようだった。

すこしやると感覚が戻ってきたので、九〇、一〇〇とウェイトを上げていった。

するとJ香月さんも競うように一一〇、一二〇と上げてゆく。

私は一〇〇でウォーミングアップが完了したので、一気に一二〇に上げた。

「あの、女性で一二〇って、大丈夫ですか？　体重一〇〇キロクラスのアスリートが上げるウェイトですよ？」

「あ、そうなんですか？　私、そういうのよく知らないので」

そうトボケてベンチプレスを再開すると、香月さんは対抗心を隠そうともせず、こちらも一気に一五〇キロに上げてトレーニングを開始した。

見たところ、香月さんは筋肉質だがマッチョでも巨漢でもない。そんな彼が一五〇キロのベンチプレスをするのは無理がある。国際大会に出るレベルのアスリートならば、その限りではないけれど……。

果たして。数回やったところで断念し、香月さんはバーベルをスタンドに置いた。

「正直、ちょっと無理しました」

彼は白状して、苦笑した。

「しかし上白河さんは凄いですね。やっぱり自衛隊の鍛え方はレベルが違うんですね」

その通りですと答えかけたが、ぐっと我慢した。あんまり奇人変人のタグイに思われたくない。

彼は、同じフロアにあるガラス張りのスタジオを見やった。

「どうです？　格闘技のお手合わせを願えませんか？　ちょうどスタジオも空いてるし」

「格闘技ですか？　いろいろありますけど……」

私は格闘技なら一通り出来るが、素人（しろうと）を相手にする場合の手加減がよく判らない。

「防具がないので打撃系は止めましょう」

「判りました。組み系で」

しかしここは畳でもないしリングでもないから、投げ技を使った場合、下手すると腕とかを折ってしまうかもしれない。

それは香月さんも同じことを思ったようで、レスリングの体勢になった。となると、寝技で勝負ということになる。

私は身長百六十三センチで体重五十キロ。重いかもしれないけど、それは筋肉質だからだ。自衛隊時代、胸が大きいのが嫌で、小さめのスポーツブラで締めつけていたけれど、今は、特に今日は、ラクに動きたいので適正なサイズのブラを着けている。

最初はレスリングのようにお互いの手を組んで様子を見ていたが……やがて香月さんが私の下半身をすくうように攻め込んできた。そのまま倒れ込んだが、頭や顔を打たないように、私は柔道の受け身を取った。

その勢いでTシャツが捲（まく）れあがって、グレーのスポーツブラが見えてしまった。

「案外大きいんだね」

香月さんが囁いた。

え？と一瞬力を抜いた瞬間、いきなり柔道でいう横四方固めを食らってしまった。要するに、両手と上半身を使って体重を載せ、全身をがっちり押さえ込まれてしまう技だ。

香月さんの顔が私の胸にある。右手は、私のジャージの股間からお尻をがっしりと掴んでいる。

まあ、ヤバいと言えばヤバい状態だ。

が……しかし。香月さんには私が女だということで遠慮があるのか、押さえ込む力が緩い。

私は上半身をぐいっと起こして一瞬で香月さんを跳ね飛ばし、横四方固めを解いた。

そこから逆襲して、香月さんを袈裟固めにした。

「さすがですね。がっちりキマって、動けない……」

しかし、Lサイズを選んだ私のTシャツは長いはずなのに、捲れあがってしまって、ウエストからバストのすぐ近くまでが丸見えになっていた。

「引き締まった身体は綺麗だな。鍛えてますね」

「いえ、そんな」

香月さんに見られるのは恥ずかしい。

「しかも……柔らかい。弾力のある素晴らしい身体ですね」

「いえ、その」

ちょっと油断した。

その隙に香月さんに外されてしまったが、私も負けずに相手をひっくり返す「ローリング」に移った。その後はひっくり返されたらひっくり返す技の応酬が続き、私たちはスタジオの床をゴロゴロと転がった。

が、隙を狙っていた香月さんが、私の股関節を両脚で挟んでロックして、一気に優勢に持ち込まれた。いわゆる「股裂き」の技をかけられたのだ。同性なら何と言うこともないが、男女で組んでいるので、ちょっといろいろ考えてしまう。でも、今は勝負の最中だから、そういう邪念は払い落とさねば……。

私は全身のバネを使って、それを外して立ち上がった。香月さんもすかさず立ち上がり、その勢いで私にタックルしてきた。

そこで私は反射的に香月さんを後ろに投げ飛ばしてしまった。タックルホールドだ。投げ技は使わないつもりだったのに……。

しまった、となぜか思ったのも一瞬のことで、私は腹を括った。

もう、ここで決めてしまおう。

私は、投げられてダウンした香月さんをフォールしようとした。

が、彼もプライドがあるのだろう。上に乗ってフォールしようとした私の内股に足を掛けてきた。いわゆる「トルコ刈り」だ。

香月さんは結構息が上がって、白い額は汗でびっしょりだ。そろそろパワーを使い切った感じだ。

そこで私に、ここで勝って嫌われたくない、という気持ちが出てしまった。

だってこれは、遊びだ。遊びなら真剣に勝ちを取りに行くこともない。

咄嗟に「参りました」と言う意味で、手で床をパンパンと叩いた。

香月さんはすぐに技を解いてくれた。だが。

「……わざとでしょう？」

私がわざと負けたことを悟った彼は、ひどく不機嫌になって、立ち上がった。

「ちょっと、トイレ」

そう言い残して、ムッとした顔でスタジオを後にし、トレーニング室からも出て行ってしまった。

脇で見ていた石川さんが、心配そうな顔で寄ってきた。

「鴨居君の先輩なんだから……手加減しないと。上白河さんは充分強いんだから」

「それ、判ってたんですけど……なんか手加減が出来なくて。で、手加減したらバレちゃうし」

「露骨に手を抜くからですよ」

「そう言われても……手抜きは慣れてないし」

香月さんが戻ってきたら、とにかく謝ろうと思っていたが……全然帰ってこない。

フロア隅のベンチに座ってスポーツドリンクを飲んだ。

「どうですか？　このスポーツクラブ、何か感じます？」

私が訊くと、石川さんは首を捻った。

「普通のスポーツクラブでしかないですね。もっとも、こんな体験コースにちょっと居ただけで違いが判るようじゃ、相当ヘンなスポーツクラブだってことになるでしょうけど」

石川さんの言うとおりだ。ここに居る会員は、黙々とトレーニングに励んでいる。顔見知りらしい人たちは声をかけ合って少し話したりしているが、まったく普通の光景だ。

「この場所自体に何かあるわけじゃあないですよね」

そう言った私に、石川さんは頷いた。

「まあ、あのくだらない工作にウンザリしていた僕たちに、室長が助け船を出してくれたんですよ。ここで汗を流す方がよっぽど健康的でしょう？」

そういう石川さんは、全然汗を流していないけれど。

そうやって二人してボンヤリしていると、スポーツジムのスタッフが声をかけてきた。

「どうですか？　体験コースから入会なさるお客様は多いんですよ！」

「ええ、こちらは機材も揃ってるし、いいですね」

と私は応じた。

「さっき、スタジオでのアレをちょっと見ましたが、お客さん、相当やってらっしゃるようですね」

「ええまあ、そっち方面の仕事をしてましたから」

そう答えた私を、スタッフは無言で見つめてきた。品定めするようでもある。

「……女子プロレスですか？　女子プロレスの選手さんは美人が多いですよね」

お世辞だろうけど……そう言えば、ここは場所柄なのか女性客が多くて、しかも美人が目立つ。

「こちらの会員には、モデルさんとか女優さんが多いんですか？」

「そうですね。お台場や赤坂ほどではないかもしれませんが……まあ、普通のジムよりは多いかもしれませんね。そう言えば、この前亡くなった美里まりん様にもご利用戴いていました」

スタッフの口から、その話が出た。やはり、アイドルだから目を惹いたのだろう。

そんなことを喋っているうちに、香月さんが戻ってきた。その顔には、さっきの不機嫌な表情が嘘のように、いつもの愛想のよい笑顔と人をそらさぬ様子が戻っている。

「どうも、先ほどは済みませんでした」

香月さんが先に頭を下げて詫びてきた。

「どうもね、僕は、本気志向でして……つい、マジになってしまって。冷静に考えれば、プロである上白河さんに僕が敵うわけありませんよね」

「いえそんな。私もつい、負けたくない性分が出てしまって……」

彼は私をじっと見つめた。ここのレンタル・ウェアはけっこうサイズが小さくて身体にフィットするタイプなので、ボディラインが浮き出てしまう。それに気づいて、恥ずかしくなってきた。

「あの、私たち、仕事を抜けてきたので……この辺で失礼します」

「ああ、そうですね。僕はもうしばらく汗を流していきます」

そうでも言ってこの場を去らないと、ますますムズムズするような気分になってしまいそうだった。

石川さんは「もう？」という顔をしていたが、私は半ば強引にサヨナラの挨拶をして、ロッカールームに引き揚げた。石川さんもそれに従うしかない。

「半端な時間、と言うか、お昼時を少し過ぎましたね」

どこかで何か食べて……と言いながら、二人でスポーツクラブを出ると、周囲が何やら騒がしかった。

浜町公園の前に、パトカーや救急車が集まっている。

「ちょっと行ってみます？」

私たちは公園の中に入ろうとしたが、ちょうどその時、私のスマホが鳴った。

等々力さんからだった。

「今何してる？　そろそろ帰ってきてくれ。アホなネット工作はもう終わったから」

「なにかあったんですか？　真相究明に進展とか」

「いいから帰ってこい。こっちは人手不足なんだ！」

そう言われたら急いで戻るしかない。

公園で何が起きたのかは後から調べればよいと判断して、私たちはコンビニで昼食を調達し、至急オフィスに戻った。

＊

「警視庁捜査一課から回答があった」

私たちがオフィスに戻るや否や、津島さんが言った。

「過去に、クローゼットの中で縊死していたが、実は自殺では無いと判明した事件があったかどうか、問い合わせていたアレだ」

「はい、覚えています。結果が出たんですね？」

私と石川さんは荷物を置いて、津島さんのところに行った。

「おれはどうしても上野原さんが自殺したとは思えなくてね。警視庁時代に仲よくしていたヤツも個人的な心証だとした上で『殺人ではないとは言い切れない』と言って過去の例については調べておくと言ってくれた、その結果だ。少なくとも一件あった」

津島さんは送られてきたファックスを見せてくれた。

「一般人で、芸能人や有名人ではない。いわゆる実業家。起業コンサルタントの浜田克則（はまだかつのり）四十三歳。その人物は、人気ＡＶ女優の仁木夢芽（にきゆめか）を愛人にしていて、ずいぶんのめり込んで、家族と揉めていたらしい」

ファックスされてきた書類には、小太りで黒ブチの眼鏡（めがね）をかけた、不機嫌そうな中年男の写真が添えられていた。

「このヒト、テレビで見た事ありますよ。脱サラと起業を勧めて、これからは会社を頼るな、自分を信じろ！　とか豪語してました」

石川さんが言った。

「無責任なヤツだな。起業って大変だぜ。百人起業して、成功するのは一握りだろ？」

等々力さんが他人の不幸を嘲笑（あざわら）うかのように言った。

「でも、それだと、この人だって仕事も上手くいかず、奥さんにも責められて、追い詰められて自殺したかもしれないのでは？」

当然の疑問を私も口にした。

「いやいや、その人物は自信満々のワンマンの俺様男で、奥さんに詰められて死を選ぶような、そんなヤワな人物ではなかったらしい。家庭を顧みるタイプでもなかったらしいが、おれが儲けた金で遊んでナニが悪いと居直る、まあ、虚勢を張るタイプだな。時代遅れだが、今でもそういう男は居るんだよ」

津島さんは首を捻りながら言った。

「亡くなったのは、一ヵ月前。実業家の前島……ITで当てた、前島忠夫の件のすぐ後だ。前島はテレビの情報番組に自ら出演してタレント並みに顔が売れた有名人で、その事業は成功していて自殺する理由がない。浜田も同じで、その夜も、奥さんと口論してリビングを出て行ったので、どうせまた愛人の家にでも行ったんだろうと思っていた奥さんが寝室のクローゼットを開けたら……という展開だった」

「それじゃ普通、他殺だとは考えませんよね」

石川さんも首を捻った。

「その状況で他殺だとすると……何者かが侵入して、検視や司法解剖も欺く手段で浜田氏を絞殺後、クローゼットに吊るす偽装をして立ち去ったってことですよね……」

「前島氏と同じく、上野原さんにも自殺する動機は何もなかったんだ。それと同じで、この浜田も、おそらくは女子ゴルファーの渋沢桜もアイドルの美里まりんも……」

　そう言いつつ、津島さんは立ち上がった。

「突然だけど、これから、この浜田のご遺族に会いに行こう」

「は？　私もですか？」

　そうだよ、と津島さんが頷いた。

「どうしてもね、女の子に訊いて欲しいことがあってね。いや、今は女の子っていうといかんのか」

「いかんですよ！」

　少し離れた席から等々力さんの声が轟いた。

「しかし……警察内部の、津島さんのお知り合いの方が、そういう状況での死について、『自殺』だと断定しなかった理由は何なのでしょう？」

「まあそれは、亡くなった人の性格と、仕事的にも順風満帆だったから、だな。人間、そう簡単には死を選ばないものだよ。鬱病にでもならないかぎりね。頭の調子が狂うと、いくつかの理由や事情が重なっただけで、もう終わりだと思い込んでしまう。挙げ句、たとえばアテツケ的に、ザマアミロって感じで自殺するんだ」

「そんなものですか……」

　そうだよ、と津島さんは自信たっぷりに頷いた。

「鬱病の基本は攻撃性だ。それが自分に向かうと自殺する。だが基本的に自分が大好きで、自分は何も悪いと思っていないような、つまり浜田のような男は、そんなことにはならないんだ」

私と津島さんは、東新宿の高層マンションに出向いた。大きな通り沿いに焼き肉屋などの飲食店が並び、地下鉄の駅もすぐ近くにある、落ち着きは無いが便利な街だ。地下鉄駅から地上に上がってすぐの場所にあるマンションはコンシェルジュが常駐する、さながら高級ホテルのようなところで、一階ロビーの内装は白の大理石でまとめられ、一部に赤や青の照明がアクセントを作って、ひたすら高級感を出している。

来訪者は、ここで訪問先と来意を告げなければエレベーターに乗れない。

「内閣官房副長官室の津島と上白河です。午後三時にお約束をしてあります」

津島さんがうやうやしく来意を告げると、フロントのお姉さんが内線電話で確認を取り、どうぞとエレベーターに手を向けた。

「あれじゃ、強行突破するヤツは防げませんね」

エレベーターに乗って、私は津島さんに訊いた。

「まあ、強行突破するヤツが本気なら、たとえエレベーターの前に鉄の扉があろうが、ぶち壊して力ずくで侵入するだろうがな」

目的の部屋は、最上階の三十二階にあった。

「起業コンサルって儲かるんだな。まあ、見栄も張らなきゃいかんのだろうが」

津島さんは自問自答しつつドアチャイムを押した。

「津島ですが」

どうぞと言う応答があり、ドアロックがカシャッという音とともに開錠された。

ドアを開けたのは、険しくて暗い表情の中年女性だった。浜田克則氏の奥さんだろう。

「内閣官房って……どういうことなんですか？　警察じゃないんですか？」

津島さんが差し出した名刺を見て、奥さんは一層険しい顔になった。

「政治的に大変なことになってたりするんですか？」

「いえいえ、滅相もないです」

津島さんは愛想のいい笑みを浮かべた。

「じゃあ何なんです？　お話しすることは全部、もう警察のヒトに話しましたけど」

「すみません。警察から資料は貰っているのですが、奥さんから直接、お伺いしたいことがありまして」

津島さんは半ば強引に上がり込んだ。やはり刑事だったキャリアはダテじゃない。私は黙ってそれに続く。

「私、死んだ主人に凄く怒ってるんです。本当に勝手な男！　愛人作って勝手に死んで借金残して……ここだって、来月には明け渡さなきゃならないんです。派手に儲けてるように見せかけてましたけど貯金なんかゼロで、しかも借金だらけで」

リビングに案内された。三十二階の窓からは新宿はもちろん、都心が一望できる絶景だ。リビング自体も二十畳ほどありそうな広さで、高級そうなL字型のソファは白い革張り、床から天井までの大きな窓も素晴らしく、とてもいい部屋だ。

「主人は起業コンサルタントだから、裕福に暮らしていないとクライアントに信用されないって。実際、いいときもあったんですけどねえ。でも今は当座預金の口座に多少のお金はあるけれど、借金が一億近くあるんですよ！　ここを売ったって返せませんよ。愛人の女には、注ぎ込んだお金を返して欲しいわ。いいえ、取りたててやる！」

奥さんは私たちをソファに案内した後、一気に鬱憤をぶちまけた。

「……事件当夜のことを確認したいのですが。夜の十時頃、ここでご主人と口論になったんですよね？」

「ええ。娘は口論を聞きたくないって自分の部屋に籠ってしまって、私と主人が、けっこう激しく言い争いましたよ。まあ、ナニを言っても結果はいつも同じなんですけどね。オレに従ってればいいんだ、オレに逆らうな、オレが食わせてやってるんだって。で、最後は怒って部屋から出て行ったので、どうせあの女のところに行くか飲みに出て外泊するんだろうと思いました。一人でふて寝することもあるけど、あの夜は酔ってなかったので、てっきり出て行ったのだとばかり。ドアの音もしたので」

ドアの音、という言葉に津島さんは反応した。

「ドアとは、玄関ですか、それとも寝室ですか？」

「あの時は玄関ドアだと思いました。だから、またあの女のところに行ったんだと」

「済みません。伺いにくいことですが……浜田さんと、その女性との関係はいつからなんでしょう？」

津島さんは極めて事務的な口調で訊いた。

「去年の秋くらいから？　通っているスポーツクラブで知り合ったとか言ってましたよ。この近くにもスポーツクラブはあるのに、わざわざ浜町まで行ってたので、その時点で怪しんでおけばよかった」

奥さんは突き放した口調で答えた。

浜町のスポーツクラブと言えば、「フィットネスジャパン浜町」のことだろう。

そういう接点だったのか。

「相手の女性との関係は……どうだったんでしょう？　順調だったんでしょうか？　順調という言葉は不適切ですが」

「うまく行ってたんじゃないですか？　何かあったら別れてたでしょうし。あの人は、お金が出来ると女を作るクセがあって。それがオレの活力だ、男の甲斐性だとか、訳の判らないことを言ってましたよ」

大きく頷きながら聞いていた津島さんは、「寝室を見せて貰っていいでしょうか？」と言いつつ立ち上がった。

リビングの隣が寝室だった。分厚い遮光(しゃこう)カーテンが引かれた部屋は暗いが、電気をつけると、シックな柄の壁紙が張られた十二畳はある、ゆったりした部屋なのが判った。奥さん用の化粧台と、大きなクイーンサイズのベッドが二つ並んでいた。片方のベッドは剝(む)き出しのマットレスだけの状態で、もはや使われていないようだ。

「お互い寝る時間が違うので二つにしたんです」

ベッドの脇に、クローゼットがあった。

「そこ、ですね？」

津島さんが指差すと奥さんは硬い表情で頷いた。

「私、もうここでは寝てません。怖くて怖くて……だって、そろそろ寝ようかと思ってこの部屋に来て、何気なくここを開けたら……あの人がぶら下がってたんですよ……もう、本当に」

そう言って顔を覆(おお)った。想像しただけで、それは恐ろしい光景だ。

たとえ作り物の人形だとしたって、こんなところにぶら下がっていれば絶叫するだろう。

「自分でも、こんな声が出るのかと思うほどの悲鳴を上げたら、娘が飛んできて……とにかく救急車と警察に電話して……あとはもう、何がなんだか」

奥さんの言葉に、津島さんはまたしても大きく頷いた。

「救急車を呼んだときにはまだ温かくて……あんな人でも、やっぱり死なれるとね……頼りにしていたわけだし……」

津島さんは、肝心なことを訊くタイミングを探していた。

「で、あのー、こういう事を訊くのは心苦しいのですが……その時、この部屋か、あるいはマンションの中に、ヒトの気配、のようなものは感じましたか？」

「と、言いますと？」

奥さんは戸惑った様子だ。

「つまり、あなたと、娘さん以外に誰かが居たような感じ、と言いますか」

津島さんは言葉を選んだ。

「いえ。それは……全然」

奥さんはそう答えてハッと息を呑んだ。

「それって、どういうことなんですか？　あの人は自殺じゃないんですか？　自分で首を吊ったんでしょう？　そうじゃないの？」

奥さんは錯乱した。

「ねえ！　教えてよ！　警察はそんなこと全然言ってなかったわよ！　誰かに殺されたの？　誰かが忍び込んで、ここで主人を待ち構えていて殺して自殺に見せかけて、逃げたってこと？　そうなの？　じゃあ警察は捜査してるの？　犯人って誰よ！」

「まあまあ奥さん、ちょっと落ち着いて！」

津島さんに目で指示されて、私はキッチンに飛んでいき、手近にあるグラスに水を入れて寝室に戻り、奥さんに手渡した。

ゴクゴクと水を飲んだ奥さんは、ふーっと息を吐いて、なんとか落ち着いた。

「申し訳ありません。言葉が足りませんでした。我々は……警察も含めてですが、いろんな可能性を考えて調べています。ですから、事を荒立てる意図はないのですが」

「荒立ててるじゃないの！」

それを無視するように、津島さんはクローゼットを開けた。

中には何もなくガランとしている。が……床には何かのシミのような跡が残っている。縊死として死体がぶら下がっていたので、いろんな体液が垂れ落ちた跡なのだろう。

今、鑑識の知識も技術も機材もない私たちが現場を調べても、何も判らない。詳しい事は所轄署の鑑識に問い合わせるしかないだろう。

ただ……寝室と玄関の位置関係はきちんと確認した。玄関ホールから右に行くとキッチン、正面にリビング。廊下の右側にトイレとバスルーム。玄関を背にして左側に寝室、奥さんの趣味の部屋と並んで、娘さんの部屋がある。

寝室のドアから玄関は見える。つまり寝室から他の部屋を経由したり廊下を歩いたりしなくても、玄関に抜けられる。

「主人は事務所を持っていますから、仕事はすべて事務所でやっていました。時には事務所に泊まり込むこともありました」

「寝室の隣の部屋は、奥さんだけが使っていたんですね？」

津島さんの問いに、奥さんは頷いた。

「はい。私の趣味の部屋です。パッチワークをやっています。音楽を聴きながら……というか、今はほとんど物置ですけど」

その部屋を見せて貰ったが、奥さんの言うとおり、ほぼ物置になっていた。パッチワークならリビングでも出来るだろう。

「収穫はなかったですよね？」

マンションを出た私は、津島さんに訊いた。

「いや、そんなことはないぞ。浜田さんも、連続死した有名人たちと同じスポーツクラブの会員だったと判ったじゃないか。その点では他のケースと同じだ」

「でも、起業コンサルタントというのは、他の有名人ほど大勢に知られる仕事ではないですよね？ その意味でも、浜田さんのケースは違っているような……」

津島さんは手を挙げてタクシーを止めた。オフィスに戻るのか？

「いや、浜田氏の愛人だという、仁木夢芽にこれから会いに行く」

津島さんは乗り込みながら言い、運転手に「目黒区の祐天寺」と告げた。

「ついでだし、愛人がいろいろ知ってるかもしれんだろ」

走り出したタクシーの中で、津島さんは小声で説明してくれた。

「さっき君がいろいろ疑問を口にしたが、その答えもある。実は、等々力君が書いた例の嘘八百のネット書き込みが一気に拡散して……炎上っていうのか？」

「炎上というより、バズるって感じでしょうか？」

「まあいいけど、等々力君が書いた『呪われた番組』ネタが凄いことになってるんだ」

等々力さんが書き込んだデマは、「呪われた番組に出演したヤツはみんな死ぬ」というものだ。もっともらしいオカルトな蘊蓄をこれでもかと書き込んだら、実在する「ギリギリないと」がそれに該当してしまい、ウソから出たマコト状態になり……それを信じた連中がリツイートを重ねて一気に拡散、ごく短時間で「日本の常識」も同然な感じになってしまったという。

「『ギリギリないと』って番組がなんというか、絶妙なセレクトで、それならアリかも、みたいな感じになってしまったんだ。昔の『イレブンPM』とか『トゥナイト』みたいな……って、君は知らないか。硬派ネタから軟派ネタまで幅広く網羅してる深夜番組だからねえ。たしかに、連続して自殺したとされる人たちは全員、この番組に出ていたわけだし」

「浜田さんもそうなんですか？」

「いや、彼だけは出演していない。だから条件から外れるんだが……等々力君は『こんな与太を信じるのは頭が残念なやつしかいないとは思うが、クスリをやっていただの家庭不和だっただの、故人の不名誉になるようなウソ話を拡散するよりはマシだと思って』書き込んだそうだ。そうしたらそれが想定外というか、モロにバカ当たりして……その」

「バズった、と」

「そうそう。そして彼の書き込んだ内容に、異常なほど怯えているひとがいると。それが、浜田の愛人のＡＶ女優なんだ」

「は？」

　私は驚いて声を上げてしまった。

「それ、もっと早く言ってください」

「まあ、今言っても同じ事だろ」

　津島さんは笑った。

「その愛人のＡＶ女優は、『ギリギリないと』に出てたので、すっかり自分も死ぬんだと思い込んでしまって、現在モーレッに怯えているそうだ。自分のパトロンも死んだしね」

「聞いてないですよ、そんなこと！」

つい大声を出してしまった。

「だったら浜田も繋がってるじゃないですか！」

「ただ、そのAV女優は例のスポーツクラブには入っていないんだ。そこだけが違う」

「えっ？」

私はまたしても声を上げた。

「でもさっき、浜田はそのAV女優とはスポーツクラブで知り合ったと、奥さんが……」

「スポーツクラブの会員名簿は調べたんだよ。そこに仁木夢芽の名前はなかった。入会するには身分証明が必要だから、芸名や偽名では入会できない」

ふうん、と私は考え込んだ。

タクシーが東急東横線(とうきゅうとうよこ)祐天寺駅近くまで来たので、津島さんが詳しい住所を告げた。

仁木夢芽が住む部屋は、目黒でも祐天寺の駅からはかなり離れた地域で、古くて小さな集合住宅が密集するところにあった。再開発から取り残されたようなところだ。

両隣をよくある木造二階建てアパートに挟まれた、小さなマンション。「コーポ」と呼ぶべきかもしれない。マンションとアパートの中間のような、三階建ての二階に、彼女は住んでいた。

津島さんがノックして訪問を告げると、恐る恐るという感じでドアが開いた。

中から顔を出したのは、若い女性だった。スッピンなので、およそ芸能人には見えない。

「仁木さんですね？　さきほどご連絡させて戴いた……」

津島さんはオフィスに電話して、等々力さんに来訪の連絡を取らせていたらしい。

「政府の方ですよね？」

彼女は怯えた表情でそう言った。

「なにか、証拠あります？」

津島さんは名刺を出した。

「警察じゃないので、こんなモノしかないんですけど……名刺なんか適当に作れますよね。どうしようかなあ」

津島さんと私は顔を見合わせた。

「なんで政府がって思いますけど……」

「みなさんの、日本国政府です」

津島さんはもっともらしい表情で言った。

「ネット書き込みの件で連絡を戴いたので」

「警察じゃないのね？」

彼女は疑り深そうに私たちを見たが、まあどうぞとドアを大きく開けてくれた。

部屋は六畳と四畳半の二間にキッチン、風呂トイレの、実に簡素というか、狭いものだ。しかも案内されたリビングには、流行のミニマル生活を実践しているのか、モノがほとんどない。ソファもなく、コタツ兼用のローテーブルとテレビがあるだけだ。

「何にも無いでしょ?」

私がじろじろ見ているのに気づいた彼女が先に言った。

「お金がなくて何も買えないの」

「え? 女優さん……でらっしゃるんですよね?」

「らっしゃるって言われるほどのモノじゃないけど」

仁木夢芽は笑った。

その言葉通り、スッピンの夢芽には芸能人の華やかなオーラはまったく無い。もともとAV業界について全然知らないこともあって、仁木夢芽と言われても全然ピンと来ない。それでも……部屋着の安いトレーナーの胸はむっくりと大きく膨らみ、ショートパンツよりは長い丈の……ステテコみたいな部屋着から伸びている脚は、長くて美しい。

「今、AV女優のギャラは暴落してるの。昔の話を聞くとビックリしちゃう。月収数百万で、マンションは買えるし外車も買えるしホストに入れあげるし……って。今も昔も同じようなことしてるのに、ねえ。普通のOLさん並だと思う。まあ、毎日出勤したりは、しなくていいけれど」

彼女はそう言いながらお湯を沸かして紅茶を淹れてくれた。さっきの浜田の奥さんは何も出してくれなかったが。

「浜ちゃんケチだから、あんまりお金くれないし。やることやって帰るクセに……」

「それじゃ、奥さんの恨みも買ってしまうし、そういう関係、止めればよかったのに」

つい、私がそう言うと、彼女は「アイツがしつこかったのよ！」と吐き捨てた。

「まあ、ガツンと断れなかった私も弱かったんだけど」

そんなことはもうどうでもいいの、と彼女は私たちをじっと見た。

「私もう、怖くて怖くて。呪われた番組に出たヤツはみんな死ぬ！　ってネット書き込みを見て」

「『ギリギリないと』ですね？」

津島さんが確認するように言うと、彼女は両手で耳を塞いだ。

「その名前、言わないで！　もう、怖くて怖くて……だって、実際、みんな死んでるし。それで、あの書き込みを辿ったんです。凄く拡散してたので、リツイートの元を辿っていったんです」

そうしたら、等々力さんの書き込みにぶち当たったと、彼女は言った。

「あれが自殺じゃなくて、誰かに殺されたんだとしたら……あんな感じで続けて自殺するなんて、絶対におかしいですよね！　それも、一番安心できるはずの自宅で殺されていたとしたら……殺し屋とかじゃなくて、魔力というか霊の力とか呪いとかだったら、もっと、滅茶苦茶、怖いじゃないですか！」

彼女は恐怖の余りか、両手で顔を覆った。

「あたしが住んでいるのは、こんなところだし……判りますよね？　その気になればドアなんか簡単に壊せるし、天井裏からだって伝って来れそうだし……オートロックですらないんです。美里まりんちゃんは実家暮らしで家族もいたけど、あたしなんか、死んで数週間、そのまんまってことになるかもしれないし」

「だけど、仁木さんはきちんと元気で生きてるじゃないですか」

私はそう言ってから、我ながらひどい気休めだな、と思った。

「今はまだ無事ってだけでしょ！　殺された人たちに特に順番なんかないみたいだし……明日というか、今夜殺されるかもしれないのよ？　浜ちゃんなんか、芸能人でもないし、そんなに有名人でもないのに死んじゃったじゃん！」

彼女はふたたびパトロンを「浜ちゃん」と呼んだ。

「AVやって裸晒してセックスするのを見せても、あんまりお金にならないし……これならソープとかフーゾクやった方が確実にお金になると判ってる。でも、そういうのはイヤなの。同じようなモノじゃないかって思われてるでしょうけど」

彼女はそう言って私と津島さんを見た。まあ、図星だ。

「全然違うんですよ。判ってくれる人が少ないんですけど……AVは大体お芝居だし。だから一応、AV女優って言われてるんだし」

もう引退して田舎に帰る、と彼女は言った。

「誰も守ってくれないし……アレだよ？　殺人鬼や悪魔や悪霊じゃなくても、浜ちゃんの奥さんが殺しに来るかもしれないんだよ？」

そう言っていっそう怯える夢芽に、津島さんが質問した。

「確認したいんですが……あなたは浜町のスポーツクラブ『フィットネスジャパン』には入会してませんよね？」

「してません。あんな高いところ、入れません」

「浜田さんは会員だった？」

「そうなんですか？　その話は聞いたことがなくて」

「たしか、浜田さんは、呪われた番組『ギリギリないと』にも出演したことはないですよね？　じゃあ、あなたと浜田さんはどこで知り合ったんですか？」

「それは……まりんちゃんの紹介です。浜ちゃんはスポーツクラブでまりんちゃんを見て、話しかけて何度か食事をしたけど、浜ちゃんはあの子の好みじゃないし、オジサンで話も合わないって言うことで、私を紹介してくれたの。私とまりんちゃんは、ほら、あの番組で何度も一緒に出てるから……だけど」

彼女は少し恨めしそうな顔をした。

「浜ちゃんは、まりんが好きだったの。で、まりんちゃんが浜ちゃんと別れて私に譲る感じになったとき、キャリウェルの迎賓館？　お城？　の仕事が忙しいから時間が取れないとか、それを口実にしたんで、浜ちゃん、それを聞いたとき、なんかちょっと表情が変わって」

それを聞いて、私たちの表情も変わった。それが彼女に敏感に伝わってしまった。

「あ！　なんか私、今、大変な事言ったのね？　そうでしょ？　なんか本当にヤバいこと言っちゃったんだよね？」

「いえいえ、そんなことないですよ」

津島さんはそう言って誤魔化そうとしたが、感づいてしまった彼女はもう受け付けない。

「そうよ！　私、絶対にヤバいこと言っちゃったのよ！　ううん。何がヤバいかは聞かない。聞いたらもっと大変なことになる。なんかよく判らないけど、ヤバい事言ったのよね！」

「いえいえ、だから、そんなことはまったく……」

津島さんが否定すればするほど、仁木夢芽は自分で自分を追い込んだ。

「嘘でしょ。だって、あんたたちの顔が変わったもん！　表情が変わったの、ハッキリ見たもん！　ごめんなさい、これは聞かなかったことにして。ね？　私、何にも話さなかったことにして！　駄目だ。もう遅い。私も殺される！」

　感情の起伏が激しい性格なのだろう、彼女は号泣し始めて、手がつけられなくなってしまった。

「そんなに心配しないでください。仁木さんの事は警察に伝えておきますから、この近辺の巡回パトロールを増やして、あと仁木さんから通報があったらすぐに対応するよう、私たちから依頼します。とにかく、きっちりやって貰いますから」

「そうですよ。心配されるのは当然ですけど、偶然が重なったんでしょうし、あんまり心配しすぎると、それがもとで何か起きるかも」

　と言いかけて、私は慌てて口を閉じた。こんなこと言うと余計に不安にさせてしまう。

　しばらくそのまま一緒にいると、誰かと一緒にいることが安心と心の平安をもたらしたようで、仁木さんはようやく泣き止んで、微笑んでくれた。

「……やっぱりね、一人でいるのが怖いのね。だから浜ちゃんを頼ってしまったりして……好きでもないとか言いつつ、ね」

　もう大丈夫、と笑顔で送り出されて、私たちはオフィスに戻った。

＊

私と津島さんが戻ると、石川さんが「速報です」とペーパーを津島さんに持ってきた。

「浜町公園のトイレの件ですが」

いきなりそう言われた津島さんは「ん？」と首を傾げた。

「私と上白河君が浜町のスポーツクラブから出て来たときに、近くの浜町公園にパトカーや救急車が集まっていたんです。我々は急いで戻れと言われたので、そのまま帰ってきたのですが、実は、浜町公園の中のトイレで首吊り死体が発見されました。我々が傍(そば)を通ったのが、たまたま発見直後だったようです。警察が死体の身元を確かめたところ、縊死していたのは、キャリウェル・キャッスルのジェネラルマネージャー、塚田真一郎(しんいちろう)氏であることが判りました」

「はぁっ？」

津島さんは目を見開いた。

「どうして塚田が、浜町で？」

津島さんは渡されたペーパーを慌ただしく確認すると、苛々(いらいら)とオフィスを歩き回った。

「おかしいだろ！　塚田はあのお城から出ないで、ずっと現地勤務なんだろ？　論説委員殺しだって完全に片が付いたわけじゃない。それがどうして、浜町に？　どうして浜町公園のトイレで首を吊るんだ？」

「そこなんだよ」

と、我らが御大・室長が出て来た。

「いつもは群馬の山奥にいるという塚田が、なぜか東京の、日本橋浜町の公園のトイレで死んでいた。しかも、いかにも首吊り自殺のように。いやあ、古めかしいミステリーみたいな展開だよねえ」

「室長！　面白がるのは不謹慎です！」

つい、私は言ってしまった。

「しかしこれはね、首吊り自殺に見せかけた……縊死に見せかけた絞殺……殺人だね。だってそうでしょう？」

室長は自説を述べた。

「塚田は、キャリウェルの迎賓館であるお城で殺人事件が起きてしまい、その処理に失敗して、政財界の黒幕たる人物に収拾して貰うという大きなミスを犯してしまった。それを苦にしての自殺、と言うことはあるかもしれない」

それはないだろう、と私は思った。あらゆることについて危機管理意識に欠けていた、塚田の性格からして、思い詰めて死を選ぶ、ということはありそうもない。

室長はなおも推理を開陳（かいちん）している。

「だが自殺だとすれば、わざわざ浜町に来る理由がない。アテツケの意味も込めて、自分の職場であるキャリウェル・キャッスルで首を吊ればいいのではないか？　そうでしょう？」

「誰かに浜町に呼び出されたのかも。浜町と言えば、近くに大きなホテルがありますよね。そこで、例えばキャリウェルの重役に責められて、それを苦にして、公園のトイレで」

等々力さんが推理した。

「それを苦にして、公園のトイレで自殺？」

津島さんが首を振った。津島さんは「自殺ではない」派だ。

「私は、自殺ではない、と思うね。今ハヤリの言葉で言えば、エビデンスはないが、と言うしかないが、どんどんキナ臭くなっている」

「たしかに……これだけ続くと、連続自殺そのものが疑わしくなってきますね」

石川さんが応じた。

「しかもだ……だんだん条件がばらけてきてる。今までは『自宅のクローゼット』『ギリギリないと』出演者』『浜町のスポーツクラブの会員』という条件が概（おおむ）ね守られていたのに、浜田は番組に出ていないし、塚田は会員ではないし、吊るされていたのは公園のトイレだ。殺して回っているヤツが投げやりになってきたのかな？」

津島さんがそう言うと、等々力さんが突っ込んだ。

「死に神がですか？　それとも、連続殺人犯が？」

「私は死に神とか怨霊とか、そういうものは信じない」

それとね、と津島さんはみんなに言った。

「至急調べたいんだが、美里まりんの特殊関係人である、浜田克則の行動を追って欲しい。どうも美里まりんの絡みで、浜田もキャリウェル・キャッスルと何らかの接触があった可能性がある」

「え？　どういうことなんです？」

等々力さんが聞き返したので、津島さんは、塚田マネージャーが迎賓館で話していたことと、さっき仁木夢芽が口走った内容を並べた。

「君らの報告によれば、塚田は、あの施設が売春宿と陰口を叩かれるような業務をしている事実を認めた上で、女の子たちは出世のステップとして割り切ってやっていると言ったんだろ？　その上で、女の子たちの彼氏というかなんというか、要するに関係する男が、その事実を元に施設を脅すケースもあると言った。そして仁木夢芽の特殊関係人だった浜田克則が、実は美里まりんに惚れ込んでいて、美里まりんがあの施設に出入りしていることを快く思っていなかった、と、仁木夢芽はそう仄めかした」

「……なんか、見えてきましたな」

等々力さんが呟いた。

「塚田は言うまでもなく、浜田の自殺も、美里まりんを介してキャリウェルの迎賓館と繫がっている可能性がある。しかし、そのウラを取らねばならない。そうすれば」

津島さんの言葉を等々力さんが奪った。

「連続自殺の謎が解けるかもしれませんな」

私たちの全員が色めき立った。

「ちょっと任せてくださいね！」

仕事が早い石川さんが、浜田克則の免許証の番号を調べ、乗っていた車のナンバーを、アッという間に特定した。

「浜田克則の車は、ホンダNSXの赤。品川……」

私も自分のパソコンにホンダNSXの画像を表示させてみた。ヘッドライトが細目の、粋がったヤンキーが吠えているような、とにかく「イキったキツい顔」のスポーツカーだ。

「この画像を、警察のNシステムと照合します。上手くいけば、浜田の足取りが特定出来るかもしれません」

「スゲえな、お前」

あまりの手際の良さに、等々力さんが舌を巻いた。

「さすが元マルサ！」

「等々力君。石川くんがNシステムとの照合をしている間に、こっちは、迎賓館周辺の防犯カメラや監視カメラの映像を集めてチェックしよう」

津島さんがテキパキと指示を出した。

「ただまあ、田舎の監視カメラは、ネットに繋がっていないスタンドアロンなものが多いから、現地に行ってメモリーを借りなきゃいかんかもしれんね」

室長が昆布茶を飲みながら言い、デスクに地図を広げた。迎賓館に至る道筋を追うのだ。

「あの辺は、人家がないから、カメラもなかったと思います」

私は施設周辺の景色を思い出しながら言った。

「そうだろうね。ただ、この山道の沿道にある会社や店には防犯カメラもあるだろう……例えば……どういうことだ？　店そのものが全然ないじゃないか！」

室長と私は地図を追った。途中からは、パソコンに表示させたマップを拡大して見ていった。

「あ、ここに、ガソリンスタンドが……鉄工所もありますが……あと、小学校と美容院が」

「それは人里に近い方だね。とは言え、迎賓館へは一本道だから、その集落を通らざるを得ない。これから行くと大変だから、現地の交番に連絡して」

「なんなら、今から我々が行きますか？　急ぎだからヘリでも飛ばして貰って」

ヘリに乗りたいのがミエミエな等々力さんの申し出をイヤヤと簡単に却下した室長は、ホットラインを使って警察庁の「上の方」に照会を依頼した。

「Nシステムがヒットしました！　浜田の車は、国道一二〇号と一四五号を、N市から西に向かって走っていたようです」

「なるほど」

室長が頷いた。

「では、その画像が届くまでに、キャリウェルに問い合わせて、恐喝された事実があったかどうか、確認を取りましょうか」

「そんなこと、おいそれとは話してくれないでしょうけど……」

と言いつつ、津島さんは等々力さんを見た。

「キミの押しの強さで、ちょっと訊いてみてくれる？」

「誰に訊けばいいんです？　塚田は死んでしまったし。キャリウェルの本社に訊いても、ねえ」

等々力さんは逃げ腰になった。たしかに、口の軽い塚田マネージャーが生きていればいろいろ聞き出せただろうが、こうなってしまった今、キャリウェル社全体の口は貝のように閉じているだろう。

津島さんも、上野原さんの件がよほど悔しいのか、いつもより焦っている感じがする。

「今の段階でそれを訊くのは得策じゃないと思うがね。どうかな、津島君」

室長がやんわりとストップをかけた。

「まあ、警察庁の特別なルートから話を通して貰ったから、おっつけ画像が届くんじゃないかな？」

室長はにこやかに言うと、「その間にメシでも食いませんか？」とみんなに訊いた。

時間を見ると、もう夜の七時を回っていた。

この時間、すぐ近所のラーメン屋さんから出前を取るのが正解で、オフィスには最新メニューが常備されている。

めいめい好きなものを注文すると、ものの二十分で届いた。私は天津飯(テンシンハン)、等々力さんはパイコー麵、石川さんはチンジャオロースー炒飯(チャーハン)、津島さんはタンメン、室長はチャーハン。

みんなで食べていると、石川さんのパソコンから、容量の大きなメールを受信したというアラームが鳴った。

レンゲを置いてチェックしに行った石川さんが声を上げた。

「届きました！　国道一四五号沿線にあるガソリンスタンドの、防犯カメラの画像です。先方でいくつかセレクトして送ってくれました……品川＊＊のホンダＮＳＸの赤を運転する男……浜田克則ですね」

　石川さんは、大型テレビにその映像を映し出した。

「データは、先月の十日、二十五日、今月の八日、そして浜田が死ぬ二日前の分まで、取りあえず四つのファイルが来ています。のちほど、小学校の校門に設置した防犯カメラの映像も確認の上、送ってくれるとのことです」

「室長……相当なルートを使ったんじゃないですか？」

　等々力さんが畏敬(いけい)の念をこめて室長を見た。

「まあ、内閣官房副長官の……と名前をちょっと口にしたら、即、動いてくれたみたいですね」

　室長はまんざらでもなさそうな顔になった。

「私、思うのですが、迎賓館の監視カメラが壊れていて、事件当日の映像が残っていないというのは、おそらく嘘でしょう。それに民間の施設ということで、事件より以前の映像も一切(いっさい)貰えていませんが、それはたぶん、あの施設を巡る事実関係がハッキリするのは宜しくないと、誰かが判断したからではないかと」

　室長は控えめに言った。

「あの迎賓館について、もっと強力に、表から裏から、いろんな角度で調べてみたほうがよさそうですね」

私は、美里まりんについても調べるべきだと思った。彼女はアイドルとして人気者になるにあたって、迎賓館をステップにしたのではないか?

「その、等々力さんがファンだった美里まりんさんを悪く言うつもりは、まったくないのですが」

私は等々力さんを見ながら、恐る恐る言った。

「まりんさんが迎賓館で何をしていたかは置いておくとしても、あそこには……あの施設には、何かがあります。知られては困ることが。調べる必要があります。裏から調べるのであれば、私は、可能であれば、潜入してみたいです」

「潜入?」

津島さんは目を丸くして私を見た。

「その気持ちは嬉しいけど……ウチはそういうところじゃないんだよ。警察だって、ドラマでやるような『潜入捜査』なんて、そんなことはしない。いや、私の知る限りでは、なかったんだが……室長はご存じですか?」

津島さんはそう言うけど……女性なら、あの施設には潜入できる、と私は思った。

「まあ、ないとは言いませんがね。日本では、いわゆる『おとり捜査に関する法令』で規定されたもの以外、刑事もやりたがらないんじゃないかなあ。麻薬及び向精神薬取締法、そしてあへん法には麻薬取締官や麻薬取締員がおとりになることが出来る規定があるし、銃刀法にもその規定はある。どれもまあ、違法行為ではあるが捜査の必要上、『客』になる事を許される。競馬や競輪、競艇、オートレースでも『ノミ屋の客』になることが出来るが、以上のどのケースでも、捜査官がヤクザに扮したり、ヤクザと一緒に犯罪を犯すことを許してはいないからね」

「そう。日本では、おとり捜査一般を許容してはいないんだ。それに、ウチは警察じゃないから……そもそも捜査は出来ない」

「じゃあ、私たちはどうしてこの件に首を突っ込んでるんですか？　連続自殺事件が、なんだか政治的にきな臭いと思ったからではないんですか？　自殺した人はみんな政府に批判的だったし、キャリウエルだって、政府にとても近いから……」

「上白河君は、かなりハッキリ言うね」

津島さんはちょっと驚いた様子を見せた。

「でもまあ、潜入捜査は、ウチがやることではない。どうしても必要があれば、私から警視庁に相談してみるよ」

そう言ってこの件は室長が引き取ろうとした。

が、その時、電話が入った。受話器のそばにいた石川さんが何気なく取ったが、にわかに緊張した表情になった。

「はい。承知致しました。はい、では」

張り詰めた声で電話を切ると、室長に報告した。

「官房副長官がお呼びです。全員で官邸に来いと」

私は、前の官房副長官には会っている。前任の韮沢（にらさわ）副長官は、独特の威圧感があったけれど、柔和（にゅうわ）な笑みが印象的で、私のような末端の人間にも丁寧（ていねい）に接してくれる紳士だった。

しかし後任の、今の副長官は、津島さんたちの話によれば、策士で悪知恵の冴（さ）えた、どうもいけ好かない男らしい。

「前任の韮沢さんも警察庁出身で、今度の副長官も警察庁だ。しかし、公安が長かったらしいんだよな。おれはどうも、公安の連中とは合わなくてね」

官邸に向かう道中、津島さんは打ち明けるように言った。

しかしそれでも副長官は我々のボスだ。しかも、緊急の呼び出しだ。

私たちは緊張の面持（おもも）ちで官邸に向かい、事務方の官房副長官執務室に入った。

秘書官に来意を告げると、すぐに奥に通された。

「待っていたよ。まあ入りたまえ」

役人の世界は、階級社会だ。役所に入った年次、採用試験のコースはもちろん、その役職によって上下関係は強固に決められている。それは自衛隊と同じだ。自衛隊も階級社会だし、それに加えて防大卒というエリートが幅を利かせている。

　前任の韮沢副長官は、下の者にも丁寧に接したので好感度は高かったが、今度の副長官は、自分がボスだと猛アピールしているらしく、どうもいけ好かない。頭髪がスダレで、メタルフレームの向こうにある目が狡猾そうで、痩せ形で、イヤミを言い慣れていそうなカタチに口許が歪んで見えるのも悪印象だ。

「君たちに会うのはこれが初めてだったね。私が内閣官房副長官の横島だ。口の悪い連中は『ヨコシマ』と私を呼ぶがね」

　ジョークのつもりだろう。副長官は私たちが笑う間を取ったが、誰も笑わない。とても怖ろしくて笑えないし、洒落になっていない。

　横島副長官は咳をひとつして、本題に入った。

「わざわざ来て貰ったのは、ほかでもない。今、君たちが動いている件のことだ。有名人の連続自殺事件とされる件、そして人材派遣大手キャリウェルの、会社施設で起きた事件について、見解を共有しておく必要があると思った」

　たぶん……室長が警察庁のかなり上の方のツテを使って群馬県警から情報を取ったことで、横島副長官の耳に入ってしまったのだろう。

「判っていると思うが、これらは二つとも、極めてデリケートな政治案件だ。いや、連続自殺の件については、もちろん政府は何ら与り知らぬことであるけれども」

ここで、副長官の目が少し泳いだ。

「それでも、あらぬ噂は人心を不安にさせ、政治不信を惹起する大きな材料になり得る。さらにキャリウェルは政府にとって重要な存在であるから、特段の配慮をしなければならない。キャリウェルの立山会長は前総理にも、そして現総理にも非常に近い人物であることは、君らも知っているはずだ。従って、悪人を挙げるという、警察と同じ原理で動かれるのは困るんだ。君らは警察ではないのだからね」

室長も津島さんも無言だ。等々力さんと石川さんも、当然何も言わない。

「……もちろん、我々には捜査権はありませんし、捜査機関でもありませんから、警察のような真似は致しません」

ようやく室長が礼儀正しく言った。

「さきほど副長官は、人心を不安にさせたり政治不信を招いてはならないとおっしゃいました。我々もそう考えております。それゆえ、今、国民が強い関心を示している事件について、ある程度は把握して、政権にとって宜しくない事態となる芽を、あらかじめ摘み取っておく必要があると思っております」

「それは大変結構なことです。今日の昼間の小細工というか、ネットを使った工作は、策士策に溺れるの典型で、大失敗のようだったがね」

横島副長官は言った。あれは自殺だ、自殺した人たちは皆悩んでいたというデマをネットに流せ、という姑息な手段はそもそも副長官が命じたことなのだが、それは都合よく忘れているらしい。

「いいかね、くれぐれも、出すぎた真似はしないように。余計なことも、下手なこともしないように。いいね？」

副長官はそう言って、私たちを順繰りに睨むように見た。なにか、無理やりマウントを取って抑え込もうという意図をありありと感じてしまった。前任の韮沢副長官はゆとりがあったのに、この新しい人は、どこか焦っている感じがする。

「君らは雑居ビルの二階で呑気にやってるんだろうが、こっちは大変なんだ。尻尾を巻いて逃げ出したくせに、前任の総理がアレコレ口を出してきて、面倒で仕方がない。自分では院政を敷いたつもりになっているんだろうが」

横島副長官は、私たちの反応を見るように言葉を切った。

「だが現総理は慎重に、前政権の力を削いで、名実ともに自分が支配する自分の内閣にしようとしている。それでいろいろと大変なんだ。くれぐれも私の足を引っ張らないよう、よろしく頼む。ことに、例の『鎌倉の老人』、くれぐれもあの御仁を引っ張り出さないようにしてくれたまえ。邪魔なんだ、ああいう『昭和の怪物』みたいなのが出てくると」

横島副長官はかーっと派手な音を立てて、痰をティッシュに吐いた。

「……では副長官、そろそろお暇して宜しいでしょうか？　我々も仕事が山積しておりますので……」

室長はそう言って、辞去しようとした。

「ああ、待ちたまえ」

副長官は私たちが出て行こうとしたのを止めて、私を見た。

「キミ、キミが上白河君か？」

「あ、はい」

私は返事をすると、副長官は手招きをした。

「例の老人……鬼島六平センセイから、直々にキミへの伝言を承った。私から君に伝えるようにとのご下命だ。キミはあの老人、鬼島センセイとどういう繋がりがあるのかね？」

「それは、キャリウェルの迎賓館で……」

「それは判ってる」

自分から訊いたくせに、なんだこの男は。

「鬼島センセイのご下命だ。お願いと称しているが、あの老人からの依頼は、お願いではなく事実上の命令だ。判るな？」

「……それは、どのような命令でしょうか？」

横島副長官の声は妙に甲高くて痰が絡んで、耳障りだった。

「センセイが言うにはね、『彼女』に護身術を教えてやってほしい、と。そう言えば判るとおっしゃっていた。判るのかね？」

横島副長官はそう言った。

「判ります」

たしかに、私にはその意味はきちんと判った。

そして、私が迎賓館に入る口実が出来たことも。

第三章　セキュリティ（含む「女王様」業務）

翌日。

私は、「センセイ」こと、鬼島老人に会って話を聞くために、津島さんに伴われ、鬼島老人の私邸に向かっていた。

私としては昨夜のうちにいきなり「キャリウェル・キャッスル」に行ってしまってもよかったのだが、組織の人間としては、手続きを踏んで慎重にやらなければならない。

「君、くれぐれも問題を起こさないように頼むよ。何かあったとき、責任を問われるのは室長であり、君の上司の私であり、横島副長官であり、もっと言えば官房長官まで行くんだからね」

鎌倉に向かう横須賀線の車中で、津島さんは言った。

「そんなに責任を問われるのは嫌ですか？」

つい訊いてしまった。

「当たり前だろう！　部下の暴走を止められなかったってのは上司の恥だ。特に公務員はな」

津島さんが言うには、世の中には、影の存在として政財界を動かす謎のスーパーパワーがあると信じる人がいる。それは戦前の亡霊のような老人で、戦前・戦中に戦争絡みで莫大な資金と利権を手に入れたことになっている。戦後は鎌倉の古い豪邸に住み、その人脈と資金力に物を言わせ、政財界の要人に隠然たる影響力を持つ、とされている。ゆえに、大金を手土産に「鎌倉詣で」をして教えを請うたり、トラブルの収拾、あるいは利害の調整をお願いする要人が後を絶たない、という、半ば都市伝説が信じられている。逆に老人が各界の要人を呼びつけ、「指南」という名目で事実上の命令を発したりしている、との設定もあり、これも半ば事実として信じられている。津島さんも、これから会う鬼島老人が「その人」であると信じている。

「松本清張の小説に描かれた人物像が非常にもっともらしかったので、映画やテレビや他の小説にも登場して、『そういう人物像』が出来てきたんだけどね」

「鬼島さんの家も鎌倉にあるんですよね」

私がそう言うと、津島さんは苦笑した。

「まあねえ……『鎌倉の老人』には複数のモデルがいて、概ね戦前戦中の日本の大陸進出、もっとはっきり言ってしまえば満州国がらみの利権と財宝、そして戦後はＣＩＡに代表される、アメリカの闇の権力がそのバックに存在している。名前は出せないが、モデルになった黒幕たちは実際にカネや利権を手にして子分を増やし、発言力を高めて、戦後日本の政財界を牛耳ってきたわけだから、完全にフィクションの世界だとは言えないわけで……」

「鬼島っておじいさんもそうなんですか？」

「本当に戦前戦中の生き残りなら、もうとっくに死んでいなければおかしい。だが、そういう権力は国民の知らないところで継承されるわけでね。現在、鬼島老人のバックにある『力』は、はっきり言ってアメリカだ。というより、アメリカに代表されるグローバルな資本だな。彼らは地球全体を彼らの望むままにつくり変えようとしてきた」

冷戦の終了後はそのパワーに歯止めがかからなくなった、と津島さんは言った。

「日本の社会がたった三十年でここまで劣化したのも、彼らの意思によるものだ。彼らの目的はただひとつ、企業が利潤を上げ、経済を成長させることで、そのためにはあらゆるものを犠牲にする」

「犠牲、ですか？」

「そうだよ。君はたとえば、日本の非正規労働者がここまで増えたのはなぜだと思う？アメリカの意向でグローバル資本が日本に上陸し、海外の投資家たちが日本企業を動かすようになったからだ」

投資家たちにしてみれば短期の収益がすべて、企業は多くの人たちが生活する手段ではなく、利益を生むマシーンにすぎない、と津島さんは言う。

「連中は株価しか見ない。日本の経営者の多くも愚かで、自分たちが引退した後のことまでは考えなかった。だから人件費だろうが研究開発費だろうが容赦なく削ってきたし、優れた技術を持っていて収益を上げられる事業も人材も、片っ端から中国や韓国に売り払った。全部、自分たちだけが生き延びるためだ」

その結果が現在の惨状だと言う津島さんに、私は言った。

「知りませんでした。そんなことになっていたなんて」

「よく言われるが、これは第二の敗戦だよ。しかし原爆を二つ落とされたわけではないから、多くの人にはその被害が見えにくい。じわじわと水から茹でられてきたようなものだ。茹でガエルなんだよ、我々は」

津島さんは辛そうな表情になっている。

「最初の敗戦の時に進駐してきたのはマッカーサーとＧＨＱだったが、二度目の、いわば『平成の負け戦』の先兵となったのが、立山大祐とキャリウェルだ」

ＧＨＱは当時のアメリカで理想とされていた形に日本という国を作り変えようとし、人権意識や民主主義、男女平等、そしてそれに基づく憲法を日本にもたらしたが、立山とキャリウェルが持ち込んだのは生産性の名を借りた拝金思想と、自由な競争のフリをした縁故主義でしかなかった、と津島さんは言った。

「自由で公平な競争を日本の社会にもたらした、と立山は豪語しているが、自分が無理やり押し付けたルールの下、立山本人がキャリウェルを立ち上げて人材派遣業で大儲けしているのだから、まさに語るに落ちる、という話だ。上品に言えば利益相反、ぶっちゃけ、出来レースでしかないだろう」

横須賀線が多摩川の鉄橋にさしかかり、電車の走行音が一段と大きくなったところで、津島さんは沈黙し、私も考え込んだ。

しばらく走った電車が減速し、川崎の駅に滑り込んだところで私は訊いた。

「立山さんって、本当にそんなに悪い人なんですか？　自分の国を滅茶苦茶にしようなんて、普通は考えないと思うんですけど」

「本当に悪いやつだ」

津島さんは瞬時もためらうことなく言い切った。

「アメリカの名門大学に留学して、アメリカのシンクタンクで研究職を得た。そのときに立山が築いた人脈は錚々たるもので、その中にはアジア通貨危機を引き起こしたクリントン政権の、財務長官までが含まれている。立山は日本ではなくアメリカの国益の代弁者……いやアメリカ政財界の走狗だ。留学して以降の住民税も、日本には納税していない。しかもそれを武勇伝として語っていると石川君が怒っていた。彼は国税庁から来ているからね」

「日本が好きじゃないんですか？　日本人なのに」

「そうかもしれん。等々力君が興味を持って立山のことを調べまくっているんだが、立山は幼稚園入園から中学校卒業に至るまで、ずっといじめられていたそうだ。案外それで、日本と日本の社会と、日本に暮らす人々を、心から憎むようになったのかもしれないね」

いじめが巡り巡って日本の社会を壊す？　津島さんはなおも立山の悪業を語っているが、私の内心はそれどころではなかった。物心ついて以来ずっと、私はいわゆるスクールカーストの上位に居た。誰かをいじめた記憶はないし、あからさまないじめを見れば「やめなよ」とも言ってきた。少なくとも自分ではそのつもりだ。

だが、自分でも気がつかないうちに、誰かの心を壊したことはなかっただろうか？　いじめたことを、いじめた側は忘れている、とも言うし……。

私の内心の修羅場をよそに、津島さんは話を続けている。

「……そんなわけで、立山が金融担当大臣として推し進めた不良債権処理にしても、対象となった企業の三分の二は外資に食われ、残りの三分の一は立山に協力的だった企業に、二束三文で買われてしまった。銀行もひどい目に遭った。立山が性急に導入し、押し付けようとした国際会計基準に無理やり合わせたために資金が足りなくなり、一時国有化の憂き目に遭ったところさえある」

それが引き金となって銀行株を始めとする株価が暴落し、実質国有化されたその銀行の会計士が、謎の自殺まで遂げているのだ、と、津島さんは憤懣(ふんまん)やる方ない口調だ。

「国際会計基準そのものは悪くないのかもしれない。投資をしやすくするための、世界共通のルールだからね。だがルールを守るために人が死ぬ、となれば、それは違うだろう。そうとしか私には思えない」

「それ、本当に自殺だったんでしょうか？」

なんの気なしに私は言ってしまった。不審な事件の数々を目の当(まあ)たりにしてきたのだ。謎の自殺＝殺人、とつい思ってしまっても仕方ないのではないだろうか。

だが、津島さんはそれに食いついてきた。

「判らない。その件についても調べてみたが、疑わしいことがいろいろある。まずは場所。飛び降りなんだが、マンションの、自室の前の廊下から、手摺(てす)りを乗り越えて落ちている。不自然だろう？　しかも問題の会計士が生前、立山が当時主導していた金融再生プログラムにとって、決定的に不利な情報を掴んでいた、という噂(うわさ)まであるんだ」

　横須賀線は南に向かい、ひた走っている。

私は思った。立山大祐がそこまでの悪人でキャリウェルも悪の企業なら、その両方と特別な関係にあるとしか思えない鬼島老人も、悪い人ではないのだろうか？

「あの、鬼島さんと立山大祐は、どういう関係なんですか？」

「一言にして言えば、二人ともアメリカの利益を代弁する人物だ。少なくともアメリカの中枢部からはそう思われている。だから鬼島老人としても、アメリカの国益に直結しているキャリウェルの利益については守らざるを得ない。そういうつながりだ」

「だったら彼女……菊池さんを老人に預けておくのはやっぱり」

「いや、その点は大丈夫だと思う」

心配するな、と津島さんは言った。

「利害が共通していても、鬼島老人は、自分の利益しか考えていない立山とは違う。立山はアメリカを利用して、自分の才覚で巨万の富を築いただけのエゴイストだが、鬼島さんは、元をたどれば『本来の』鎌倉の老人……頭山満（とうやまみつる）のような、民族派右翼の系譜に連なる人物だ。基本的に日本の社会と、そこに暮らす人々を愛している。戦後の日本がアメリカの属国に過ぎないと見切った上で、その中で少しでも日本人が安全で豊かになれるよう、腐心してきた人なんだ」

昭和の妖怪と怖れられ、左派からは蛇蝎（だかつ）の如（ごと）く忌（い）み嫌われた、あの岸信介（きしのぶすけ）でさえ、そういうことを考えていなかったわけではない、と津島さんは言った。

「あれほど反対された日米安保があったからこそ、日本はここまで平和で、豊かになれたんだ」

少なくとも冷戦が終了し、アメリカにとっての日本の価値がなくなるまでは……と津島さんは言った。

　難しいことは私には判らない。でも、津島さんが悪い人ではないと言うのなら、老人のことは信頼しよう、と私も思った。あくまでも「ある程度まで」ということだが。

　私たちは北鎌倉駅から歩いた。円覚寺と反対側の道を小袋谷川に沿って歩くと、建ち並ぶマンションの谷間に、立派な門構えの邸宅があった。

「いかにも『鎌倉の老人』が潜んでいそうな家ですね」

「キミ、言葉に気をつけなさい」

　津島さんはそう言って、ドアフォンを押し、来意を告げた。

　きりっと和服を着こなした、さながら有名料亭の仲居さんか、老舗旅館の女将のような女性が現れた。彼女にしずしずと案内されて私たちは屋敷の中に入り、中庭を巡る廊下を歩いて、一番奥まった部屋に通された。

「内閣官房副長官室の、津島様と上白河様がお見えです」

　女中頭のような女性が告げると、「お入んなさい」と中から声がした。

「では、失礼」

　津島さんが障子を開けると、畳に絨毯が敷かれた上にデスクがあり、こちら向きに鬼島老人が座っていた。

　その手前には革張りの応接セットがあって、鬼島老人は私たちに座るよう指示した。

「遠いところを済まなかったね。おお、君か。あの時はいろいろと」

鬼島老人は私を認めると少し笑った。相変わらず骨と皮のように痩せているが、眼光だけは鋭い。私たちを射すくめるように見つめたが……その目の奥には温かいものがあった。少なくとも冷酷非情という感じではない。

老人はゆっくり立ち上がると、ソファに移って、座った。

そのタイミングで、女中頭の女性がコーヒーを運んできた。

「……てっきり茶室で、お茶を戴いて、足が痺れるのを我慢して飲むものかと」

私が呟くように言ってしまったのを聞いた鬼島老人は、笑った。

「いや、このトシになると、正座は辛い。それに正直言うと私は抹茶が苦手なのだ。だから、ウチに茶室はない。あんな密室でもっともらしく密談するのはテレビや映画の中だけだ。あれは時代劇の世界だろう？　戦国時代は四百年前に終わっておる。政治家などはメシを食いながら密談するのが三度の飯より好きだが……これからも時代は変わる。いずれオンラインでということになるだろう」

そういう、笑っていいのかどうか微妙な話をした老人はコーヒーを飲むと、「美味い」と頷いた。

「ところで、先日は大変だったね。『彼女』からいろいろと話を聞いた」

彼女というのは、菊池麻美子さんのことだろう。

老人の方から本題に入った。

「それでね、今日は頼みがあってね。頼みというからには、本来こちらから出向くのが筋なんだが……この通りの老いぼれで。勘弁して欲しい」

鬼島老人が丁重に頭を下げたので、私たちは驚いて「イエイエとんでもない」と恐縮してしまった。しかしこの老人には、群馬の山奥にまで突然出現する、神出鬼没な行動力があるのだが……。

「いや、先日の一件は急を要したのでな。私が出張っていかねばなんともならんと、そう判断するしかなかった」

私の心の声が聞こえたのか、老人は弁解めいた説明をした。

津島さんは、鬼島老人にひたすら恐れ入る様子で何も言わないが、私は疑問を口にした。

「一つ、伺っていいですか？」

「おお、いいとも。なんなりと」

老人は機嫌良く応じた。

「鬼島さん……とお呼びしていいのでしょうか？」

津島さんが「これ！」と小声で叱ってきた。

「先生と……お呼びしろ」

「でも私、別に教わってないし」

「いや、そういうことではなくて……」

津島さんが慌てていると、老人は鷹揚に笑った。

「別にどうでも構わんよ」

この老人は、私には妙に優しいような気がする。若い女が好きだとか？

ならばそれを利用させていただきます。

「鬼島さんは、彼女……菊池さんをどうされたんですか？　この屋敷に匿ってるとか？」

「いやいや、それはない。それはないが、あの件にはいろいろ問題があった。彼女を殺人犯として警察に引き渡すわけにはいかないと判断したのだ」

「誰がその判断を？」

「私だが」

「彼女……菊池さんは、あのまま、あのお城に監禁されてるんですね？」

「お城だから幽閉という感じかな。まあ、要は逃げ出さないようにしている訳だが……」

「どうしてそういう判断をしたんですか？　なぜ警察に身柄を引き渡さないんですか？」

私は矢継ぎ早に訊いた。

「そもそも、私たちがあの山の中の自販機レストランに居たって、どうして判ったんですか？　そして、どうして彼女を特別扱いするんですか？」

鬼島老人は私をじっと見て、ゆっくりした口調で答えた。

「私のような立場の人間には情報が命だ。あの塚田というマネージャーのことは、最初から信用していなかったし、危ういとも思っていた。しかしオーナーの親族ということもあり、無下に首を切らせるわけにもいかない。だから、あの施設の内情を逐一知らせてくれる人物を配置しておいた。何かがあった場合にいち早く対処するためだ」

つまりスパイがいたということか。

「情実だけで地位を与えられた無能な人物にああいう施設を運営させておけば、必ず不祥事が起こる。残念ながらその予感は的中してしまったのだがな」

私の勘はまず外れることがない、という老人に私は更に訊いてみた。

「では、菊池さんを特別扱いする理由は？」

「それは……説明するのがいささか難しい。強いて言えば……彼女は不憫な娘なのだ」

「今の世の中、かわいそうなのは菊池さんだけではないと思いますけど？」

あくまで口答えするわきまえの無い私に、津島さんは赤くなったり青くなったりしている。だが老人は腹を立てる様子もない。

「まあ、一種の罪滅ぼし、とでも思ってもらえれば」

意味が判らない。言わば日本の社会からひどい目に遭わされている菊池さんに、償いが出来る立場にあるとでも、この老人は思っているのだろうか？

「要するに、政府に深く絡んでいるキャリウェルのスキャンダルを揉み消すために、超大物の先生が動いた……そういうことですよね？」

「立山を守るために？　あんたはそう思っとるのか」

老人は笑い始めた。

「それはない。私が無条件に資本家とか政治家を守るとは思わないで欲しいね。私には私の、矜持というものがあるんだ」

キョウジ？　なんだそれは。

「まあ、その件についても、おいおい話そうと思っている。で……いいかな？」

老人は、本題に入った。

「上白河君と言ったね？　君に頼みがある。副官房長官からも伝えさせたが、彼女に、あの子に護身術を教えて欲しい」

やはりそういうことか。

「あの夜、私はあの子からじっくりと話を聞いた。あの子はいろいろと可哀想なのだ。それに、私が立山の遣り方をすべて容認しているとも思わないでほしい。私はね、今の、ただただ人件費を削って、コストカットのために非正規雇用を増やしてきた雇用政策には、おおいに反対している。あれは立山の悪知恵だ。あの男と私とは本来、相容れない立場なのだ。ただ、私といえども力には限りがある。立山をすぐには潰せない。だから、キャリウェルと立山のために私が動いているという誤解だけは、ぜひ解いて欲しい」

老人の目に、厳しいものが現れた。

「詳しい話は、あの子に会って、あの子の口から聞いて欲しいが、とにかくあの子は、君のファイトを見て心底、感服したらしい。自分にもあれくらいの事が出来れば、強くなれれば自信が持てる、前を向いて生きていけると……まあ、そんなことを言っていた」

「つまり、私があのお城に行って、菊池さんに、自分の身を護る方法を教えるんですね？」

望むところだ。私が確認すると、老人は「そうだ」と答えた。

「詳細は、本人に聞いて欲しい。頼めるかな？」

はい、と返事をする前に、私は一応、津島さんを見た。

「鬼島先生。私からいくつかお伺いしても宜しいでしょうか？」

津島さんは丁重な態度で老人に尋ねた。

「上白河君は私の部下です。自衛隊出身で、フィジカルに強いことは私もよく知っておりますが……部下の安全について、私は責任を負っています。あの施設について問題があることは先生も御承知のとおりで、それ故、上白河君たちが出向くことにもなったのですが」

「あんたの言いたいことは判る。上司としては、あの城は危険なのではないか、危険な場所に部下を差し向けられない、という心配だな？」

鬼島老人に見つめられて、津島さんは「はい」と平伏した。

「その心配は……ないだろう。そう、思う」

老人の口調には、何か引っかかるものがあった。

「まったく何の問題もないところに、こういう事件は起きない、と言われれば返す言葉がないが、一応の手は打った。マネージャーは私から立山に強く言って交代させた」

この人は、塚田が浜町公園で死んだことを知っているのだろうか。

知らない筈はないが……。

「それでも多少はいろいろあるやもしれん。いや、あるのだろう。そういうところを含んでの、特別なお願いだ」

「先生のような方が、どうして殺人犯の女をそこまで……」

津島さんの言葉を、老人は途中で遮った。

「飼い犬は飼い主を噛むこともある。自分を守るためにやむなくダメな飼い主を噛むことがある。その一方で、まったくの駄犬がキャンキャン吠えて、何も考えず飼い主を噛んでしまう事もある。塚田については、あれは駄犬だった。判るだろう？　あの施設での、いい加減な差配ぶりで」

「あの人は、たしかに無能でした」

私がそう言うと、老人は「そうだとも！」と力強く同意した。

「あれは、本当に駄目な男だった」

今まで温厚だった老人が一瞬、驚くほど冷酷な表情を見せた。

これがこの人の本当の顔だ、と私は直感した。

「飼い犬が自分を守るために飼い主を嚙むのは仕方がない。飼い方が悪かったからだし、その責めは飼い主が負うべきものだ。私にもそういうことはあった。その時は、この私が裏切る立場だった。逆に、飼い主として命令に従わない者を処分したことも、幾度となくあった。あれは後味の悪いものだ。とりわけ『命令に背いた側』に実は理があると、私自身が判っているような場合にはね」

老人の眼に苦渋の色が浮かんだ。

この人はこれまでに一体、どれほどの「飼い犬」を処分してきたのだろうか……そう思った私は背筋に冷たいものを感じていた。

＊

単独でレンタカーを運転して、再び、群馬の山奥にあるキャリウェル・キャッスルに、私は向かった。

津島さんは老人の強い「意向」に抗することが出来ず、私の出向というか、派遣を認めざるを得なくなった。私としてはかねての希望どおり、お城に潜入出来ることになったのだから、内心ラッキー！　と意気込んでいる。前マネージャーの塚田を含む連続「自殺」事件の手掛かりを、このお城で摑むつもりだ。

ただし、お城に滞在する名目として「政府関連施設のセキュリティ強化」という任務を課せられることになった。キャリウェルという私企業の施設が「政府関連施設」というのはどう見てもおかしいが、これは書類を作成した津島さんから、キャリウェルのトップである立山という人物への皮肉なのかもしれない。

私がお城の玄関に車を付けると、新任のマネージャーがやって来た。

「お疲れ様でした。ワタクシ、塚田の後任のマネージャー、大久保(おおくぼ)と申します」

死んだ塚田マネージャーは一見英国紳士風で、貫禄(かんろく)も見た目も申し分なかったが、その仕事ぶりはダメだった。後任の大久保さんは、といえば、見た目は背が低くて野暮(やぼ)ったくて、ネズミ色のスーツがぴったりの、どこかの市役所の課長みたいな感じではあるけれど、鬼島老人のお眼鏡(めがね)に適(かな)った人物なら仕事は出来るのだろう。少なくとも信用出来そうな感じではある。

まずはお部屋へ、と私は当面滞在する部屋に案内された。そこは、見覚えがあった。そう、日下部が殺害された部屋なのだ。これは嫌がらせだろうか？

「すみません。他のお部屋はお客様をお迎えしますので……」

要するに、私は客ではないので、正規の客に提供できない部屋を宛てがったということだ。

「なにとぞご理解を戴きたく」

私は気持ちが顔に出てしまう。それを読み取った大久保マネージャーは平身低頭した。

「こんな山奥の施設ですが、おかげさまで人気を博しておりまして……」

「それは、ここが提供する『特別なサービス』を受けたいからですか？」

「はい。ここでは最高の料理をご賞味戴け、最高の自然環境を満喫戴けますので。もちろん、最高のサービスとともに」

ソツなく答えた彼は、ニッコリして大仰に一礼した。

「それで……菊池さんとはいつ、どこで会えますか？」

「はい、それは……上白河様が長旅のお疲れを癒やされましたら、すぐにでも」

「私、全然、疲れてなんかいません」

時計を見ると、十五時だった。今朝、鎌倉に行って鬼島老人と会い、その足で鎌倉から一直線にここまでやってきたのだ。

では、と大久保マネージャーは先に立って歩き、菊池さんの居るところに案内してくれた。

地下の牢獄のようなところに監禁されているのでは？　と心配していたが、そんなことはなく、私が連れて行かれたのは、お城とは別に建っているコテージだった。

が、コテージの入口ドアには頑丈な閂と大きな南京錠が取り付けられている。窓にも、がっしりした格子が設置されている。遠目では判らないが、近くで見ると可愛い小さな家の窓に鉄格子があり、お洒落な扉が無骨な閂で閉ざされているのは異様な光景だ。

「逃げ出されては困るので……そうなったら、鬼島先生のお名前に傷がつくことにもなりますので……」

大久保マネージャーはそう弁解しながら、ゴツい閂を解除してドアを開けた。

と……ドアは二重になっていて、外のドアを閉めないと内側のドアが開かないようになっている。極めて厳重だ。

「毎日三食、この手順で運んでいますので」

彼はそう言うと、内側のドアをノックして「入りますよ」と声をかけた。

内側のドアにも外側から鍵がかけられている。それを解錠して、ドアを開けると……。

中のソファには、菊池さんが青い顔で座っていた。が、私を見ると一気に顔色に赤みが差して、ぱっと明るい表情になった。

「来てくれたのね！　あの人、ウソはつかなかった！」

「そうですよ。私、来ましたよ。だから安心して！」

私が一歩踏み出すと、菊池さんは私に抱きついてきた。

「会いたかった！　本当に！」

私は、これほど心から「ホッとした」表情を見たことがない。自衛隊の苛酷な訓練で死にそうになった同僚を助けたときも、ここまで安堵はされなかった。一人ぼっちで閉じ込められていた菊池さんは、それだけ心細くて怯えていたのだろう。

「あ、お茶淹れますね。ここには小さなキッチンがあるので、お茶くらいは淹れられるんです」

彼女は、大久保マネージャーは完全に無視して、私に話しかけて、キッチンに入った。

「あの、私、彼女と話しますから、お忙しいと思いますので、いいですよ」

そう大久保マネージャーに言うと、彼は露骨にホッとした表情を浮かべた。

「一応、私が出るときには施錠していきます。上白河さんが退出するときは、電話をください。鍵を開けに来ますから」

私が頷くと、彼は逃げるように去って行った。菊池さんは「取り扱い厳重注意」の超危険人物なのだ。

「……あの老人……鬼島さんにいろいろと私自身のことを話したんですけど、あまり信用出来てなくて。聞くだけ聞いて、利用価値がないと判ればこのまま放置されて、いずれ殺されて闇に葬(ほうむ)られるのかなあ、多分そうなんだろうなあって、だんだん強く思えてきて……だったら、あの日、なんとかして警察に飛び込むべきだったと悔やんだり……」

キッチンから菊池さんの明るい声が聞こえてきた。

「でも、鬼島さんは、上白河さん、あなたに必ず知らせる、あなたに来て貰うようにする、と約束してくれたんです。それが守られたことが、物凄く嬉しいの。私、これまでの人生、何ひとつ願ったようにはならなかったし、裏切られてばっかりだったので」

これでもう、仮に殺されたとしても思い残すことはない、とまで菊池さんは言った。

一体、どれだけ苛酷な人生を彼女は送ってきたのだろうか。

「菊池さん。私がここに来た以上、そんなことは絶対にさせませんから。あのおじいさん、なんか胡散臭(うさんくさ)い感じもしたけど、そんなに悪い人ではないと思う。少なくとも、あなたの身を案じて心配していたのは本当の事。私はああいう『影の大物』みたいな人に会った事がなかったから気味が悪いんだけど……でも、私はあの人から、あなたを助けてやってくれって頼まれたの」

「そうなんですか……」

菊池さんはミルクティーをトレイに載せて運んで来た。

「で、おじいさんが言うには、あなたが私に護身術を習いたいと言ってるって」

私は彼女の顔をじっと見た。

「ほんと？」

私の問いに、菊池さんは無言のまま、でも力強く頷いた。

「私がきちんと自分の身を守れなかったから、ああいう事になってしまったんだと思って……自分の身は守れるっていう自信があれば、あんなに……滅茶苦茶に過剰反応をすることもなかったんだろうと」

彼女は、あの夜に何が起こったか話してくれた。それは概ね、私たちが想像したとおりだった。

「日下部さんには、そういう趣味があったんです。女の子を痛めつけて楽しむっていう。SMっていうのとは違います。マニアならあくまでもプレイとして楽しむので、本当に怪我をするような、少なくとも傷害罪になるようなことはしません。ギリギリで寸止めする、ちゃんとした技術があるんです。でも、ここはそういう専門の場所ではないし、私もM女の訓練を受けたわけじゃないです。何よりも日下部さんは趣味ではなくて、本物のサディストでした。私の顔やお腹を拳で殴りながら、どうだ、痛いか、苦しいか？　女房にこれをやったらDVで訴えられるからな、と笑ってました。女なんて殴られるために居る。それを許さない今の世の中がおかしいんだって。笑いながら、それでも目が据わっていて、とても怖かったんです。よっぽどストレスが溜まっていたのかもしれませんが」

菊池さんも後から知ったらしいのだが、たとえば逆の立場で、お客さんのM男を責める、いわゆる女王様は、もの凄く気を遣うらしい。それはSのお客がM女を相手にする時も同じで、商品としてのM女を傷つけるのは御法度だし、そもそもプレイである以上、その範疇を超えることは絶対に許されない。

そういう遊びの流儀を熟知している人ならいいのだが、ここには、「プレイではない、ガチのSM」が出来ると信じてやってくる「上級国民」が多いらしい。

「私だけじゃなくて、ほかの子も……入院して辞めていく子も多いんです。施設としてはそれで女の子の新陳代謝が図れて新しい子が入れられるんで一石二鳥、ぐらいにしか思っていないんです。辞めていく子も、かなりの額の口止め料が貰えるので黙って泣き寝入りしてしまうんです。ここに来るのは、立場的に弱い子が多いし……」

「つまり、お客の、どんな無理な要求にも応じなきゃいけないってこと？」

そう、と彼女は頷いた。

「主に、お金の問題があるのと、性風俗の仕事をしてることを知られたくない子が多くて。お城の側も、そういう弱みのある子を集めてるんです。同じような事をしている普通の性風俗店よりも、ずっといいお金を出して。美人でスタイルが良ければ即合格で、ここの寮で暮らすことになります。けど、中には民間のお店からスカウトされてくる場合もあって」

菊池さんは、私が初めて聞く話をし始めた。

「つまり……普通の風俗店ではあんまりひどいことが出来ないので、気に入った女の子をわざわざスカウトさせて、このお城に呼ぶんです。ここに来る事が出来るお客はキャリウエルが認めたＶＩＰだけ……いわゆる上級国民なので、お金はいくらでもあるし、ここは警察とも繋がっているので、どんなことでも出来るんです」

「殺人以外は、ってことですか？」

菊池さんが言い難(にく)そうなので、私がズバッと言ってみた。普通の風俗店では満足出来ない、邪悪な客たちの策略で指名されて集められた性風俗嬢が、ひどい目に遭っているのだ。

「そうです。入院しなきゃいけないほどの怪我をさせられても、お前ら、もともとそういう商売してるんだろってお客さんは全然悪びれないんです。お城側も、お金を渡せばいいんだろ、という態度で、充分なケアをしてくれません。ここ専属のお医者さんが治療をしてくれて終わりです」

それはそうだろう。民間の病院を受診すれば傷害罪として通報されてしまう。

「お医者さんも、お城の側も、私たちを人間だなんて思ってません。当然、お客さんもそうです。限度を超えた暴力を振るうお客はプレイを楽しむんじゃなくて、ハッキリ言って憂(う)さ晴(ば)らしのために女の子を痛めつけに来るんです。今も……あの時も」

そう言った彼女の目に、激しい怒りの色が浮んだ。一瞬、部屋の空気が変わるほどの殺気が漂った。

「あの夜……日下部さんは常連で、ここに来るといつも私を指名してました。指名されるとそれだけお金が貰えるのでありがたいんですけど、イヤなお客さんも多いんです。日下部さんは特に嫌でした。あの人は酒乱で、毎回、私を呼ぶたびに、私の父が亡くなった事件について延々、絡んでくるんです」

菊池さんは早くに父親を亡くしているのか、と私は思った。それが彼女の弱味で、こんなところでひどい扱いを受けているのも、それが理由なのだろうか？

私は彼女の話を黙って聞いた。

「……お前の父親が自殺したのは家族にも責任がある。お前、学校はどこだ？ どうせ、カネのかかる私立に行っていたんだろう？ 馬鹿な母親と見栄っ張りな娘のためにお前の父親は悪事に手を染めて、自殺に追い込まれたんだ。お前の父親が死を選んだのは、お前たちが追い込んだからだ、と言って……そう言って私を責めたてる時の日下部さんの目はぎらぎら光っていて……」

菊池さんは涙声になった。

「父が自殺したのは本当です。でもそれは私たちのせいじゃありません。父が死んだ時、私はまだ小学校にも上がってなかったんです。保育園に通っていました。母だって、そんな見栄を張るような人ではありません」

「それは、言葉で責めていただけじゃないんですね？　その、プレイもしながら？」

「はい。いわゆる言葉責めのつもりだったのかもしれませんが、そういう個人的なことで攻撃されると……だって、肉親が死んだ事ですからね。それはもうプレイでもなんでもないです。私への憎しみしか感じませんでした。私は、あの人になんにもしてないのに……」

日下部は、彼女の気持ちをズタズタにすることで、心理的な加虐（かぎゃく）の喜びに酔っていたのだろう。なんという糞野郎（くそやろう）か。

「私、何度も止めてくださいとお願いしました。新聞記者だから、私の個人的なあれこれを調べ上げたんでしょうけど、親戚でもないのに……いえ、親戚でも言いすぎだと思いますけど」

私は、彼女が言う「父親の自殺」について何も知らない。

「何度も止めてくださいとお願いしたのに、日下部さんはまったく相手にしてくれなくて、責め続けられて……その上、日下部さんは刃物を持ちだして、私を傷つけようとしました。それはまあ、皮膚の表面に軽く傷をつける感じで、刺すとか切りつけるとか、そこまでのことではなかったのですが、腕を切られて血が出て来たのを見て……」

彼女は左腕に十センチほど残る切り傷を見せた。確かに、浅くて縫合するほどの裂傷ではないが、いきなり切りつけられたとしたらそのショックは大きいだろう。

「それから、記憶がないんです。しばらく経って、ハッと我に返ったら……日下部さんがベッドに倒れていて、床一面が血の海で……」

その時の事を思い出したのだろう、菊池さんの顔は蒼白になり、全身を細かく震わせ始めた。

「私……私、このお城に来たそもそもの目的……一番やりたいことが果たせていないのに、こんなことをしてしまった……これでお終いだ、きっと殺される……そう思って、逃げ出したんです」

一番やりたいことってなんだ？　と思ったけれど、パニックになっている菊池さんに、今、訊ける雰囲気ではなかった。後にしよう、と思って私は彼女を宥めた。

「ここからあの自販機のところまで、よく逃げたと思います。大変だったでしょう？」

本心からそう言った。ヒールで山道を歩けるわけはないから、裸足で走ったのだろう。今でも彼女の足は傷だらけだ。裸に近い服しか着ていなかったのだから寒かっただろうし、それに何より、怖かっただろう。

「はい。用心して、何か聞こえるたびに、道の脇の草むらに飛び込みました」

結局、私以外の追っ手はかからなかったのだから、その必要もなかったわけだ。顧客を死なせ、菊池さんには逃げられ、しかもそれを鬼島老人に知られたという理由で塚田マネージャーは叱責され、死を選んだのか？

あの性格からしてその可能性は低いと思ってはいるが、一応訊いてみることにした。

「あの、塚田マネージャーのことは聞いてますか?」

「人事異動で交代したそうですね。あの人は、自分はこんな仕事をするような人間じゃない、が口癖で、やる気もなかったので、まあ当然かなと」

「そうですか」

私は彼女に、塚田マネージャーが死んだ、それも自殺ではなく、たぶん殺されたという話を伝えなかった。いろいろショックが大きすぎるだろう。これから、話せるタイミングもあるはずだし。

「その後で、あの自販機レストランを見つけたんですね。あの中にいれば外よりも暖かですもんね」

「はい。たまたま自販機の下に落ちていたコインを集めて、温かいコーヒーを飲みました。だけど、夜になって、あの連中が」

「あの連中は、ただの通りすがりのレイプ魔だったのかしら?」

たぶん、と彼女は答えた。

「自販機でなにか買おうとして立ち寄ったら……エロい格好をした、やれそうな女がいた。そんな感じだと思います」

「そうなんでしょうね。あのバカさ加減を見るかぎり」

そう言った私を、菊池さんは憧れの眼差(まなざ)しで見つめた。

「私、あの時の、上白河さんの強さを見て、すごく驚いたんです。……え？　嘘でしょ？　同じ女なのに、って。上白河さんは、今までの私みたいに見苦しく謝ったり、やめて、と卑屈(ひくつ)にお願いしたり、そんなことは全然なかった。それどころか、怖がってさえいなかった。……最初は怖ろしかったんです。あなたがやられてしまうかと思って。でも、見ているうちになんだか全身がカーッと熱くなって、ワクワクしてきました……鍛えれば、私だって、いつもビクビクして、小さくなってなくてもいい、男の人たちに怯えなくてもいい。何かされそうになっても、殴って蹴って、ダウンさせられる力を付けられるんじゃないかって。だから」

私は、いろいろ言いたいことはあったけれど、ぐっと飲み込んで、彼女の目を見た。

真剣だった。

生兵法(なまびょうほう)は大怪我の因(もと)、とここで菊池さんに言っても意味がない。今の彼女に欠けているものは自信とプライドだ。それを私が取り戻してあげられるのなら、と思った。

実際に敵を倒せるレベルにならなくてもいい。カウンセリングか、セラピーのようなものだと割り切って、彼女に護身術を教えよう……。

その時にはまさか、彼女が本気で誰かを倒すつもりだとは思いも寄らなかったのだ。

「判りました。鬼島さんからも頼まれましたから、やりましょう。その代わり、私、厳しいですよ！」

彼女はハイと返事した。

しかし……トレーニングメニューはどう組み立てよう？　まず走ることが基本中の基本になるけど、外に出ていいのか？　筋力アップを図るなら、ウェイトやそのほかのギアが必要だ。身体に負荷をかけるトレーニング器具は……たしかお城の本館にあったはず。

「あの……もう逃げ出したりしないよね？　私がここにいる以上は、あなたの安全を守る。守れるよう努力するんじゃなくて、絶対に守る。逃げてもいい事はないし、マジで殺されるかもしれないし」

菊池さんは、物凄く真剣に、必死な表情で頷いた。

「逃げません。逃げないけれど、ヤツらの言いなりにもなりません！」

「いいわ。その調子でいきましょう！」

私は、大久保マネージャーに掛け合うことにした。

そして、この時はまだ、彼女の父親が一体どんな事に巻き込まれたのか、どうして自殺するに至ったのかについては訊くことが出来なかった。

私は、大久保マネージャーに言った。

「菊池さんにはもう、逃げる意志はありません。ああいう事をしてしまった以上、以前と同じには扱えないというのは判ります。ただそれは、彼女だけのせいではなくて、ここのやり方にも問題があったのではないでしょうか?」

大久保マネージャーは無表情で黙ったまま、私の話を聞いた。こういう場合、いろいろ言っても結局は意味がない事が多い。自衛隊時代、納得いかないことがあって上司に意見具申したり、雑談の時にお願いする感じで頼んでみたりしてもヘラヘラ笑われたり、それもそうだねと言われて期待を持たされたまま結局、なんにも変わらなかったりすることばかりだった。こういうのを「暖簾に腕押し」「糠に釘」というのだそうだが。

伝家の宝刀を使ってみようか。

「私は、鬼島さんの依頼でここに来ています。鬼島さんは私を信頼しています。ですからここでのことは逐一鬼島さんに報告しますが、いいですね? 私のお願いが無茶な要求ということであれば私が鬼島さんに叱られて、それで終わりになりますけど」

ここではもう、泣く子も黙る存在なのであろう、鬼島の爺さんの名前を出すのが手っ取り早いと思った。

「……判りました。で、具体的にはどうすればいいですか」

案の定、大久保は動いた。

「ここにはトレーニング室がありますよね。ウェイトトレーニング、それにバーベル。別棟にはプールもあるとか? その二つを彼女に使わせて欲しいんです。それがダメなら、私が選んだマシンを彼女の部屋に入れてください。それから、敷地内のジョギングとロードワークを許可してください。もちろん、私が常に一緒にいるので、なにかあったら私が責任を取ります」

「いいでしょう」

何につけのらくらと決定を先延ばしした塚田と違って、大久保マネージャーは即決した。

「ただし、条件があります。あなたがここに来た大義名分がありますよね？『政府関連施設のセキュリティ強化』っていう。それを実行して戴きたい。菊池だけにかかり切りにならずに、お願いします。手続き的にも、そういうことであなたを招聘（しょうへい）したのですから、実績を作って貰わないと困るんです」

さすが「政府関連施設」を詐称（さしょう）するだけあってお役所的だと思ったが、キャリウェルとしても、なにか結果が出ないと困るのだろう。

「判ります。そっちもきちんとやりますから」

私が相手の出した条件をすぐに呑（の）むと、大久保マネージャーは書類を出してきて署名しろと言ってきた。政府と深く関わりのある会社って、こういう感じなのか？

「はい。承知しました」

私のサインを確認した大久保マネージャーは頷いた。

「では、早速、トレーニング機器を移設します。あの部屋の広さだと、一度に二つくらいでいいですか？　順次交換していけばいいでしょう？　屋外トレーニングとプールの件も上白河さんが付き添うという条件で、了解しました」

それからは早かった。話が付いてすぐ、大久保マネージャーの指示で、トレーニング室から基礎的なウェイトトレーニングに使うマシン一台とルームランナー、そしてベンチプレス一式が移設された。どこに控えていたのかと思う数の男手がワッと出てきて、重機を使い、重量のあるマシンなどを一気に運んでしまったのだ。

「上白河さん……凄い」

菊池さんは目を見張った。

「あなたが来てくれただけで、こんなに違う！」

「私じゃなくて、すべてあの爺さんの力よ。あなたは凄い人に助けられたのよ」

あの爺さんは、どうして彼女を救ったのかハッキリ言わなかったのだが、あの人物の持つ「政治力」の凄さが判った。

「取りあえず、基礎トレーニングは部屋の中でやりましょう。これがあれば基礎体力がつくから。マシンでも走り込めば体幹のバランスが取れるし」

そう言って、私は基本的な使い方を菊池さんに教え、それだけでは飽きてしまうだろうからと、一日二回、彼女に格闘技の、基礎の基礎を教えることにした。

まず第一回は、私もトレーニングウェアに着替えて、交代でマシンを使い、ベンチプレスのウェイトを徐々に上げていき、ルームランナーで走り、そのあと部屋の床にマットを敷いて、互いに向き合った。

「基礎体力を付けるトレーニングだけでは退屈だと思うので、並行して護身術も……要するに格闘技ってことになるんだけど、そっちも少しずつやっていくね。その方が、張り合いがあるでしょう？」

菊池さんは頷いた。

「とにかく、実戦では『咄嗟(とっさ)の反撃』が何よりも大事。型の美しさとかは無視して。競技会に出るんじゃないから。ブラジルのグレーシーだとかロシアのシステマだとかそういう流派も、勝つためには関係ない。大事なのは、とにかく勝つこと。それには、一つ。不意を突かれてダメージを負わないこと。二つ。咄嗟に攻撃をかわして、逆に相手の不意を突いて反撃すること。その二つが絶対に必要。いいわね？」

「判りました」

と普通に喋(しゃべ)っている最中に、私は彼女に不意打ちの攻撃を浴びせた。喋り終えるや否や、いきなり菊池さんの頬(ほお)を叩いたのだ。

「え？」

「え？　じゃないの。もうレッスンは始まってるの。平手打ちじゃなくてグーパンチだったら、あなたは部屋の隅にふっ飛んで、首の骨を折って死んでたかも」

我ながら完全な不意打ちで意地が悪いし、彼女に申し訳ないとは思ったけれど、これくらいのショックを与えないと、本当に教わるべきことを真剣に理解することはない。自衛隊時代の私がそうだったから。

「判りました！」

「じゃあ、今から始めるから！」

思い詰めた表情の彼女は、黙々とトレーニングをこなした。私もずっと運動不足気味だったから、汗を流すいい機会になった。肉体はトレーニングを怠ると、その分確実に衰えていく。だから、毎日鍛え続けなければならない。

そして菊池さんの決心はウソでもなく、一時の思い付きでもなかった。

私とのレッスンでは、何度投げ飛ばされても倒されても叩かれても、まったく止めようとは言い出さなかった。

＊

その一方で、私はもう一つの「任務」もこなさなければならない。「従業員の安全確保」を保証する仕事だ。

そのためには、実態をしっかりと知っておく必要があった。

まずは菊池さんの「同僚」に話を聞くべきだろうと思ったが、オフィスに訪ねた大久保マネージャーが「私共も、何もせずに手をこまねいていた訳ではありません」と事件から今日までの対応を説明してくれた。

「彼女の事件のことは、極秘にしてあります。それもあって警察発表を抑えて貰ったんです。なんせM嬢がS客を殺してしまうなんて、こんなスキャンダルはないわけですから……それは、ここに来るお客さんにも知られていませんが、同僚の女性たちには、なんとなく勘付かれています。何人かの女の子は辞めました。正直言って、遊び方を知らないお客にひどいことをされた女性は、彼女だけではありませんので……」

大久保マネージャーは外からやって来た新任ではなく、塚田さんの部下だった。内部昇格だから、裏の事情には詳しい。

「ひどいことをするお客さんが誰かは、特定できてますよね？」

「ええ、それは。女の子が訴えてきますし」

大久保マネージャーは認めた。

「じゃあ、そのお客さんのオーダーを受けないとか、いわゆる出入り禁止にすることは出来ないんですか？」

「それは、出来ません」

彼は厳しい顔で言った。

「何故?」

「それは、ここが、我がキャリウェルの接待所だからです。ここに見えるお客様は、わが社の大切なお客様で、わが社が全力で接待して差し上げる方々だからです。そのお客様が、特定の女の子を指名され、特定の行為を望まれれば、それは受けるしかありません。ここはそのための施設なのです。ですから、ブラックリストを作る、あるいは出入り禁止にするなどということは論外です。あり得ません」

大久保マネージャーはそう言い切った。

「……とはいえ」

彼は少し表情を緩ませて、続けた。

「あのような事件が再び起こるのも困ります。ですので、第二の事件を起こさないために、女性たちへの行為が目に余るお客様についての対応を考えました。重大なトラブルを未然に防止するための、通報ボタンを各部屋に設置したのです。ボタンを押せば、レスキュー担当者が飛んでいって部屋に突入します」

「なるほど」

「万が一を考えて、二度押しすると、館内の火災報知器と連動して警報が鳴り響きます。そして火災になった場合に準じて、すべてのドアのロックが自動で解除されます。ここまでやれば万全ではないかと。ただ、そうなると全館大騒ぎになるので、望ましくはレスキュー担当者が飛んでいった段階で、なんとかするカタチで、と」

「なるほど」

私は納得した。いや、ベストだとは思えないが、何もしないよりはずっといい。それが可能なら、ほとんどのトラブルは防げるだろう。

「で、そのレスキュー担当者は誰ですか？　もう決まったのですか？」

「当面は……」

彼は、私を見た。

「上白河さんにお願いしようかと。お客様と女の子を引き剝がすには、それなりのパワーが必要だと思いますから」

「私が？」

何を言いだしたのかと思った。

「それだと、私がずっとここにいなければならないことになるのでは？」

それは無理ですよ私は国家公務員だし、と言ったが、大久保マネージャーはハイハイと頷いた。

「判ってます。取りあえず、お客様の方にも、あんまり度が過ぎたことをするとストップが入りますよ、としっかり啓蒙しておく必要がありますし、すぐにはレスキュー班を養成できませんし、ノウハウを構築していかなくてはなりませんので、その間、いろいろとご指導を賜りたく……」

「いつまでですか？」

そう訊くと、大久保マネージャーは首を捻った。

「……当分の間、としか。この件は、そちらの上司の方の内諾も戴いております」

え？　津島さんがこんな事にOKを出した？　津島さんが？　信じがたいことだけど、津島さんが絶対にそんな決定をしないとは言えない。鬼島の爺さんが「なんとかしてやってくれ」と言ってきたのかもしれないし……。

「当分の間、とボカされるのは困ります。取りあえず、一週間ということにしましょう。それが過ぎたら、改めてどうするか話し合うということで」

「まあいいでしょう」

大久保マネージャーは、なんだか主導権を取ったような口ぶりで言った。

「それで……ここからがご相談なんですが、女の子たちは、菊池さんの件をハッキリとは知りません。知られたら、女の子たちがみんな辞めてしまうかもしれないので……。お客さんとちょっと揉めて、お客さんは怒って帰り、菊池さんも怪我をして入院した、という話にしてあります。それは、ここではありがちな事ですので」

大久保マネージャーは、ここでの不祥事を否定しなかった。その点は評価してあげよう。

「なので、殺したとか死んだとか、そういうことはあくまでも伏せておきたいのです。お客様はここに遊びに来ているのですから……そういう、なんと言いますか、あくまでもリゾートの緩い雰囲気というか無礼講（ぶれいこう）というか、羽目（はめ）を外してもいいような、くだけた雰囲気を壊さないように、ですね」

大久保マネージャーは私をじっと見た。

「つまり女の子たちから実情を聞き取ったり、あるいはレスキューで客室に入って貰う時ですが、上白河さんにもある程度、女の子と同じ種類の……」

「同じ種類の格好をしろって言うんですか？」

私が思い描いたのは、菊池さんが身につけていた、ほとんど裸のような衣装だ。

あれを私にも着ろというのか？

「冗談じゃありません。私をなんだと思ってるんですか！」

そう言って席を立った。

「とんでもないことを言われたと上司に報告します。それは内閣官房副長官に伝わり、官房長官に伝わり、内閣総理大臣にも届くでしょう。当然、鬼島老人の耳にも入りますよ。私は公務員ですからね。こんな扱いを強制される理由はありませんからね！」

「まままままま」

大久保マネージャーは慌てて私を言い包めようとした。

「ええと、今のは私の言い方が悪かったのかもしれないし、誤解をされてしまったのかもしれないですし……とはいえ、スーツ姿とか女性警官の格好とか、そういう服装はとても違和感がありますので……なんとか、話し合って合意が戴けるように……その、ハワイではみんながアロハシャツを着ているように、ですね……」

ここで私は、ある事に気がついた。大久保マネージャーは「雰囲気」という言葉を繰り返したが、それって、もしかして、私の身分を隠しておきたいのではないか？　あくまでもここのスタッフ、それも「何も知らない新入り」として「女の子」の中に入れて、何かあったときに現場に飛び込む、「血の気の多い腕っ節の強い女の子」として扱いたいのではないか？

正面からそう問い質すと、大久保マネージャーは絶句してしまった。

「やはり、そういうことですか」

「いえ、あの……出来ればそういうカタチでお願いできると、一番自然なんですけどね」

「つまり、潜入しろと」

「そういう表現になるなら……そうかもしれません」

そこで私は考えた。

拒否するのは簡単だけど、菊池さん以外の「女の子」たちの感じ方考え方、不平不満をキャッチするには、かえってそういう形の、文字どおりの「潜入」がベストなのかもしれない。捜査官みたいな感じで乗り込んだら、彼女たちは心を閉ざしてしまうのではないか？　それはレスキューで乗り込んだ先のお客も同じ事だろう。警察みたいな人間と思われたら、お客は全力で自己保身に走って、逆にトラブルが大きくなりかねない。

「……判りました。でも、『そういうこと』はしませんからね！」

「あ、それはもちろんです」

大久保マネージャーは明らかにホッとした顔になった。

その日の夜。

菊池さんの夕方のトレーニングに付き合い、夕食を取ったあと、私は「控え室」に向かった。

お客さんがチェックインし始めるのは十五時頃だが、泊まっているお客は夕食後、さらにお酒を飲んだりして、夜の二十一時頃から「女の子」をご所望になるという。

だから、控え室には二十時から、女の子が常に五人は待機している。

みんな、シースルーのネグリジェ（今どき、これを寝る時に使っている女性はいるんだろうか？）やキャミソール、その中でもいっそう丈が短くてセクシーなベビードールとかテディを着ている。その下には何も着けていない人もいて、同性ながら目のやり場に困るほどだ。スケスケできわどいところが今にも見えてしまいそうだ。

私は、左右に深いスリットの入ったチャイナドレスのミニを着せて貰った。身体にピッタリ貼り付いて、ボディラインがくっきり判ってしまう仕立てなのだが、生地が厚くて透けない衣装はこれだけだったのだ。その代わり、左右の太腿から脇腹までスリットで丸見えだし、下着を着けていると見えてしまうので……つまり、チャイナドレスの下は裸だ。でもまあ、普通にしていれば捲れ上がることもないだろう。

「宜しくお願いします……今日から入りました、レイです」

私はそう挨拶して、控え室に入った。

八畳くらいの、カーペットが敷かれた部屋にはソファや椅子、床にはクッションが置かれて、先輩たちはめいめい自由に寛いでいる。

「初めてなのでよく判りません。宜しくお願いします」

こういう場合はひたすら低姿勢にしていれば間違いはない。

部屋の片隅にはドリンクバーのような設備があった。

「あ、みなさん、飲み物とか作りましょうか？」

気が利く新人を演じることにした。話を聞き出すためにはその方がいいし……先輩たちはほとんど私より年上のようだし。

「そんな気を遣わなくていいから……レイちゃんだっけ？」

ソファに座っていた、落ち着いた感じの女性がそう言ってくれた。私が見ても凄く色っぽくて全身からフェロモン出まくりのような彼女は、長い丈のキャミソールを着ている。ソファの空いているところに脚を揃えて座った。そうしないと何も穿いていない下半身が見えてしまう。でもそれがお行儀よく見えたらしく、声をかけてきた女性に好感を持たれたようだった。

「あなた、いいスタイルね。脚長いし腰なんかくびれてて。その上可愛いし」

「いえいえそんな」

今の職場はコンプライアンスが徹底していて、外見を褒められることはほぼない。私はおおいに照れた。

「ここに来るような人じゃないように見えるレイちゃんも、いろいろとワケアリな訳？」

「え、ええ、まあ」

私はその時、自分の「設定」を考えていなかったことに気がついた。私がどうしてここで働くことになってしまったのか、そのストーリーを考えていなかったのだ。

「まあ、無理して言うことないわ。ここはみんなそうだから」

助かった。ほかの人たちは私のことなんか興味なさそうにスマホを見たり雑誌を見たり、部屋にあるテレビを眺めていたりしている。

「あの……ここは凄くハードだって聞いて、ビビってるんですけど」

私はそういうカタチで訊いてみた。

「そうね……女の子のタイプとお客さんの指名によるんだけど……私の場合は、そういうプレイじゃない事がほとんどだし、この業界が長いから、なんだかんだとお客を言い包めちゃうんだけど……それが出来ない子もいるし、最初からメチャクチャしてやろうって、そのつもりで来るお客もいるから」

「そういうお客さんって、ブラックリストに載ったりしないんですか？」

「アナタ、本当に何も知らないのね」

床に寝そべってスマホを見ていた別の女性が私を見た。私より少し若くて、モデルさんのような美女だ。スタイルも抜群で、その裸身をベビードールに包んでいる。

「ここに来るのは、だいたいが凄くエラい人なのよ。で、六本木とかのお店では出来ないようなことを、ここにしに来るの。それを、私たちも判って、仕事をしてる。てか、するしかないの」

「お金、ですか？」

「そうね」

彼女はそう言って、太腿を見せた。青痣があった。

「あと少しで治るけど。お客が本気で竹刀で叩くから……しばらく歩けなかったのよ。雪子姉さんはいいお客を捕まえてるから、こんな目には遭わないけど」

年上の、最初に私に話しかけてきた女性が、雪子姉さんというのか。

「マザコンの客がいて、姉さんにあやして貰ったりオムツを替えて貰ったりするの。マチバの店だと身バレそうだからって、姉さんをわざわざここに移籍させて」

「まあ、今の財務大臣なんだけどね」

雪子姉さんはトップ・シークレットをさらりと暴露した。

二人目の、太腿に痣のある女性は、テーブルにある電子タバコを吸い始めた。

「私はまあ、とにかくお金の問題だから。借金も八桁じゃ、まともなことでは返せないっしょ？　あとちょっとで完済できるから、それまでの辛抱だと思って」

「そういう、ディープなプレイに慣れちゃう事ってないの？」

雪子姉さんが少し揶揄うように訊いた。

「それはないわね。とにかく痛いだけだから」

そうなんですか、と返事をした私は困ってしまった。他の女性も、いろんな事情で、この仕事を耐えているのか。

「あと、罠に嵌められた子もいるけど……それは可哀想よね」

私じゃないけど、と雪子姉さんが言うと、ほかの全員が私たちも違う、と手を振った。

「私たちと違って、もともとお水やフーゾクとは関係ない子も多いのよ。みんな、ここに来る前にやっていた昼職の話はしないけど……そういう、プロじゃない子も集めてるのよ」

電子タバコを吸っているひとはけっこう蓮っ葉な感じがするが、それは開き直って精神のバランスを取っているからだろうか。

その時、壁にある赤いランプが点滅して、緊急地震速報のような電子音が鳴った。

「あ、ホントに鳴るんだ！」

部屋にいた女性はみんな驚いて、一斉に赤いランプを見た。

私だけが、それが「レスキュー求む」の警報だと知っている。赤ランプの下に数字が出ている。

「五。五号室」

私は立ち上がったが、それを見た雪子姉さんたちは「え？」と驚いた。

「あの、私、なんというか、レスキュー兼任なんです。そっちのほうの仕事をしていたので、それを買われて……」

「え？ あなた、用心棒だったの？」

まあそんなような、と言いながら、私は控え室を出て五号室に急いだ。

部屋の前には大久保マネージャーも来ていて、「開けますよ！」と言ってからマスターキーでドアを開けた。

全裸の初老の男が、これまた全裸の女性を蹴り飛ばした直後だった。

「大丈夫ですかっ」

私はチャイナドレスミニの裾が捲れ上がり太腿が丸出しになるのもお構いなしに、その女性に駆け寄った。

清楚な美人である彼女は顔に痣を作り、唇も切れて血を流している。かなり殴られたようだ。他にも背中や肩、臀部にも殴打の痕がある。雰囲気として、こんな場所で、全裸で男に殴られているような人ではない。もちろん殴られていい人なんかいないのだが。

「なんだ、お前たちは！　勝手に部屋に入ってくるな！」

大企業の重役っぽい男が怒鳴った。

女性は「この人……この人だけはイヤなんです」と小声で言いながら震えている。

「お前が断れる立場か。客を選べると思ってるのか！」

この不心得者が、と男は怒鳴った。

「お客様、女の子に、その、暴力を振るわれるのは、どうか……」

大久保マネージャーはひたすら下手に出た。

「何が暴力だ？　どこが暴力だ？　プレイだろうが、これは！」

男はそう言い張った。たしかに、男の股間には勃起したものがある。

大久保マネージャーはバスローブを男に手渡した。

「痣もあるし、出血もしています」

そう言った私は、男と女の子の間に立ちはだかった。

「これはプレイではなく、暴力です」

「うるさい。どこの馬の骨とも知れん者にあれこれ指図される覚えなどない！　私を誰だと思っとるんだ！　小娘の分際で！」

男の怒りに狼狽えた大久保マネージャーは、私に耳打ちした。

「え！　目立重工業の谷田部常務？」

私は思わず声に出してしまった。

「そうだとも」

男は少し怯んだが、すぐに立ち直って虚勢を張った。

「こいつは、おれの元部下だったんだ！」

谷田部常務は、震えている全裸の女性を指差した。

「そうなんですか？」

驚いた私が訊ねると、彼女は泣きながら頷いた。

「私が……この人の秘書だった時、この人からありとあらゆるセクハラをされて……私は鬱になって退職に追い込まれて」

そこから先は泣きじゃくるばかりで言葉にならない。

「泣け喚け叫べ！　だからあの時、俺の言うことを聞いておけばよかったんだ。お前が素直だったら……俺の言うとおり、愛人になっていればよかったのだ。そうしておけば、ここまで落ちることはなかった。ざまぁないな。俺の指名を断れず、俺の言うがままのことをするしかなく……それだけじゃない。こんなところでいろんな男の慰みものになることもなかったのだ」

谷田部常務は傲慢にも言い放った。怒りを堪えつつ私は男に問い質した。

「つまり、愛人になれという誘いを断って会社を辞めたこのひとを、なんとか自分のモノにしたいがために、あなたは……」

「おう、そうだとも！」

私が言い終わらないうちに谷田部常務は声を張り上げた。

「表の、昼間の世界では最近、コンプライアンスだかガバナンスだとかいう、ロクでもないものが幅を利かせている。それでお前を自由にできなかったが、今は違う。ここなら、何でも俺の思い通りになる。俺は賓客でお前は淫売だ。つまり、何でも俺の思いのままに出来るってことだ。だから、いい加減に分を弁えろ！」

「つまり、自分の愛人になれと言ったのにそれに従わなかった彼女を自由にするために、会社を辞めた彼女にあらゆる手を使って陥れて、転落させて、ここに来るしかないように仕向けたって事ですね？」

「まあ、早い話、そうなるかな？　キャリウェルにはそれなりの金を遣っている。派遣社員を一千人単位で入れているし、中抜き率も三割までは認めている。キャリウェルには大儲けさせてやってるんだから、それなりの見返りが俺にあってもいいだろう？　だが俺は別にカネには困っていないから、こういう形が一番いい」

　そこまで聞いて、私はキレた。

「失礼します」と言った次の瞬間、私の裸足の爪先は谷田部の股間にめり込んでいた。右足で蹴り上げたので、チャイナドレスが捲れ上がり、太腿の付け根まで見えてしまったが、そんなことはもうどうでもいい。

「ぐふっ」

　谷田部は、そう呻くとその場に崩れ落ちた。

「たぶん、睾丸が破裂したと思います。お医者さんを呼んでください」

「上白河さん……これは困る……」

　大久保マネージャーはこの成り行きに狼狽した。

「困るのなら私を警察にでもどこにでも突き出してください」

　この男だけは許せない。そう思った。

「ここの堀田先生の手に負えなければ、一番近くの病院まで運んだ方がいいですね」

　救急車を呼ぶことは出来ないだろう。

「この人も、こうなったことについて訴えることは出来ないでしょ。訴えたら自分の悪事もバレて、藪蛇になりますからね」

谷田部は呻きながら床を転げ回っている。

私はそのぶよぶよした腹をもう一発、蹴り上げた。

私は怯えて固まっている女性にバスローブを被せて部屋から連れ出した。

「どうする？　控え室に戻る？」

彼女は首を横に振った。

「そうよね。自分の部屋に帰った方がいいよね」

私は彼女をお城の外にある寮に送り届けて、控え室に戻った。

「ねえちょっと。あんた、最悪の客にヤキを入れたんだって？」

雪子姉さんが私を見て、わくわくした様子で話しかけてきた。もう伝わっているのか！

「あの谷田部って男、最低も最低だったのよ。いつも菜波ちゃんを指名するけど、菜波ちゃんは嫌がってて、終わると一日二日は寝込んでたし……」

さっきの女性は菜波というのか。

「ほかの子が呼ばれても、みんな口に出来ないようなひどいことをされたって、やっぱり次の日は休んだりしてたもんね！　で、なに？　あいつのタマを潰したって？」

私は、まさかぁ～とか言って誤魔化した。

「まあ、あなたは筋肉の付き方が、ちょっと普通の女の子じゃあないと思ったから、マジでそのスジの人かもって思ったのよね。アナタ、ほんとは極道なんでしょ？」

「イエイエ違いますって！」

まあ、国家公務員だとバレるよりは女ヤクザだと誤解された方がマシかもしれない。そう思ったので、それ以上は否定しなかった。

「アナタ、若いのに、かなりの修羅場を潜ってきたわけね？」

姉御肌の雪子姉さんはそう言って尊敬するように私を見た。

このまま話を続けるのもシンドイな、と思ったとき、またもや赤いランプが点灯して警報が鳴った。今度は十二号室だ。この施設、客ダネが悪すぎないか？

今度も、部屋の前には大久保マネージャーがいた。

「谷田部、どうなりました？」

「ウチの車で搬送したよ。もう、ああいうのは止めてくださいね」

と念を押しながら、マスターキーでドアを開けた。

室内には、仁王立ちしている全裸の女性の足元に、仰向けになっている男がいた。ちょうど女性の股間を見上げるカタチで、男もまた全裸で横たわっている。

「いやです！　できません、そんなこと」

悲鳴を上げて何事かを拒否する女性。

「だからあんたのオシッコをちょっと飲ませてくれって、頼んでるだけだろうが！」

そう言った客は、部屋に踏み込んだ私たちを見て絶句した。

床には、家庭用のビールサーバーと大ジョッキが置かれている。悲鳴を上げたのは、これまたこういうディープなフーゾクにはまったく不似合いな、ほとんど女子高生のように見える華奢で小柄な女の子だ。内股をすり合わせ、腰をもじもじさせている。酔いのせいか、それとも必死に尿意をこらえているせいか、その頬は真っ赤だ。

「出たな、変態！」

「ちょっとやめてくださいよ！　この程度のことは……」

当館では当たり前なんです、と大久保マネージャーは必死に宥めようとしたが、私は聞かなかった。

「何が当たり前なんです？　こんなに嫌がってるじゃないですか！」

揉める私たちに男が怒鳴る。

「うるさい！　お前ら邪魔するな。私はただ、私の顔にオシッコしてくれとこの子に頼んでいるだけじゃないか！　無害だろ！　これは立派なプレイだろ！」

「女の子が本気で嫌がっているんだから、ダメです！」

私は横たわっている変態の毛脛（けずね）を摑み、ずるずると手前に引っ張り出して、女の子に声をかけた。

「ほら、早くお手洗いに行きなさい！」

その女の子は「ありがとう……ありがとうございます！」と叫ぶと、脱兎のごとくトイレに駆け込んだ。

「よくも邪魔してくれたな！　これくらいソフトな部類なんだよ、ここじゃあ！」

　これもどこかの大企業の重役か政治家か、どっちにしても立派な変態は逆ギレした。

「ちょっとアンタ、アンタがどれくらい偉いのか知らないけど、嫌がってる女の子に無理やり目の前でオシッコしろなんて立派な変態行為でしょ。ああいう、未成年みたいな清純な子に恥ずかしいことをさせて嬉しい？　そうだよね。勃ってるし」

　仰臥した男の股間は、大きく赤黒く聳り立っている。それを見てますます腹が立った。

「てめえ、二度とこういうことするなよ！　このド変態が！」

　屈み込んだ私はこの変態男の耳元で、ドスを利かせた声で囁いてやった。
もう、レスキューをクビになっても構わない。心を決めた私は立ち上がり、思い切った行動に出た。

　勃起したソレを思い切り踏みつけてやったのだ。仰向けに寝ている男の目には私の、何もつけていない股間がハッキリ見えてしまったと思うが、この際、仕方がない。

　男は悲鳴を上げたが……その目がトロンとして欲情の色を浮かべているのを、私はハッキリと見てしまった。

「お願い……お願いします。どうか、その長くて美しいおみ足で、私めの汚い股間を、もっともっと、思いっ切り踏みつけてくださいませ！」

そう言いながら、男は私の股間を食い入るように見上げて、ヨダレを垂らしている。

「てってめえ……キモいんだよ！」

「はい、おっしゃるとおり、私めはキモいキモい変態でございます！　どうか、あなたさまの、そのおみ足で私めの、一番けがれた場所を思いっきり踏みつけてください！　そうしていただければ、もう二度と、二度とあの子に無体な事はいたしません！」

「約束するんだな？　絶対だな」

私は怒りの感情のまま、素足でど変態男の股間をぐりぐりと踏みつけた。ミニチャイナの裾はたくし上がって、何も穿いていないお尻も秘部も丸見えだ。

「あああ……」

変態男の口からは、苦痛の悲鳴ではなく、歓喜の溜息が漏れた。

「ナニ悦んでるんだよっ！」

私はいっそう力を込めて、踏みつけた。

だが……どうしたことだろう。怒りに燃えているはずなのに、勃起した陰茎を踏みつけているのに、そして私自身の恥ずかしい部分を見せてしまっているのに、得体の知れない高揚感というか、喜びというか、快感のようなものが湧き上がってきたではないか！

これは、ヤバい。これ以上やったら、私は本物の女王様になってしまう。

いかんイカンと思って、私は男性器を踏みつけるのはやめ、股間を蹴り上げた。とは言っても谷田部のように、病院送りになるまでの激しい蹴りは繰り出さなかったが。

「上白河さん……アナタ、マジで、あの線の素質あるでしょ？」

廊下に出てから、大久保マネージャーにそう言われてしまって、私は慌てて否定した。

「とんでもない！　それより、さっきの子、未成年のように見えたんですが」

「まあねえ……表沙汰になったら立派な犯罪行為ですね」

大久保マネージャーはアッサリと認めた。

「だけど、ここは、一種の治外法権というか、マチバでは出来ないサービスを提供できるからこそ、存在意義があるわけで」

彼は弁解するようにいった。

「あの子はまあ……親の借金を背負って、因果を含められてここに来た、と申しますか」

私が睨み付けるので、大久保は白状した。

「はい。児童ポルノ禁止法違反です。児童福祉法違反です。淫行条例違反です。だけど」

大久保マネージャーはくどくどと言い訳を言い続けた。

「それもダメだと言われると、私共としては困ってしまうんです。彼女たちも納得した上でここに居るわけだし」

「お金のことで縛ってるんですよね。それって、納得してるとは言わないんじゃないですか？」

そう言った私の足元に、大久保マネージャーは土下座した。

「いやもう、おっしゃるとおりなんです。おっしゃるとおりなんですが、合法的なことだけでは、ここは立ち行かないんです……」

私としても、取り締まりに来たわけではないのだが……。

「あの子は解放してあげてください。私が通報するかもしれないって、どうして思わないんですか？」

「……わかりました」

気がついたらそう言ってしまっていた。

キレたら何をするか判らない人間だ、ということは、これまでの私の行動でマネージャーも理解したようだ。

「でも、さっきの聖水マニアさんは、財務省の、次の事務次官の最有力と言われている、トップの方なんですよ」

そう言った大久保マネージャーは下から私を卑屈に見上げた。

「ですから……」

「ダメです」

ニベもなく私は言った。

「エラい人なら何をしてもいいんですか？　未成年だから、子供だから、大人がその子の意志を無視して勝手に何でも決めていいって、もしかしてそう思ってます？」

私の剣幕に恐れをなしたのか、大久保マネージャーは黙った。

彼女をこの施設から出すこと、毒親のもとには返さないこと、外で身の振り方が決まったら私に連絡を取らせること。その三つを、私はマネージャーに約束させた。

＊

その夜は、ありがたいことにレスキューは二件だけだった。

深夜一時まで待機したが、もう警報は鳴らなかったので自分の部屋に引き揚げ、津島さん宛てに今日の報告をメールした。谷田部を病院送りにしてしまったことは大久保マネージャー経由でクレームなり抗議なりが届くはずだが、私からの報告も上げておかねばならない。

その返事は翌朝来た。

『初日、ご苦労様。あんまり危ない橋は渡らないように。官房副長官室のメンバーであることを忘れないように。谷田部の件は了解した。この件に関しては口で言っても伝わらなかったであろう事は容易に想像がつくので了とする。ただし、今後は力による現状変更については熟慮すること。キャリウェル側からの申し入れ等についてはこちらで処理するので、更なる情報収集等、鋭意注力を期待する』

自衛隊の伝達文みたいな返事が返ってきた。とっとと帰ってこいとは言われなかったのが、期待されていると思えば嬉しいようで、戦力外だと思われてるとしたら哀しいようで……東京では一連の事件の動きはどうなっているのだろう？

翌朝も朝食の後、菊池さんのトレーニングに付き合い、格闘技の技を教えつつ、合間にはレスキューの任務もこなした。

泊まり客の中には午前中から女の子を所望する「やる気満々」なお客もいる、とのことで、私は今日もミニのチャイナドレスを着て、十時過ぎに控え室に入った。すると。

まだ顔を合わせていなかった女性たちまでが、先を争うように話しかけてきた。

「レイさんって言うの？　アナタ、凄いのね」

「お客にあんなにハッキリものが言えるなんて、凄い」

「モノを言うどころか、あのクソ谷田部を病院送りにして、財務省の小河内局長のマゾをカミングアウトさせたんだって？　とたんにムチャをするお客がいなくなったわ」

賞賛の嵐だった。

ものごとは何が幸いして何がどうしていい方に転がるか判らないものだ。

取りあえず、あと六日間、「女王様」も含めて活動を続けよう。

もちろん津島さんの言うとおり、このお城についての情報を集めねば……と気持ちを引き締めていた折も折、女の子たちの雑談の中で、流すことの出来ない言葉があった。

「ここのマネージャーの塚田、クビになったんでしょ？」

油断なく目を光らせ耳をそば立てていた私は、ビクッと反応した。

「クビって……責任取らされたとか？　菊池さんの件？」

「そうじゃなくて、なんか会社と揉めたらしくて」

「まあ塚田って、使えないヤツだったもんね」

おとなしい子が多いなかで、雪子姉さんはズバズバ言いたいことを言う。

「あの、どうしてクビになったんですか？　揉めてたって……」

私は訊いてみた。

「揉めてたというか、なんかアイツ、会社を脅してたらしいよ？　そんな事をお客さんが言ってたけど」

フーゾクに限らず、接客の仕事をしていると、いろんな話が聞こえてくるらしい。八百屋さんとかお医者さんとかへアサロンとか、そう言った業種はお客さんから聞いた話の中継地になって、また拡散していく。

「私の常連さん、キャリウェルの上の方に繋がってるらしいのね。塚田がここで起きたヤバい話を黙っておく代わりにお金をよこせとか、もっと昇進させろとか、そういう脅しをかけてたって」

「え？」

意外だった。塚田は確かにあんまり使えそうな男ではなかったが、その分、会社を脅すような根性も頭もないと思っていたのだ。大きな組織を脅すのなら、それなりの度胸が必要だろう。そんなものが塚田にあるわけがないと思っていたのだが……。

「ねえ知ってる？　このお城も時々は『日本の運命を変える場所』になることがあるって」

そこで雪子姉さんが得意そうに言った。

「ここに来るのはみんながみんな、私たちとディープなプレイをするためだけじゃないのよ。外国の要人も来るから……極秘に来日して、都内のホテルじゃバレるから、横田からヘリコプターで直接ここに飛んで来る、なんてことも」

「まさかアメリカ大統領がお忍びで、とか？」

「ま、いろいろね」

雪子姉さんは最後は口を濁(にご)した。

「とにかく、ここで凄い極秘の会談をやったりするのよ。それとか数日間、寝ずに物凄く重要な会議をやったりとか」

『日本沈没』みたい！」と誰かが言い、別の子が「なにそれ？」と訊いたり。

「でね、キャリウェルで一番エラいのは立山とか言うヒトでしょう？ 日本の経済を牛耳ってるとかいう元学者で大臣で、とにかくエラい人。その立山も、ここでもっとエラいヒトと密かに会ったり、いろいろ企んだりしてるって。立山の側近みたいなヒトに聞いたんだけど」

　雪子姉さんはますます得意そうだ。

「エラい人って、ピロートークになるとどうしてあんなに秘密をペラペラ喋るのかしらね？ 私たちが誰にも喋らないと思ってるんだろうか。まあバラす相手もいないんだけどね。もしかして、喋っても意味の判らないバカだと思われてる？ ここに居る子はみんな有名大卒の高学歴で、前職だってバリバリの子ばっかりなのに……いや、私は違うけど」

「姉さんは銀座大学夜の経済学部首席卒業でしょう？」

男は、セックスをすると何故か無条件に、相手に気を許してしまうのではないか？ だから、昔から、スパイにも間者にも女が多いという。江戸時代以前は若衆の間者も多かったそうだけど、それもセックス絡みだ。

とは言え、必ずしも相手の色香だけで、大事な事を喋り散らすわけではないんじゃないか？ やっぱりそこは、「やったあとの達成感・満足感・安心感」で口が軽くなるんじゃないのだろうか？ まあ私は女だから、その辺のことはよく判らないのだけど。

とにかく、ここにはリークされては困ることが多すぎる。頭も度胸もない塚田だって、ひとつ俺も脅してみるか、という気持ちにならないとは言えないだろう。

ましてやクビになり、失うものがないとなれば……。

少なくとも、あの適当な男が自らを責めて自殺、という話よりはありそうなことだ。塚田はどうして東京に出て来たのだろう？　そうして、浜町の公園のトイレで死んだんだろう？

本社に出向いてキャリウェル上層部を脅してた？　マスコミにリークしに来た？　浜町にはテレビ局があるし。それを察知した誰かに先手を打って殺された？　でも、誰が？　考えても答えは出ない。今日は警報が鳴ることがないので、あれこれ考える時間もあり余るほどだ。はっきり言ってヒマだ。昨日、立て続けに二件の立ち回りをやったことが、変態客に知れ渡っている。それを教えたのは女の子たちだろう。「私にヘンなことしたら、怖いお姉さんが飛んで来るよ！」とでも言ってるのかもしれない。核抑止力みたいなものか。使わなくてもあるだけで脅しになるという、ここでの私は核兵器のような存在なのか……。

何もしないで半裸の女の子たちを眺めているのも気詰まりだ。私は窓に近づいて外を見た。

この部屋には小さな窓があり、正面玄関が見えるようになっている。たぶん、どんな客が到着したのか、いち早く女の子に知らせるためもあるのだろう。

その時ちょうど、真っ赤なスポーツカーが滑り込んできた。

「今日は誰が来たの？　あ、ルノー・アルピーヌＡ１１０の古い方じゃない！」

カーマニアらしい女の子が私の横から覗(のぞ)き込み、車種を特定した。

車には興味のない私だが、降りてきた人物を見てギョッとした。

遠目にも判る、すらりとした長身と、輝く銀色の髪。

香月さんが、どうして彼がここに来たのだろう？　まさか、私がここにいると知って？

急に、今の状態がひどく恥ずかしくなった。それも、いろんな意味で。こういう派手でセクシーな格好をしていることも恥ずかしいし……。

「どうしたのレイちゃん？　急にソワソワしちゃって」

雪子姉さんに揶揄(からか)われてしまったほど、動揺する気持ちが態度に出てしまったらしい。

ひとまず、自分の部屋に帰って冷静になろう……。

そう思った私は部屋に戻り、内線電話で大久保マネージャーに何かあったら一報して欲しいと伝えた。

その電話を切ってすぐ、私のスマホが鳴った。東京の津島さんからだ。

『そっちはどうかな？　今日は特になにも起きてないか？』

「はい。まだ午前中ですし」

『そうか。実はこっちではまた不審な自殺があった。前首相の内閣官房参与だった今川義正だ。肩書きはもっともらしいが、政権の裏工作というか、いわゆるヨゴレ仕事をしていた人物だ。首相が交代して職を辞し、中部産業大学の教授になったばかりだった。死亡した場所は……』

「また自宅のクローゼットですか？」

『いや、都心のホテルの一階の、レストランなどが入っているフロアのトイレだ』

「それが自殺ではなく殺人だったとして……塚田からこっち、犯人は自分のルールを守っていない感じですね」

公共の場にある、それもトイレという条件は塚田の死と共通しているが。

『たしかに、これが一連の殺人に含まれるものかどうか、まだ断定は出来ないんだが』

そこで津島さんは、心配そうに言った。

『そっちも、くれぐれも気をつけてくれよ。身の危険を感じたら、すぐに撤収しなさい。判ったね？』

津島さんの声が妙に優しいので、逆に怖ろしくなってしまった。

「私は大丈夫です！」

わざと元気よく言って、通話を切った。

それよりも彼、香月さんがどういうつもりなのか、それが気になる。私の事をまったく知らずにここに来たのなら、チャイナドレス姿で館内でばったり出くわす羽目になるのは、恥ずかしいなんてものではない。今日はレスキュー業務は辞退して、菊池さんのトレーニングに専念しようか……。

そんなことを考えていると、内線電話が鳴った。大久保マネージャーからだった。

「レスキューですか？」

『いえいえ。昨日のキツ～いお灸(きゅう)二連発が効いて、今日のお客さんは静かです。そうじゃなくてですね、上白河さんにご指名がありまして』

まさか、と思うことが起きた。私を指名するとしたら、彼しかいない。

『あるお客様が、上白河さんをご指名なんです』

「どうして私がここにいることを？」

『さあそれは……そのお客様は、香月さんとおっしゃって、上白河さんはご存じだと』

まずい。恐れていたとおりになってしまった。どうすればいい？

『あのですね、香月様は、上白河さんがどうしてここに来ているのか、すべてご存じの上でのご指名とのことで……というか、ご指名と言うより、お誘いなんですが……』

少し考えて、判りましたと答えた。会うことにしたのは仕事というよりも、私情だ。香月さんのことが初めて会ったときから、凄く気になっていたのだ。

「あの、これは、いわゆる『お仕事』ではなく、あくまでもプライベートな面会ということにしますけど、いいですね？」

『あ、ああ、それはもう。ここから先はお互いのお気持ち次第ということで』

なんだかお見合いの仲人（なこうど）が言いそうなことを口にして、大久保マネージャーはそそくさと電話を切った。

……こういう事でもないと、香月さんに抱かれる機会はないのではないか。

思わず考えてしまい、私は赤くなった。

ここの女の子のフリをして、思いっきりエロいサービスをしてやろうか、とも思ったが、香月さんが私だと判っている以上、それは意味がない。

ええいこうなったら、上白河レイとして、正面から行ってやろうじゃないの。

私はそう決心して、ミニ・チャイナを脱ぎ捨てて、普通の私服に着替えた。仕事ではないし公式の場でもないし、ここはリゾートでもあるし、ということを考えて、一応オシャレなガウンを羽織（はお）り、下は持参したワンピースにした。だって、上白河レイ本人として、会いに行くのだから。

かなり緊張して階段を四階まで上がり、教えられた部屋のドアをノックした。

「やあ」

出てきたのは、香月さんだった。

「君がここで、護身術を教えて従業員の女性たちの危機を救っていると聞いて……急に会いたくなってね」

「あの、それ、誰に聞いたんですか？」

訊くまでもない愚問だった。友人というか、後輩のように可愛がっている鴨居崇に決まっているではないか。

「まあ、入ってください」

彼はドアを大きく開けて私を招き入れた。

大きな両開きの窓が森に面している、緑溢れる眺め。まさに古いお城の部屋そのものだ。天井も高く、壁も床も頑丈で古めかしい。ドアのサイズも日本のサイズよりずっと大きい。私が使っている部屋は普通の日本のホテルと同じサイズなので、部屋の印象がまるで違う。こちらのほうが明らかにグレードが高い。

「着いたばかりなんだ。しばらくゆっくりするよ」

部屋にあるミニキッチンで、香月さんはコーヒーを淹れてくれた。

セミ・スイートというのだろうか、ベッドのある部屋とは別に、デスクとソファが置かれたリビングがあり、その片隅にミニキッチンがある。

コーヒーは美味しかった。

「いい豆を使っているね」

改めて見ると……香月さんは、本当に端正な顔立ちだ。漂う気品と、それ以上にミステリアスな、謎めいた雰囲気。思わず私は見とれてしまった。それだけではない。彼が全身から立ち上らせている、どことなく不穏なオーラ。それが私の心をざわつかせるのだと判った。危険な香り、と言う人もいるかもしれない。

どうしようもなく惹きつけられる気持ちと、この人は危険だ、近づいてはいけないと警告する、内心の小さな声。どちらも私の心の深いところから来ているので、二つに引き裂かれた私は、どうしていいか判らない。

「あの……」

お話をしたいのだが、こうやって改まると、何を話していいのかも判らない。いろいろ訊くのも身辺調査のようで躊躇われる……。そんな風に考えてしまうと、何を話題にしていいのか、ますます判らなくなってくる。

「あの、ここは、誰でも利用出来る施設ではないですよね？　いわゆる、選ばれた人たちが来るところというか……香月さんも？」

「いやいや、僕なんかまだまだ若造だし、そんな『上級国民』じゃあないです。ハッキリ言って、親の七光りです。ここを使えるのは、親父のお陰ですよ」

「お父様は、とても偉い方なんですね？」

まあね、と彼は照れたような表情を浮かべた。

「親父との仲はあんまりよくなくて。親父が何をしてるのかよく判らないままに、海外留学に行かされました。卒業して商社に入ってからも海外勤務が長くてね。まあだから、自分のアイデンティティが、今ひとつ定まらない感じがあって」

私にはよく判らない話だ。アイデンティティ？　どういう意味だ？

「まあ要するに、海外での暮らしが長いと、違う文化で育つから、自分がなんなのかよく判らなくなるんですよ」

「それは……たとえば大阪出身の人が東京に来て、言葉が違う、話にオチが無い、うどんのスープが真っ黒みたいな……そういうことですか？」

彼はうーんと言いながら首を捻った。

「そういうこともあるけど、一番は価値観、かな。それが周りと食い違っているのは、けっこう大きなことだよ」

そうなんですか、と私は首を傾げた。こういう時、「おバカな女の子」を演じると男に好かれることは、中学高校時代の女友達を見てよく知っている。そういう手口を試してみたことはないが、今なら、そして香月さんになら、使ってみてもいいかもしれない。

いや、使いたい。

「私、そういう、難しいことは、よく判らないかも……」

「そうだね。日本で生まれて日本で育った、普通のヒトには判らないかもしれない」

彼はそう言うと、ソファの私の隣に身を滑り込ませて、私を抱きしめる格好になった。

「向こうの学校を卒業して、就職する前にアメリカからヨーロッパ、中東、アフリカを回ったんだけど……その時に知り合った人物に誘われて、滅茶苦茶スリリングで、面白い体験をたくさんすることになったんだ。その面白さにのめり込んでしまってね」

呟くように囁きながら、彼は唇を重ねてきた。

彼の唇は、甘い味がした。リップクリームのせいか？　と考えて冷静になろうとしたけれど、それは無理だった。

頭がぼーっとしてしまって、全身がかぁっと熱くなった。

「面白い体験って、なんだか判る？」

私はもう、何も考えたくない。今、全身を覆っているピンク色の靄（もや）に溺（おぼ）れたい。

だから、首を横に振った。

その仕草が可愛かったのだろうか、彼はニッコリ笑って私の唇に舌を差し込んできた。

私たちはディープキスを交わした。

「なんて言ったらいいのかな。人間として絶対に許されないようなことが、人を最も興奮させるってことを知ったんだ。そう言っても判らないだろうけど……いや、君は自衛隊に居たんだよね？　だったら判るかもしれないな。そういう感覚は否定しろと教わったのかもしれないけど」

彼の手が私の胸を揉みしだき、首筋を舌が這った。

もう、全身がジンジンして、彼に触れられる場所が次々にスパークしている。

そのままワンピースをするする脱がされていくのは判ったが、抵抗はしなかった。

だって、こうなることを、最初から望んでいたのだし……。

彼の手が、下着の上から私の秘部をなぞった。

そして上半身のボタンをゆっくりと外され、ブラも外されて、乳首に彼の舌先が触れた。

こうなったら、平常心でいる事は無理だ。

やがて……私の服はほとんど脱がされ、そこに彼が重なってきた。

彼の指が、私のレースのショーツにかかった。

いよいよ……。

私はそう思ってドキドキした。好きな人とセックスするのは本当に久しぶりだ。

が……。

どうしたことか、彼は突然身を引くと、私を見て溜息をついた。

「どうしたの？　なにか、気に障った？　悪いことした？」

彼は言葉少なく「いいや」と言うと、ソファから離れて素早く服を整え、ドアを開けて、外に出て行ってしまった。

どうしたのだろう？　私はどうすればいいのだろう？

しばらくそのままで彼を待ったが……全然戻ってこない。

半裸のままなのもなんだかヘンなので、私は服を身につけ、ソファに座り直した。

冷めてしまったコーヒーを飲み、外を眺めた。

こういう時、タバコが吸えたら、間が持つのだろうなあと思った。

三十分ぐらい経っただろうか。

彼はきっと、何かで機嫌を損ねたか、気が変わったのだろう。芸術家肌なのか天才なのか判らないが、彼はそういうタイプの、常人とは違うところのあるヒトなのだ。

そう諦めて、帰ろうと腰を浮かした時。

勢いよくドアが開くと、颯爽と彼が戻ってきた。

「やあ！　待たせたね！　申し訳ない」

さっきの、落ち着いてソフトで優しい感じが一変して、精悍（せいかん）で逞（たくま）しくて勢いのある男になっている。

「ちょっと、ね。申し訳ない。すっかり気分が醒（さ）めちゃったね。やり直そう！」

彼はそう言うと、強引に私を抱きしめ、唇を奪った。

私の反応を確かめる事などまったくせず、私のワンピースをたくし上げ、つけ直したブラを荒々しく外して双丘（そうきゅう）に舌を這わせ、唇で乳首を摘まみ上げた。

「あ」

かなり強引に、彼は私の下半身から下着を剝ぎ取り、手を這わせた。上半身は唇と舌で激しくねぶり、下半身は指で攻めてきた。クリットを指先で玩ばれると、どうしても声が出てしまう。一気にさっきの空白は消えてセクシーなモードに戻った。

彼は「どうだ?」と言わんばかりに、大きく聳り立った分身を私に握らせた。

許可を求めているのか? と思ったので、小さく頷くと、彼も先端を私の花弁に押し当てて、ぐっと体重を……。

その時。

館内に非常ベルが響き渡った。

彼はそれを無視して行為を続けようとしたが、非常ベルは鳴り止まない。それどころか、緊急地震速報のような電子音までが加わった。これは、最高レベルの警報ではないのか?

間もなく地震が来るのか、館内で大規模な火事が発生したか、とにかく全館の安全を脅かす、重大事件が起きたのに違いない。

さすがにこのままではいられない。危機に気づいた以上、彼と甘い時間は過ごせない。いや、この部屋も、既に危険に曝されている可能性があるのだ。

瞬時に気持ちが切り替わった。

「どこかの、部屋の中だけのことなら、こんな非常ベルは鳴らないと思います」

私はそう言って、覆い被さろうとしていた彼を押しのけた。

「いいじゃないか外のことは。放っておけ」

彼は粗暴な感じで言い放ったが、そうはいかない。

「ごめんなさい。すごく残念ですけど……私、館内を確認してきます！」

自分でもよくぞ言ったと褒めてやりたい気分だ。個人的欲望に打ち勝って、お役目を果たす！　その一方で、言葉には言い尽くせないほど落胆もしていたが……。

私は手早く服を身につけ、手櫛（てぐし）で髪の乱れもなんとか整えて、ドア外に走り出た。

第四章　会計士の娘

非常ベルが鳴り響く館内のあちこちに、部屋を出た滞在客が不安そうに佇(たたず)んでいる。避難誘導はされていない。大久保マネージャーの携帯も繋がらない。私は走ってロビーへと向かった。取りあえずロビーに行けば何か判(わか)るだろう。

いきなり目に入ったのは、ロビーからお城の別の翼に続く廊下の入口に警備員が立ち、ここから先には立ち入らないでください！　と叫んでいる姿だった。その横では大久保マネージャーが狼狽(うろた)えた様子で誰かと通話中だ。

「何があったんです？」

私が訊(き)くと、警備員は蒼白(そうはく)な顔色でマネージャーを見た。

大久保マネージャーは電話しながら私に頷(うなず)くと、廊下の奥を顎(あご)で指し示した。

だが見る前に私は、既(すで)に臭いを感じ取っていた。

午前の太陽がのどかに射し込む石の廊下。敷かれた赤い絨毯(じゅうたん)。その上にひときわ濃い色で広がる不吉な染み。絨毯が吸収しきれなかった血が溢(あふ)れ、禍々(まがまが)しく光を反射している。

誰かがこの夥しい量の血を見て非常ベルを押したのだろうか。

血の海になった廊下の真横の部屋のドアが開き、白衣の堀田医師が出てきた。

「何が、どうなったんですか！　今度は誰？」

そう言ってしまってから慌てて口を手で覆ったが、再び殺人が起きたのだとしても、堀田医師はそれが「二人目」であることを知っているのだと気づいた。

廊下の血溜まりから、何かを擦ったような痕が伸び、室内に続いている。出血した人が引き摺り込まれたようだ。

堀田医師は、ドアをさらに大きく開け、私に中を見せた。

ドアを入ってすぐのところに、動かない人が横たわっている。年配の男性のようだ。着衣が血で真っ赤に染まっている。

「数ヵ所刺されています。心臓と、おそらく冠動脈の損傷、そして出血性ショックですね。亡くなってまだ時間は経っていません」

私は首筋に手を当てて脈がないことを確かめた。

「被害者は室内で襲われて、必死でドアを開けて助けを求めたけれど、そこで事切れてしまった……のだと思います」

「どうされるんですか？」

堀田医師に訊くと、先生は淡々(たんたん)と答えた。

「この前と同じです。きちんと検死して報告書に書くだけです。それ以上の事は私の一存では出来ませんので」

「でも、日下部さんの件は県警には通報したんですよね？　死体検案書が県警にあると」

「はい。医師としてきちんと手続きを踏みました。あとから違法行為をしたと判断されては困りますので。報道発表については県警の判断ですから」

「今回もそういうことに？」

ええ、と堀田医師は頷いた。

そこで私は部屋を出た。

わずかの間に廊下の絨毯は剝(は)がされ、石の床に付着した血痕(けっこん)も綺麗(きれい)に拭(ぬぐ)い去られていた。しかし、鉄錆(てつさび)のようなあの臭いは漂っている。

私は早足で廊下を歩いてロビーに戻り、深呼吸をした。

警備員も大久保マネージャーも立ち去っていたので、無理をして平気な顔を作る必要はない。

私は、血の臭いが嫌いだ。陸自の特殊部隊にいたから、死に纏(まつ)わる事柄には慣れているように思われているのかもしれないが、そんなことはない。だいたい、特殊部隊だからと言って、実戦に出たことがないのだから殺し殺されの戦闘経験は無い。激しい訓練で怪我(けが)

をしたことはあっても、こんなに大量の血の臭いに平然としていられるほど、私は人の死に慣れていない。

そもそも実際の死体には、自衛隊からこの「内閣官房副長官室」に来て、前回の仕事で初めて出会ったのだし。

正面玄関から外に出て、しばらく外気を吸った。

そのうちに吐き気も治まり、ようやく落ち着いた。

そうだ。菊池さんの所在をハッキリさせなければいけない。

ハッと気がついた私は別棟の、コテージにいる彼女のところに急いだ。

「菊池さん？　いますよね？」

ドアフォンを押して私が話しかけると、ごく普通の声で「はい。いますよ」と中から返事があった。菊池さん本人の声に間違いない。

「さっき朝のトレーニングをしたばかりじゃないですか。何かありました？」

その声は、まったく異常がなさそうだが、万が一の事を考えて、私は鍵を開けて中に入った。二人きりのトレーニングをする必要上、私は外鍵を含めて合鍵を預かるようになっていた。

菊池さんは一人でマシンを使ってトレーニングに励んでいた。

「本館で警報が鳴っていたみたいですけど、何があったんですか？」

「……何も知らないんですね？」

私がそう言うと、菊池さんは「なんのこと？」と不思議そうな顔をした。

実は……と言いかけて、止めた。私が急いでここに来て様子を確認したことで、彼女は自分が疑われているのだと悟るだろう。

彼女とは、まだ完全な信頼関係を築いたとは言えない。心の垣根がすこし下がってきたという状態で、今それを壊したくはない。とは言え……約束の時間でもないのに、急いでここにやってきた私の動きは不自然だし、隠し事はいずれバレるだろう。

「また事件が起きたの。それで、菊池さんが心配になって」

私は正直に言った。

「また私が何かしたって、そう思ったの？」

「正直に言うと、それもある。だけど今度はあなたが……逆の形で巻き込まれていないかって」

今見てきたことをそのまま話す私に、彼女は不思議そうに言った。

「でも……外の鍵を開けて貰(もら)えないと、私は自分で部屋を出ていけないのよ？」

「それはもちろん判ってるけど、犯人が」

私は喋(しゃべ)りながら、なぜ彼女のことが心配になったのか、その理由が段々判ってきた。

「たとえば犯人が、あなたに罪をなすり付けるつもりなんじゃないかと」

「……え？　どうして？」

菊池さんは理解出来ない口ぶりだ。

「私に罪をなすり付けるって……誰がそんなことを？」

「判らない。でも菊池さんの……あの件を犯人が知っていたら……それを利用して罪を逃れようと考えたかもって」

喋りながら、その可能性だってある、と最初の直感が確信に変わっていった。

「殺されたっていう人は誰なんですか？」

「あ、訊いてない。誰なのか知らないままここに飛んできたから」

相当焦っていたのだと自覚した。

「あなたが無事だと判って安心したから、いろいろ調べてから、また来るね」

お城の本館に戻り、大久保マネージャーを直撃した。内閣官房副長官室のメンバーであることをこの時ばかりは、と前面に出して、正直に答えろと迫ってやった。

「はい。堀田先生が言うには心臓を刺されて、近くの動脈も切断されたことによる死亡で、亡くなってすぐに発見されたようです。堀田先生が触れたとき、死体はまだ温かかったと」

「亡くなったのは誰なんですか？」

「はい、それは……」

マネージャーは少し言い淀んだ。

「殺されたのは、地方の議員さんです。県議会議員」

「上に報告しますので、詳しくお願いします」

隠そうとしても無駄ですよと私は言った。

「ウチは警察とも連携しているので、調べれば判りますから」

「はい。菅沼秀明、五十七歳。Y県の県議会議員で会派は……政権与党に連なる会派です」

「ここに出入りしてた、ということは、キャリウェル、もしくは政府中枢にパイプがある重要人物って事ですよね？」

「ええまあ……しかし私は詳しい事は存じませんので」

本当に知らないのか、知っていても自分の口からは言えないのか、大久保マネージャーは口を濁した。

「それで……この件の扱いはどうするんです？　警察に連絡して通常の処理にしますか？　それとも前回のように、また病死ってことにするんですか？」

「自殺」にされる、という線もありかもしれない。

大久保マネージャーは一瞬私を凝視して、薄笑いを浮かべ、すぐに無表情になった。

私は頭の中で大久保マネージャーの微妙な表情の変化を、「キャリアがあるベテランならまだしも、お前みたいな小娘に偉そうなこと言われる筋合いはないぞ。しかしまあ官邸直結っていう触れ込みだけに頭から相手にしないということは無理だがな」という言葉に翻訳した。

ややあって大久保は丁寧な口調で頼んできた。

「上白河さん。これはお願いなのですが、どうかここは官邸スタッフの一員としてのお立場をお忘れにならず、取りあえずは伏せるという方向で対処できませんか？　当社としても、こういうことは現場の一社員に過ぎない私の一存では決められません。上の方の決定が出たら、すぐにお知らせしますから」

要するにお前だって、一介の「内閣裏官房メンバー」でしかない、しかもぺーぺーだ、上の決定に従うしかないのだぞ……そう大久保は言おうとしているのだ。

判りました、と私は言った。

「ちなみに、菊池さんはきちんとご自分の部屋にいて、鍵も外からかかっていました。今回は菊池さんは無関係です」

「あ、それは承知しておりますので」

大久保マネージャーは素っ気なく言った。

「それなら、そろそろ菊池さんの自由を徐々に回復させてもいいですよね？　狭い部屋に監禁状態というのは、肉体的にも精神的にもよくないです」

「……判りました。その件はお任せします」

大久保マネージャーは、意外にあっさりと菊池さんの処遇については任せてくれた。考えてみれば、あのコテージには監視カメラが付いていた。だから大久保も彼女の動きは完全に判っているのだ。

私は取りあえず自室に戻って、津島さんに報告した。

『菅沼秀明氏か。Y県の県議会議員の……なるほどね。納得だな』

電話を受けた津島さんはそれほど驚いてはいないような口ぶりだ。

『あ、失敬。被害者なのに。この人物は、結構有名で、政界スキャンダルが持ち上がるといつも名前が挙がるくらいの曲者でね』

県議の菅沼は前首相の地元で、国家老とも言われるポジションにあった人物だ、と津島さんは言った。

『前回の国政選挙で、前首相が無理やり押し込んだ候補が当選した事案があっただろう？党本部から、通常の十倍にもなる選挙資金が流れたという、あの件だ。菅沼が票の取りまとめをして、落下傘候補が無事当選……したのはいいが、菅沼が口利きをした県議会議員やら市議会議員が公職選挙法違反容疑で軒並み地検の取り調べを受けた。しかも……ここからが重要なんだが、そいつらに渡った金額を全部足しても、党本部から流れた金の三分の一にしかならないんだ。一億近いカネがどこかに消えているんだよ』

そのカネが与党の、それも前総理に近い大物政治家に還流したのではないか……という疑惑は誰も口にしないが、永田町では誰もがそう思っている、と津島さんは言う。

『いずれ検察が動くか、文春砲の炸裂が早いか、時間の問題だと言われている。総理が替わったので一時ペンディングになっているだけだ』

　津島さんの言いたいことは私にも判った。

「もしかして、そのお金の行方を知っていたのが菅沼さんだけだったとか?」

『そういうことだ。前総理は今ごろ胸をなで下ろしているだろう』

　また「消された」人がいる、と私は思った。

　ただし今回は政権批判をしたせいではなく、前政権を護るために。

　嫌な感じだ。

「おそらく今度も、内々に処理して警察沙汰にはしない、『上』の判断でそうなるだろう、と大久保マネージャーが匂わせていましたが……」

　いや、そうはならない、そんなことは許されない、と否定して欲しかったが、津島さんは何も言わずに黙っている。それが答えだった。

　取りあえず私は、今回は菊池さんは全くの無関係だと津島さんに伝えて電話を切った。

　なんだか、何もやる気になれない。すまじきものは宮仕え、とは言うけれど、重要なことがすべて「上」に決められて、やるべきこと、正しいことが何ひとつ出来ないのだ。

無力感に呑み込まれそうになった私は、このままでは駄目になると思い、せめて楽しいことを考えようとした。

そうだ。このお城には今、香月さんがいる！　そして香月さんも私を憎からず思ってくれていて、邪魔さえ入らなければ今ごろは……。

邪魔さえ入らなければ？

いや違う。邪魔が入ったのではない。香月さんが先に中座したのだ。

何か気に障ることを、私が言ったかしたかした？

私の身体の何かが彼の気に入らなかった？

体臭とか、バストの形とか……？

あれこれ悩んだことも思い出した。

だがしばらくして見違えるように野性的になって戻ってきた彼は、私に襲いかかるように抱こうとしたのだ。あの大きな変化は今にして思えば、なにか覚醒剤か興奮剤でも摂ってきたのでは？　と疑うレベルだ。

いやいや、そんなことを考えてはいけない、と私は自分にストップをかけた。

気分の変わりやすい人はいる。ましてやあれだけ完璧な人なのだ。事業を自分でやっている以上、そのストレスもあるだろう。それに、スポーツクラブで突然不機嫌にさせてしまったのは明らかに私の落ち度だ。香月さんのプライドを傷つけてしまったのだから……。

ミステリアスだ。あんなに人を逸らさない魅力的な人なのに、突然気分が変わる、予測のつかないところがある。でも、それも含めて、私は彼に惹かれている。

その日のランチは、菊池さんと一緒に摂ることにした。

レストランでチキンソテーのセットをテイクアウトして、そのランチボックスを持って菊池さんの部屋に行った。

「さっきはごめんなさい。いろいろ片付いたので、お昼にしましょう。ご飯を食べてから外で今日のトレーニングをしましょう！」

彼女は外に出たがっていたから、笑顔になった。

ランチを食べながら、さっき起きた事件について、かいつまんで話した。

「そうなんですか」

菊池さんは興味なさそうな気のない返事をして、外を見た。

「外でって、やっぱり、この敷地の中ですよね？　本格的なロードにはまだ出ませんよね？」

「この中でも充分広いですよ。まずは敷地の中を走り込んで、外に出て長距離を走りましょう。たしかに、外を走るのは気持ちいいですけど」

私がそう言うと、彼女は笑顔になった。

食事を終えて、トレーニングウェアに着替え、ドアを開け放った。

陽光が部屋の中に射し、風がそよいだ。

「さあ、行きましょう！」

私たちは外に出た。菊池さんにとっては久々の「外」だ。

さっきも言ったが、施設の中はかなり広い。テニスコートが二面あるし、広い芝ではサッカーも出来る。敷地内を一周するだけでも、立派なジョギングのコースになる。

森に囲まれているので、新鮮な木の香りや草の香りを胸いっぱいに吸い込んだ。

雑木林(ぞうきばやし)に入り、落ち葉が溜まって黒くて柔らかな土を踏みしめる。

小鳥のさえずりも綺麗で可愛(かわい)くて、心が和(なご)む。

彼女の様子を見ながら徐々にペースを上げていったが、菊池さんはしっかり付いてきた。最後には短距離走のスピードでダッシュしたが、それにも落伍(らくご)することはなく、ゴールした私たちは息を弾(はず)ませ、二人とも芝の上に転がって走り込みを終えた。

「凄いね！　最初からこんなにピッタリついてくるとは思わなかった」

正直に言う私に菊池さんは少し照れた。

「ルームランナーで走り込んでましたから。他にすることなかったし……」

少し休憩して、整理体操というかストレッチをした。きちんと筋肉や関節を伸ばしておかないと、あとから痛みが出る。

私は菊池さんの背中を押したりなどしてストレッチを施した。

「体力がないとダメだというのは判るんですけど……実践的なことも並行して教えてくれると嬉しいなあって思うんです」

菊池さんは控えめに要望を出してきた。

「私、また『お仕事』に復帰することになると思うので……その時また、話の通じないお客さんに当たってしまうかもしれません。もう……あんな事はしたくないんです。あの時は本当に、我慢して我慢して、耐えきれなくなって頭がプツッと切れた感じになって……気がついたら」

「それは判る。判るから、あんまり考え込まないで」

「だから、上手に防御出来る、お客を上手くいなして押さえ込めるような、そういう技を学びたいんです。攻撃は最大の防御って言うんでしょう？」

「判った。じゃあちょっとやってみましょうか」

私は立ち上がって、自分の身を守りながら相手の攻撃を封じる、実践的な技をいくつか彼女に教えた。型の美しさなどは一切関係ない。格闘技の型はどれも合理的な理由があって磨き上げられてきたものだが、実戦で勝つことを考えると、不格好でも多少卑怯でも、少ない手数で相手にダメージを与えられる方がいい。

陸自に入る前、私はいわゆるストリートファイターだった。女の子だからと言ってナメられたくない、負けたくないという一心で、自己流の技を磨いていた。

その後、地元の警察に何度となくパクられ、私の将来を案じた刑事さんが薦めてくれた自衛隊に入った。適性があったのか特殊作戦群に抜擢された。そこでの演習で、自分が編み出した自己流の技がさほど的外れではなく、実戦で磨かれた、理に適った手法であることが裏付けられて、アタシもやるじゃんと思ったものだ。

「三つのポイントがあります。一、相手の不意を突く。二、急所を攻撃する。三、自然な動きの逆が効く。この三つをカラダが自然に反応するまで覚え込めば……たいていの敵に勝てると思う」

それを聞いた菊池さんの目が一瞬、輝いたが……すぐに首を傾げた。

「相手の不意を突くって……言うのは簡単だと思いますが」

私は、そう言っている菊池さんの頬を叩こうとして、手を寸止めした。

「ね。これよ。相手はまさかこのタイミングでやってこないだろうって油断してる、身構えていないタイミングで先手を打つの。こうとか」

私は瞬時に菊池さんの背後に回り込み、腕を首に回してホールドした。

「このまま絞めると失神するから」

「……相手をよく観察するっていうことですね」

「そういうこと。で、急所だけれども、顔・首・股間・鳩尾。顔は効きますよ。鼻を殴れば鼻血が出るし、目潰しも効くし、耳だって思いっきりヒットすれば鼓膜が破れるし、顎を殴れば脳天まで効くし、歯を折るのもダメージになる。顔を攻撃する場合は……こう、首を抱え込んで膝で攻撃するのが効くけど……どうしたの？　ビビッてる？」

菊池さんの顔には恐怖が広がっている。まあ、当然の反応だ。こういう話でニヤニヤするのは格闘マニアか殺人マニアだろう。

「股間は、特に男に有効よね。体重を掛けて踏んづけてやれば再起不能になるし」

菊池さんの顔から血の気が引いた。

「鳩尾は男女共に、人間なら効く。息が出来なくなるし、とにかく痛くて苦しい。ただ、そういう攻撃を有効に決めるには機敏な動作、それと一撃必殺のパワーね。動く前に敵に制圧されたら終了だし、パワーが足りなくて一撃が効かないと反撃されるし」

私は、菊池さんに、さながら踊りの振付をするように基本動作を教えた。

最初はぎこちなかったが、段々流れるように動けるようになり、最後には彼女のパンチが私の顔面に命中しそうになった。すんでのところで回避した私は嬉しくなって言った。

「今のが命中してたら、私、鼻血ブーよ」

時々、自衛隊時代の教官の影響でオヤジギャグが出てしまう。

「敵と相対した場合、正面から行ったら簡単に動きを読まれる。だから、さっとどっちかにカラダをずらして、足を出して相手を蹴る。後ろ蹴りも効くし、肘打ちも効く」

そう言いながら、菊池さんにやらせてみた。

「このトレーニングなら部屋にあるサンドバッグ相手に、独りでも出来るでしょう？」

彼女は黙って大きく頷いた。そして訊いてきた。

「で、あのう、さっき言った最後の『自然な動きの逆が効く』というのは？」

「それはね」

と言いながら、私は菊池さんの腕を掴んで後ろに捩じ上げた。

「腕は普通、前に出すものでしょ？　だからその動きの逆をされたら痛い。それは足も同じ。関節が曲がる方向と逆に捻られたら、滅茶苦茶苦しいでしょう？　今の、この技は合気道だけど。合気道の場合は腕を捩じ上げられたら、自ら転がって捩じりを解くのね」

私は菊池さんに腕を後ろに捻り上げさせて、そのまま全身を後ろに回転ジャンプさせた。

「こうすれば解ける」

「そんな……そんな動き出来ません。スタントマンみたいな……」

「すべて、訓練よ。練習あるのみ。私なんか、毎日こんな事ばっかりやってたんだから、巧くなって当然よね」

菊池さんは目を丸くして素直に頷いた。

「でもね」

私は続けた。

「人が人に、それも冷静に暴力を振るうっていうのは大変なことよ。誰にでも出来るわけではない。どんなに訓練を受けても、それが出来ない人間もいるの」

菊池さんが日下部を殺してしまった時のように、無我夢中になれば話は別だが。

「判ります。だからこれは、どうしようもなくなったときの最終手段として……」

「そうね。最終的に勝てるという自信があれば、無駄に動じなくなって、闇雲に反撃することもなくなると思う」

それが菊池さんのこの前の大失敗だ。彼女は真剣に頷いた。

「ただ……そういう暴力に対する歯止めっていうか、リミッターが一切無い人も、世の中には居る。人を殺すことにさえ、何のためらいも感じない人間が」

理性も抑制も利かない、そういう人間は物凄く危険だ。

「痛みすら感じない人もいるから。人間凶器、みたいな？　相手がそうだと判ったら……とにかく必死で逃げることね」

一通りのレクチャーはこのへんにして、それからしばらくは、さらに実戦で動きを覚えて貰うことに集中した。

「大分、出来てきたじゃない？　基本の動作が身につけば、あとは自己流のバリエーションを増やせばいいから」

不意打ちは練習出来ない。だから、関節技や膝蹴りなどの一連の動きを反復した。

「いきなりハードにやっても身につかないから……今日はこのくらいにしておきましょう」

けっこう汗をかいた段階で、私はストップをかけて、再びストレッチをした。

「私ね、ずっと強くなりたいって思ってきたんです」

時間をかけて再びストレッチをしながら、菊池さんは話し始めた。

「私の父は、大手の監査法人で公認会計士をしていたんです」

身の上話か、と私は軽い気持ちで聞き始めた。

「でも……私がまだ子供の頃の話なんですが、その時、ちょうどバブルが崩壊した後の、経済がとても大変な時で……父は、監査を担当していた銀行を潰さないために頑張っていたんです。ご存じないかもしれませんけど、その時政府は物凄く強硬に『金融再生プログラム』というものの実行を迫ってきて……」

「ごめん。そういう話は全然判らなくて」

正直に言った。経済の仕組みとか、そういう難しい話は何度教わっても右から左に抜けて行く。

「私も詳しい事は判らないんですけど、とにかくそれは、銀行にとって非常にハードルが高い、ほぼ実行不可能に近い内容だったんです。だから当然、銀行は出来ないと突っ撥ねて。だけど政府はやれと。ここで国際会計基準っていうルールに合わせた体質に改善しないと国際競争に勝てないし、日本経済の再生もあり得ないって。なので、監査法人としては、銀行と金融庁の板挟みとなってしまって……」

そこで彼女は言い淀んだので、聞いている私にも最悪の展開が予想できた。

「板挟みになったって……それ、もしかして」

「ええ。板挟みになってずーっと悩み抜いた末に、父は自殺してしまったんです。当時は、父がウンと言わないから何も進まないということで、誰かが……という噂もあったようです」

菊池さんは、言葉にしないところで首に手を当てる仕草をした。他殺、という意味だろうか？

「それで私の母は鬱になってしまって……衰弱して、いろんな病気にかかって、私が高校の時に亡くなりました」

凄く重い話になってきた。人は誰でもそれぞれ重いものを背負っている。まあ、中にはそういう重荷を欠片も見せない、タフな人もいるけれど……。

「……私には五歳年上の兄がいました。その兄も大学を出た時はブラック企業しか就職先がなくて、それでも就職出来ただけでも有り難いって、頑張ってたんですけど、頑張り過ぎてしまって。過労死というか……あんまり忙しくて、忙しすぎて。心臓発作でした」

菊池さんは涙を拭った。

「父のあとに母。そして兄まで……私は独りぼっちになってしまったんです」

「大変だったんだね」

下手に同情すると菊池さんを傷つけるような気がした。どう反応していいか、困ってしまった。

「父が死んだ時、自殺とされたので生命保険が下りなくて。母も病気がちになったし、生活は結構大変でした。まあでも、今の時代、こういう苦労はみんなしてるんだと思って、私も奨学金を借りて、なんとか大学を出ました。でも、正社員にはなれなくて……」

私は自衛隊に入ってしまったけど、菊池さんはバブル崩壊以降、ずっと滅茶苦茶な状態の社会に、翻弄され続けた人生だったのだ。

「派遣社員だけど、就職できただけでもよかったと思って、派遣先で一生懸命仕事をしました。でも、そのうちに『五年ルール』が導入されて」

同じ職場で五年勤めると正社員にしなくてはいけなくなる、そのルールが菊池さんには更なる不幸をもたらした。

「仕事にも、社内の人間関係にもようやく慣れて、さあこれからだ、と思っていたのに、強制的に派遣先を変えられました。そして新しい職場に馴染もうと必死だった時に、新しい上司がセクハラとパワハラを仕掛けてきました。契約を切られたくなかったら、俺の言うことを聞けって。派遣会社に訴えても、派遣先との関係を悪くしたくないと言われて、なんにもしてくれませんでした。私、レイプされそうになったんです。これはもう耐えられない、我慢出来ないと思って逃げました。その派遣会社を辞めたんです。でも私には奨学金の返済があって……どうしても働かなければならなくて。一気に返済して身軽になって、きちんと生活を立て直そうと考えて、思い切って仕事を替えました」

「……この業界に入った、ということね？」

「はい」

彼女は頷いた。

「大変な仕事です。ラクじゃないです。それだけのお金を貰えるんだから、大変なのは仕方がないんです。お客さんの側も、人間性がモロに出ますよね。ひどい人も多いですが、いい人に当たると、とても良くしてくれて」

生きるために「性風俗」に勤める事になった彼女は、たまたま、あるお客との雑談から「自分の人生がなぜ壊れたか」を知ってしまった。

「それまで私、なんにも考えてなくて、知識もなくて、毎日生きていくことだけで精一杯だったんですけど……国の雇用政策やセーフティネット無しの経済政策とかを、その方面の専門家らしいお客さんが、とても判りやすく教えてくれて……」

彼女の表情が硬くなり、顔から血の気が引いた。

目に涙が浮かび、握りしめた拳が震えている。怒りだ。

「その時に判ってしまったんです。私がいつ派遣を切られるかとずっと怯えて働いていたのも、何百万円もの奨学金が全然返せなくて、お香典が出せないから友達のお葬式に行けなかったことも、ひどいセクハラをされて笑って我慢するしかなかったことも、そして、風俗のお仕事をするしかなくなったのも、全部、私がダメだからじゃなかったんだって。上の方の、偉い人たちが何もかも自分たちが得をするように決めて、そのせいで」

私の家族は破壊された、と、菊池さんは言った。

「私に色々なことを教えてくれた、そのお客さんは、父の自殺のことも知っていました。気の毒に、政府と銀行の板挟みになったんだねって。父が亡くなって、それでみんながルールを守るようになって、公平な世の中になっているのなら諦めもつきます。ああ、父はみんなのために犠牲になったんだなって。でも……」

今でも全然、誰もルールなんか守っていない、公平でもないどころか、昔よりひどくなっているじゃないですか！　と菊池さんは涙声で言った。

「だから今でも……父を死に追いやった人間を、私は絶対に許せません。一生憎んで、絶対に許しません。死んでも恨み続けてやります。できればこの手で」

復讐してやりたいけど、そんなこと出来るはずもないので、と菊池さんは言った。

「まあそれは、所詮、叶うことのない夢です。こんな……どす黒い夢しかないのが悲しいけれど、結婚とか安心できる老後とか、そういう、みんなが持つような夢は、私には全然、リアリティがないんです。それで……どうせ泥に塗れるなら、少しでもお金がいいところにと思って、移ってきたのがここだったんです」

このお城がどういうところか何も知らないまま、お給料の良さと、衣食住が保証されることに惹かれて、菊池さんはここにやって来た。

「そしてここに移ってから知ったのですけど……ここには政財界の有力者が来るって。もしかしたら、ここで『ある人』に会えるかもしれないなあって、漠然と思って」

「ある人」が誰かを菊池さんは言わなかったが、たぶん、彼女の父親の死に責任のある人ではないか、と私は思った。

だけど、と彼女は続けた。

「そんな人にはなかなか会えないし、私も、毎日の接客を切り抜けるだけで、いっぱいいっぱいになってしまいました。ここは、お給料はいいけれど、その分、お仕事もキツいんです。ここに来るお客さんは、過剰なサービスを要求する人ばかりなので……それでメンタル的にも苦しくなって……今思えば限界、だったんですね。そして、あんな事になってしまって」

どう返事をしていいか、判らなかった。

外の風に当たって、汗が冷えてきた。

「……戻りましょうか」

お互いに無言のまま、私たちは菊池さんのコテージに戻った。

コテージを出るとき、私は菊池さんに謝った。

「ごめんね。私は、この部屋に、外から鍵かける必要はないと思うのだけど、あなたが……人を殺めてしまった事実は消えないから」

そう言うと、彼女は頷いた。

「いいんです。それで当然です」

「外から鍵を掛けるのは、あなたがまた逃げ出すかもしれないって、それを心配しているのもあると思う。だからその辺は、いずれマネージャーを交えて相談した方がいい。でも、今日のところは外から鍵をしていくね」

そう断って、ドアに施錠し、私も自分の部屋に戻った。

香月さんの部屋には行かなかった。必要があれば、彼からアクションを起こすだろう。こちらから彼に接近するのは躊躇われた。冷たく応対されたら凹まないでいられる自信がない。

しばらくしてスマホが鳴った。津島さんからだ。

『今、いいかな。一連の「自殺」について、新たに判ってきたことがある。リモートで情報を共有したい。支給したノートパソコンはそっちに持って行っているね？』

津島さんは、流行のリモート会議をしたいらしい。

『電話だと室長を始め、他の面々が入って来られないから』

今回の出張というか、お城への滞在はもしかすると長期……一週間以上……になるかもしれないと思ったので、ノートパソコンは持ってきている。自分のパソコンにズームが入っているかは未確認だけど。というか、東京に居るときにはズームを使ったことがない。でも、起動させてみると、ズームの「クライアント」が入っていた。これがあればリモートで会議が出来るのだろう。ここにはＷｉ－Ｆｉの電波も飛んでいるし。

『あー、念のために、ＶＰＮを経由させる設定にしてください』

途中から電話の相手は、ネット環境に詳しい石川さんに代わっていた。

『施設側が盗み見するかもしれません。ここは慎重にいきましょう』

「ＶＰＮって？」

『早いハナシが、ネット上に仮想の専用線を引いてやりとりを暗号化して、他者が入って来れなくする仕組みのこと。そこの連中は信用しない方がいいです』

私は、言われるままにＶＰＮの設定をして、ズームを立ち上げた。

画面が分割されて、津島さん、室長、石川さん、そして等々力さんの顔が並んだ。官房副長官室のフルメンバーだ。

『音声はイヤフォンで聴いてくれ』

と津島さん。部屋が盗聴されている可能性があるのかもしれないが、だったら今まで話したことは筒抜けではないのか？

ともかく、パソコンにイヤフォンを繫げて、きちんとデスクにパソコンを置き、私も椅子に座り直した。

『本来は我々がそっちに行って伝えるべきことなんだが、今、我々が雁首揃えて行くと怪しまれてしまうからね』

津島さんはそう言った。

『調べたらね、興味深い事実が出てきた』

聞いて驚くな、と得意げに話すのは等々力さんだ。

「もったいぶらないで、さっさと話して貰えますか？」

『君はどこまで知ってたっけ？　その後さらに自殺した……とされた人たちだけど、全員が多少ともキャリウェルの迎賓館に関係があった、そこまでは知ってるね？　だが、そのほかにも共通項がある……何度も言うけど、聞いて驚くなよ』

「だから、もったいぶらないでくださいって！」

等々力さんはわざと面白がって、結論を口にするのを引き延ばしている。

『直近で亡くなった人たちは政権批判をしていたわけじゃない。だが、今朝、殺害された菅沼県議を含め、全員が、前政権時代に起きた不祥事になにがしかの関係を持っていた。関与の度合いに濃淡はあるものの、また実際に不祥事に手を染めていたか、単に目撃者の立場にあったかは別として、その人たちさえ居なければすべてが闇に葬られ、何もかもが丸く収まる、そういう立場にあったんだ』

『背景にはやっぱり、今回の政権交代があるんですよ』

　今度は室長が発言した。

『表向き「路線の継承」を掲げてすんなり政権が移行したと思われていますが、実情はそうではない。前政権があまりにも出鱈目だったので、さすがにこれは目に余ると与党内にも不満の声が燻っていた。前総理は禁じ手だった検察人事にまで手を突っ込んで、辞めた後に自らが訴追されないよう手を打とうとしましたが、その目論見は週刊誌のスクープで潰えた』

　そのスクープも実際には誰が仕掛けたか判ったものではなく、あるいは新総理だったかもしれないと私は睨んでいる、と室長は言った。

『前の総理も副総理も、いずれも日本の既得権益層に連なる世襲政治家です。叩き上げである今の総理を良くは思っていない。今の総理についてはさすがに飼い犬に手を噛まれた、とまでは言わないものの、使用人が出過ぎたことを、ぐらいには腹を立てている。知っているでしょう？　総裁選に名乗りを上げた新総理を副総理が呼びつけて、「いつから総裁になろうと思っていた？」と問い詰めたという話を』

いずれにせよこのままでは済むはずがない、上級国民、つまり日本の既得権益層のプライドを舐めてはいけない、と室長は言った。

『前の総理はまだ若い。当然、復帰を狙っています。だが新しい総理は今度の政権を、国民に利益誘導をしてそれを支持基盤にする、古き良き遣り方に戻そうとしている。前政権に特徴的だった、愛国だ、反日だ、改憲だ！　とやたら憎しみを煽る手法ではなくてね。だが前政権側にしてみれば今の総理の、イデオロギーに拘らない遣り方が気に入らない。何としても潰そうと思っていることでしょう』

前政権側としては、新政権などあくまで短期リリーフに過ぎず、その間に時間を稼いで様々な不祥事が風化すれば、また政権に返り咲けると思っているらしい。

「ほとぼりが冷めるのを待っているって、そういうことですか？」

私が訊くと室長は大きく頷いた。

『そういうことです。しかし新総理とて、むざむざ使い捨てにされるわけにはいかない。前政権の悪事をそれとなく明るみに出して、守旧派に邪魔されることなく安定政権を作ろうとしている。私はね、驚いたんですよ。「例の文書」が出てきた、いや、正確に言えば出てきたわけではないが、これまでは存在すら認めなかったものについて、「ある」と今の政府が明確に回答した時にね』

「例の文書」とは、公文書の改竄をめぐって一人の良心的な官僚が自死に追い込まれ、自ら死を選ぶ直前に、改竄の前と後、ビフォーアフターの変遷を詳細に記録した文書を上司に託した、その書類のことを言っているのだろう。

『私は驚きましたよ、政府がそれを認めた時に。トップが替われば、ここまで対応に違いが出るものかと。いや、もちろん新政権にしても存在を認めただけで、問題の文書を本当に公開する気などないでしょう。しかし「存在する」ものについてなら、情報公開請求をかけられる。出てくるものがほぼ全部黒塗りの、海苔弁当も同然の書類であってもね』

『読めましたよ、今の総理の狙いが』

ぽん、と膝を打つようにして等々力さんが割って入った。

『新総理としては、この書類、いつ黒塗りが消されて東京地検に渡ってもおかしくないぞ、お前らの命運は俺が握っているんだぞっていう、いわば牽制球だったんですね！』

『その通りです。政権交代後、噴出した官僚の接待をめぐるスキャンダルにしても、新総理は大物の官僚をすみやかに更迭して世論の沈静を図りました。前総理なら更迭どころか、わざと出世させてマスコミと野党、そして左派を激怒させているところです。事ほど左様に、新政権と前政権の遣り方は違うんですよ』

左派が牛耳る日本のマスコミはその違いに全然気づいていないし、野党も相変わらず政権批判ばかりですがね、と室長は言った。

『個人的な意見を言わせてもらえば……私も官僚です。官僚である以上は、国民のことを考えたい。前の政権のように、何よりも総理と総理のお身内のことばかりを第一に考えて、文書を改竄させられるような、そういう政権は願い下げですね。諸君にしても同じ気持ちだと思いますが』

室長は、新政権に持ち堪えてほしいと願っているのだ。

『しかし、保ちますかねえ、今の総理が』

等々力さんは懐疑的だ。

『なんと言っても党内基盤が弱い。新総理がこれまで重用してきた官僚や省庁から次々にスキャンダルの火の手が上がるのも、そのせいじゃないですか？　絶対に、前政権側の人間がマスコミに情報を流してますよ』

せいぜいが保って一年だろうなあ、と悲観的な等々力さんに室長が反論する。

『いや、新総理とて、それを黙って見ているわけではありません。邪魔をされないように、前政権の介入を封じるカードを次々に切っていくでしょう。かつての不祥事に関わる事実を、小出しにすることによって』

前政権にまつわる不祥事のネタなら山ほどありますからね、と室長。

『そこで本題に入りますが、その新政権が次々に切るカードをまさに無効化するものが、この会議の冒頭に等々力君が言った、「興味深い事実」なんですよ。前政権側にしたって、自分たちの悪事が次々暴露（ばくろ）されるのをそのままには出来ない。石川君、あの資料を出して』

はい、と石川さんが答え、ズームの画面にテキストが表示された。パワーポイントの資料によくある形式の箇条書きだ。そこには四人の人物の氏名と解説が表示されていた。

・菅沼秀明。旧総理に近い県議会議員。消えた巨額の選挙資金の行方を知る唯一（ゆいいつ）の人物。群馬県のさる民間施設で事故死。

・西田剛志（にしだつよし）。タクシー運転手。旧総理の伝記を書いたジャーナリストが強制性交等罪容疑で提訴され、現在係争中の裁判で被告側の証人となっていたが、結審の直前、交通事故死。

・高原啓介（たかはらけいすけ）。同上。東京ベルエアホテルのベルキャプテン。同じく結審の直前に自宅クローゼット内で自殺。

・山川実（やまかわみのる）。右翼団体の事務局長。旧総理の歴史認識を表立って批判した地方自治体の首長に対するリコール署名運動を展開するも、「金で署名を買った」疑惑の渦中（かちゅう）において自宅クローゼット内で自殺。

ドヤ顔で等々力さんが言う。

『どうだ、上白河君。怖ろしいとは思わないか？　菅沼県議から逆に演繹して、「前政権に都合の悪い事実を知る人物の死亡」を抽出しただけで、これだけのケースがヒットしたんだ』

画面越しでも、等々力さんの目がキラキラしているのが判る。

たしかに、これは「その人さえ居なければすべてが闇に葬られ、何もかもが丸く収まる」立場にある人たちのリストだ。

『つまり、「前政権の不祥事の証拠を握る人物」が知っている「封印された事実」を永久に封じ込めるために、そういう人物が次々に消されているんだよ！』

「誰が？　誰が消してるんですか？」

思わず私は等々力さんに訊いてしまった。

「前政権の誰かが殺し屋を雇ってるって言うんですか？　そんな……」

『馬鹿な、とは言わせない。この前の事件だってそうだったじゃないか。君の友達の柊ミカコと、その婚約者の野党議員が殺害されそうになった。両人ともが、それぞれワイドショーと国会で当時の政権をボロクソに批判していた、筋金入りの反体制派だ』

「だからって……それにあれはちょっと頭のおかしい、偏った考えの人が勝手に暴走しただけで」

『君の先輩だよね？　自衛隊時代の』

「……そうですけど、まさか政権内にいる人が、そんなことを誰かに命じるなんて」

『あり得ない、って言いたいのか？　いや、そんなことはない。十分に可能性はある』

『まあ、等々力君の言い方だと、今どき流行らない三流陰謀アクション小説みたいに響くよね』

津島さんが困ったような顔で等々力さんと私の仲裁に入った。

『そうはおっしゃいますが津島さん、ケネディ暗殺だって当時の政権の中枢にいた人物が、いわゆる軍産複合体やマフィアと一緒になって、阿吽の呼吸で動いて……』

等々力さんがムキになった。

『それは、オリバー・ストーンの映画がそう解釈しているだけだろう？』

『いや、フランスにだって旧勢力が自分たちの権益を守りたいからドゴール暗殺を謀るという』

『それも小説と映画の話だ。等々力君ね、フィクションと現実を混同するなよ。正気かね？』

津島さんが驚いてたしなめる。

『事実は小説よりも奇なりって言葉もありますぜ』

等々力さんも負けてはいない。

『しかしね、現実的に考えて、日本政府がそういうことを実行すると思うかね？』

『思いますね。津島さんは、そういう可能性を排除する警察の教育を受けすぎたんじゃないんですか？』

等々力さんはノートを手に取り、ページを捲って滔々と論じ始めた。

『いいですか、戦後日本の政治において、大きな疑獄事件が起きると、必ずと言っていいほどキーパーソンが自殺しています。秘密をあの世に持っていったんだ、ということにされ、そこで捜査はストップ。真相は闇に葬られるというパターンです。津島さんならよくご存じですよね。政治家の秘書とか官僚とか、民間人も含まれますが、自殺したり病死したり事故死したり……いずれも「口封じ」としか思えないタイミングで起きています。どれもこれも、都合が良すぎるんですよ、時の政権にとって』

『いや、そういうケースなら私も警視庁捜査二課時代にいくつか手掛けたが……どれも、不幸な自殺だったよ』

そういう津島さんの表情に一瞬、躊躇いが浮かんだのを私は見逃さなかった。

『不幸な自殺？　「遺書」と称する走り書きのメモを残して？　実質殺害か、或いは因果を含められて死を選ばされた場合であっても、首を吊ったり睡眠薬が検出されたり冬の海に浮かんだりすれば、「自殺」ってことになりますよね。自宅のクローゼットで首を吊ったケース、それはどうなんです？』

『等々力君。亡くなった方々が、誰かの教唆や脅迫・強要で死を選んだという証拠があるのか？』

『ありませんよ。現時点では。……しかし彼らには自分から死を選ぶ理由もなかった。いやいや、どんな人間もすべてにおいて順風満帆、一点の迷いも心配もない人生なんてあり得ないでしょう？　津島さんも私も、なにかしら心配事とか気に病むことは抱えている。そうでしょう？　大部分の人がそうだ。だからと言って自殺はしません』

そこで石川さんがクールに口を挟んだ。

『等々力さんの気に病む事ってなんなんですか？　たとえば……女性問題とか？』

『お前な、おれに限って、それだけはありそうもないって感じで言うな！　おれだって一生独身のまま死ぬつもりはないし、浮いたハナシの一つや二つあるわい！』

『まあまあ、そういうプライベートな話はまた別の折に。これは会議ですからね』

室長が割って入った。

『たしかに、今回の件に限らず、過去、疑惑がある事件は幾つかありました。ただ、私たちも政府組織の一員であるのでね、表向きは警察の公式見解に従うしかないのであって』

表向きは、ということだ。

『しかし我々独自の調査としては、やはり「自殺ではなかった」線で進めます。そのために上白河君とも、こうして新たな情報を共有したわけでね。ええと、ほかに、何か話すべきことはなかったかな？』

会議を締めようとする室長に、私は言った。

「あの、一つだけ、気になることが……香月さん、香月友治さんが今、この施設に滞在中なんです」

香月さんと、考え方や思想に関して深い話をしたことはない。今の政権、そして前の政権についてどう思っているのか、それも判らない。それでも気になることがある。

思えば、私と香月さんが一緒に居て、突然、彼が座を外した時に事件が起きているのだ。それも、二回。

果たしてこれは偶然なのだろうか？

彼が話した中で気になることもあった。海外で特殊な経験をした、というくだりだ。

『向こうの学校を卒業して、就職する前にアメリカからヨーロッパ、中東、アフリカを回ったんだけど……その時に知り合った人物に誘われて、滅茶苦茶スリリングで、面白い体験をたくさんすることになったんだ。その面白さにのめり込んでしまってね』

『なんて言ったらいいのかな。人間として絶対に許されないようなことが、人を最も興奮させるってことを知ったんだ。そう言っても判らないだろうけど……いや、君は自衛隊に居たんだよね？　だったら判るかもしれないな。そういう感覚は否定しろと教わったのかもしれないけど』

この言葉の意味は……？

香月さんは、海外で一体どんなことをしてきたのだろう？

「あの……私の思い過ごしかもしれませんが……」

私は、香月さんについて、疑わしく感じていることをすべて話した。

思い過ごしであってくれればいいと願いつつ。

「なので香月さん……香月友治氏について、調べて貰えないでしょうか」

『ふむ』

津島さんと室長は腕を組んで考え込んだ。なんだか難しそうな空気になり、私の提案は却下（きゃっか）されてしまうのか、と落胆しかけた時。

『津島さん。アレ使えますよね？』

と、等々力さんが助け船を出した。

『アレねえ……位置情報を過去に遡（さかのぼ）って調べられるヤツ？』

石川さんが驚いたように声を上げた。

『えっ、アレはもう稼働してるんですか？　たしか携帯を持つ全国民について、その位置情報を一定期間、遡って記録して保存するシステムですね？　発信電波で位置を特定するアレ。けどそんなものが存在するなんて、発表するだけで個人情報保護に反するとかプライバシー侵害とか猛烈な反対が出るから、極秘に運用することにした……』

　そんなとんでもないものが存在しているのか……。

『ああ、自衛隊を通じて、ＮＳＡから提供された、アレね。データが膨大になるんで大変だが、イージス・アショアよりは安上がりっていう』

　津島さんが頷き、室長も確認した。

『アメリカが開発して、我が国と共同で運用しているんだよね？』

「共同でって、どこが運営してるんですか？」

　私が訊くと、室長は答えにくそうな顔になった。

『まあ一応、内閣情報調査室ってことになってますがね、実際は防衛省情報本部がやってると。私にも詳しい事は判りません。まだデータを蓄積しているだけで、分析したり役立てたりは、流石にしていないんじゃなかったかな』

『じゃあ、今回の件で、初めて使う事になりますかね？』

『そうだね。じゃあ、こっちとしては香月について、徹底的に洗ってみましょうか』

　そこで津島さんが私に言った。

『上白河君。君もそろそろ東京に戻ってきたらどうだ？　鬼島先生から言われた護身術のレクチャーも、目鼻がついた頃じゃないのか？』

「えっ……それは困ります」

ここまで教えたのだから中途半端で終わりたくはない。菊池さんの思いがけない真剣さと努力を見た私は、当初の、セラピーかカウンセリングの代わりになれば……ぐらいに思っていた気持ちが変わっていた。

「菊池さんをここに一人で残して行くわけには」

『だから君は思い入れが強すぎるんだよ』

等々力さんがうんざりしたように言った。

『同じ女だから？　かわいそうだから？　自分が助けた相手だから最後まで面倒を見る？　悪いけど上白河君、そういう「お気持ち」で仕事をされちゃ困るね。捨てネコを拾うのとは違うんだ。プロならプロらしくもっと冷徹に判断してもらわないとね』

「『お気持ち』のどこが悪いんですか？」

気がついたらカッとして言い返していた。

「プロで冷徹なのがエラいんですか？　それって血も涙もないことじゃないんですか？　そんな考えで仕事をしたら国民こそいい迷惑じゃないですか！　私たちは公務員です。国民のために仕事をしているんです。菊池さんだって、国民の一人なんです！」

殺人犯だけど……と小さな心の中の声で私は付け加えた。

「……それに、ここで私は凄い情報も取ったんですよ。報告を上げたから津島さんは知っていますけど」

そこで私は「政府関連施設のセキュリティ強化」と銘打って、エロい服を着てやらされている用心棒業務について説明した。

『エロい服？　そりゃまたどんな？』

すかさず食いついてくる等々力さん。

「チャイナドレスですけど。ミニの……ええと、これ以上のコメントは禁止です。セクハラですからね。でも、その業務のおかげで、ここに来るお客さんの素性の一部が判ったんじゃないですか。錚々たるメンバーですよ。政府高官に大企業の役員」

その情報だっていつか内閣裏官房の役に立つ、だから続けさせてほしい、と私は室長に懇願した。

「それに、県議会議員の菅沼さんを殺した犯人がまだ捕まっていない以上、ここでまた殺人が起きるかもしれません。そいつを捕まえることだってここに私が居れば」

『頼むよ、上白河君、それは勘弁してくれ』

津島さんから泣きが入った。

『これ以上のバイオレンスはお願いだから控えてほしい』

等々力さんも嵩に懸かって追撃してきた。

『そうだとも。言わなかったけどこっちは大変だったんだ。室長と津島さんがどれだけ平身低頭したことか。君が某大企業役員のタマを潰し、それだけでは足りず、ＳＭの女王様ばりに某財務省の某高級官僚をヒールで踏んづけたその後始末に』

「ヒールでなんて踏んでません！　素足でした」

『だからそこが問題じゃないだろう！』

『まあまあ。判ったよ。上白河君は、菊池さんを一人、お城に残して行くのが心配なんだろう？　それは何とかする』

鬼島老人にお願いしてみる、と津島さんは言ってくれた。


ズーム会議は終わった。一応、言いたいことは遠慮なく言ったし、それに対して無碍にもされなかったから、多少の成果はあったのだろう。

私はホッとしてノートパソコンを閉じた。

少し、気が抜けた。ここのところ気を張っていたのが解けた感じがした。いやまだ安心は出来ないのだが……菊池さんのことも何とかしてもらえそうだし、その分、肩の荷が下りた。そんな感じもあって……椅子に座ったまま、寝てしまった。

……遠くで、電話が鳴っている。物凄く広い部屋の、一番遠くの壁際に電話があって、それがえんえんと鳴っている。受話器を取ろうと歩み寄るのだが、なぜか足が鉛のように重くて、なかなか電話に近づけない……。

もどかしくなったところで目が覚めた。デスクにある内線電話が鳴っている。室内はまだ薄暗い。

寝起きの私は、半ば朦朧とした状態で電話に出た。

『やあ！　さっきはなんだか中途半端になってしまったけど……』

香月さんの声だ。

『君が戻ってくるかと思ったのに、そのまんまだから、どうなっちゃったのかなと思って』

何事もなかったような口調だ。

「ああ、ごめんなさい。もしかして……何があったか聞いてないんですか？」

『ロビーの近くで騒ぎがあったみたいだね。けど、支配人に聞いたら、お騒がせしました、解決しました、って事だったから』

大久保マネージャーなら、そう言うだろう。警察にも言わないことを利用客に言う筈がない。

『でさ、どうだろう、今朝の続きをするのは？』

「これからですか？」

『そう。食事を一緒にして』

時計を見ると、十七時を過ぎていた。考えてみたら今朝あんなことがあったあと、菊池さんと一緒にお昼を食べてトレーニングをして、話し込んで、部屋に戻って津島さんたちとズーム会議をして、そのまま居眠りしたのだから、夕方になっているのも当然か。

香月の口調はなんだか明るくて、やたら元気だ。ことさら明るくしているように感じるのは、思い過ごしか？

疲れが取れていない、というだけではなく、なんとなく顔を合わせるのが億劫だ。でも、津島さんたちに疑念を伝えてしまった以上、彼についてもっと知っておくべきだろう。

「判りました。では、夕食を一緒にということで」

突っ込んだ話をすることになるかもしれず、食事は香月の部屋でルームサービスを利用してという事にした。どうせ払いは彼だし。

身支度を整えて、スカートとジャケットを身につけ、私は再び彼の部屋をノックした。

「やあ。今朝は妙な感じで中断してしまって」

彼は笑顔で私を迎え入れた。

「私も、一度ここに戻ってくるべきでした」

ウソだ。あの時、私は香月のことを忘れていた。目の前に血の海があったり、菊池さんが心配だったり、何が起きてどう処理されるのかということにばかり頭が働いて、彼のことは頭の中から消えていた。いや、本当は考えたくなかった。

室内は、部屋の真ん中に丸テーブルがセットされて、相対ではなく九十度の角度に椅子が置かれている。テーブルには火の点いたキャンドルまで立っている。

こういう演出で転ぶ女もいるんだ……と、私は午前中の自分を都合良く忘れて、心の中で嘲った。女の心変わりって、こういう事なのかと自分でもハッキリ判った。

これは飲み残りだけど、と勧められたワインを飲むうちに、ルームサービスが運ばれて来た。氷で冷やされたシャンパンにコンソメスープとサラダ、マッシュポテトが添えられたローストビーフにロールパン、コーヒーに赤ワインにデザートのバターケーキまで、コースの全部が三段式のワゴンに載っている。

「あとは自分たちでやるから、これで下がっていいよ」

香月はチップを渡してルームサービスを帰し、景気のいい音を立ててシャンパンの栓を抜いた。

「ヴーヴ・クリコでよかったかな？　ドンペリよりこっちの飲み口が好きでね」

そんなことを言いながら私のグラスにシャンパンを注ぎ、乾杯しようと言った。

「お互いの命のために」

「えっ？」

あまりにも意味深な乾杯の言葉に、私は聞き返した。

「知ってるよ。ここでまた事件があったんだろ？　下に降りたら血の臭いがしたからね。ちょっと掃除したくらいじゃ、あの臭いを完全に消すのは無理だ。少なくとも君や、僕のような人間から隠すことは出来ない。それに、君の行動を見れば、かなりなことが起きただろうって事は判る」

「一階の部屋で殺人事件が起きました。殺されたのは、選挙でお金を使って、票の取りまとめ工作をしていた地方議員です」

「ふうん」

香月は興味なさそうにシャンパンを飲み、スープをスプーンで口に運んだ。

「ん。なかなか美味(うま)い。ここのシェフはいい腕をしているね」

コンソメの味でシェフの技量が判る、と彼は言った。

たしかに、スッキリしている。いわゆる「雑味がない」っていうことなんだろう。ダシが効いていて、いくらでも飲めそうな味だ。

コースならサラダを食べ終えないと肉が出てこないけれど、今は自分でサーブするからその辺は自由だ。

私はサラダとローストビーフをかわるがわる口に運びながら、香月に訊いた。

「今朝の事件ですけど……香月さん、その直前に部屋から出て行きましたよね？　私たち、これからってところだったのに」

「あれは……正直言うと」

香月はローストビーフを切っていたナイフとフォークを置いて、私を見つめた。

「パワーが不足していた。それは君も判ってたろ？　元気がなかったって」

たしかに、そろそろ合体というところに来ているのに、彼の股間のモノには元気がなく、柔らかかった。

「正直に言おう。法を犯す……法に触れることをした」

まさか、このタイミングで殺人の告白か？

私は身構えた。

「これは誰にも言わないで欲しい。君にだけ話すことなんだから」

そう言った香月は、手を伸ばして私の手を握りつつ言った。

「ヤクをキメていた」

「ええっ？」

予想もしなかった言葉に、思わず訊き返してしまった。

「だからヤクだよ。ドラッグ。メタンフェタミン。俗に言うシャブ、もしくはメス。アメリカではアイスというけど」

香月はシャンパンから赤ワインに替えて、グラスの中の赤い液体を転がしながら言った。

「いろいろ試したんだけど……結局は定番に戻った。あれは効くんだ」

彼はそう言うが、私は腑に落ちなかった。

注射痕を見せて、と言おうと思ったが、すぐに意味がないと悟った。炙って吸入した、と言われたらおしまいだ。

「だから、どう？　あの続きは？」

香月は赤ワインを一気飲みすると、私に迫った。

「君だって、これからって時に、いきなり部屋から出て行ったんだぜ？」

「そうね……」

私は、どう出ようか、迷っていた。寝物語で聞き出すか……。しかし、今日のお昼前と今とでは、私の気持ちはまったく違っている。私はプロのスパイではない。感情をコントロールして「女」を武器にすることは出来ない。

今の私からは、彼とセックスしたいという気持ちが消えていた。

しかし……ここで拒絶するのは得策ではない。

「僕は、君に強く惹かれているんだ。強い女が好きだからね」

彼は椅子を私の方に寄せてくると、手を取って、自分の下半身に導いた。

股間の、彼のモノは硬くなっている。

「また、クスリを打ったんですか？」

「その必要はない。僕はもう準備完了なんだよ。食事なんかいつでも出来る。でも、今の僕の欲望は、すぐにでも満足させないと」

また中折れしてしまう。この機を逃がすな、とでも言いたいのか？

彼の手が私の胸に当てられた。私の反応を見ながら、ゆっくりと揉み始めた。

ほの暗い部屋、キャンドルの灯り、ワインの香り……傍目からはこの上なくいいムードではあるけれど……私の心は完全に冷えている。

「ほら、こんなに熱くなっている。これをなんとか出来るのは君だけだよ！」

私は半ば機械的に、股間の彼のモノをボトムの上から撫でた。それはますます首をもたげてきたように感じた。

「ねえ、香月さん。もっと気持ちよくなりたいとか、思ったりしないの？」

ムードをぶち壊す私の低い声に、彼は驚いたように私を見返した。

「それは、どういう意味だい？」

彼の目にも、そして声にも険がある。

「だからクスリを使う人は、いっそう強い刺激を求めるようになるのでは、ってことです」

「そんな……僕をヤク中みたいに言わないでくれよ。嗜む程度だよ、あくまでも」

そうなんですか？　と私は愛撫の手を休めないまま、なおも訊いた。

「前にもありましたよね、今朝みたいなことが……東京の、浜町のスポーツクラブで」

「よく判らない。ハッキリ言ってくれないかな」

「浜町のスポーツクラブでも、香月さんは三十分くらい居なくなって、また戻ってきたんです」

「僕だって仕事があるからね。大事な電話連絡だってあるし、急に人と会うことだってある。中座くらいするよ。それに……トレーニングするときに、もっとパワーが必要な場合だってある」

私は手を彼の股間から離し、彼をじっと見つめた。見据えた、と言っていい。

「……君は一体、なにを言いたいのかな？」

「あなたが中座したときに事件が起きているから。二度も。浜町の時はすぐ近くの公園で。今朝だってそうでしょう？」

「たった二回じゃないか！　分母が小さすぎるだろ！　統計的にもサンプルが少なすぎて成立しないよ」

いやいやいや、と彼は首を横に振った。

「この僕が、人殺しだって言うの？」

「そうは言っていませんけど……香月さんは、外国で、かなり特殊な楽しみにハマったって、そう言ってませんでしたっけ？」

「それが殺人……人狩りだって言うのか？」

バカバカしい！　と彼はナプキンを放り出して席を立った。その勢いで、椅子が大きな音を立てて後ろに倒れた。

「不愉快だ。出て行ってくれ！」

彼は手でドアを示した。

怒りで蒼白になった顔が、悪鬼のように歪んでいる。

「それ、大きくなってるけど、どうするの？」

私は彼の股間を指差した。

「余計なお世話だ。ここならいくらでも方法はある。君じゃなくてもな」

彼は館内電話を取った。

「あー、フロント？　一人、女の子を頼む。ああ、指名したい」

彼は私を睨んだ。

「菊池とか言ったな、菊池って子を頼む。ああ、源氏名じゃなく本名だ。え？　今、休んでる？　ここにはいるんだろ？　いるならなんとかしろよ。いいね？　判ったね？」

香月は有無を言わせずに電話を切った。

「駄目です。菊池さんはまだ調子が戻ってないから、お仕事は無理ですよ！」

私は止めようとした。菊池さんのことを考えれば、今、ハードな仕事をさせるわけにはいかない。

「うるさい。お前には関係がないことだ。早く出ていけ。出ていかないのなら、警備を呼ぶし、お前の上司にも連絡してやるからな！」

とっと失せろ！　と香月はドアを開けて私の背中を突き飛ばし、叩きつけるようにドアを閉めた。

上司になにを連絡されようが全然怖くない。しかし、菊池さんのことは放っておけない。ようやく気持ちが落ち着いて、前向きになってきたのだ。ここでまたひどいプレイを強要されたら……彼女は覚えたての技を使って自分を守れるだろうか？

いや無理だ。海外で危険なゲームを愉しんでいたかもしれない香月が相手なのだ。

私はフロントに急ぎ、大久保マネージャーを呼んだ。

「そうは言ってもね、菊池はもう元気なんでしょう？　こっちとしても、いつまでも遊ばせてはおけないし……鎌倉からのご指示があってもね、あちらのご指示はきちんと守ってるんだから」

大久保マネージャーは極めて事務的な態度で言った。

「いや、ですけど、心の傷は深いです。もう少し休ませた方が……」

「でも今回はお客様からの特別なご希望だし、それも香月さんのご指名ですからね」

断ることは出来ない、と大久保マネージャーは言った。

「香月さんって、ここにとって、そんなに大事なお客なんですか？」

そう訊いた私を、大久保マネージャーは意外そうな顔をして、まじまじと見た。

「……ええ。そうですよ。オーナーともお親しいし。知らなかったんですか？」

「でも、彼女にもしものことがあったら……」

「まあ、香月さんの場合、そういうこともあるかもしれませんが、大丈夫でしょ。彼女に何かあった場合は、上白河さん、あなたがレスキューに行くわけでしょ？」

香月が指名した女性に危害を加える可能性を大久保は否定しなかった。彼女に非常ボタンを押す余裕があればいいが……。

いつでも出動できる服装に着替えなくてはならない。女の子たちの待機部屋ではなく、自室で連絡を待つことにした私はその旨を大久保マネージャーに告げて、部屋に戻った。会食用に着ていたスカートスーツをトレーニングスーツに着替え、ソファに座って待機する。

きっと何も起こらない、起こるはずがない……無理にもそう思おうとした。でも……嫌な感じがして、それが全然消えない。

三十分近く経ったが連絡はない。と言うことは、トラブルもなく、菊池さんは無事にプレイの相手をしているのか？　私の心配しすぎか？

我ながら嫉妬の気持ちが全然起こらないのは不思議なほどだ。

菊池さんが痛めつけられていないか、ただそれだけが心配だ……。

やっぱり、香月が滞在している部屋の、せめて扉だけでもノックしてみよう。

そう思って立ち上がりかけた時。

テーブルの上のスマホが踊った。

慌てて応答すると、相手は等々力さんだった。

『おい、いいか』

等々力さんの声は切迫している。

『落ち着いて聞いてくれ！　香月はクロだ！』

「どういう意味ですか？　クロって」

『正確に言うと、グレーだ。極めて怪しい』

「あの、津島さんに代わって貰えます？」

どうも等々力さんの言うことは脚色が入って、事実がどうなのかよく判らない。

『津島さんと室長は、警視庁に行ってる。今後どうするか詰めてるんだ』

「なにがグレーなんですか？」

香月のなにがどう怪しいのか、肝心なところを聞き出そうとしたその時。

割り込み着信が入った。

とても嫌な予感がした。

「等々力さん！　このままちょっと待ってくださいね！」

すぐに通話を割り込んできた方に切り替えた。

『レイさん！』

菊池さんの悲鳴だった。

『助けて！』

聞き終わらないうちに私は部屋を飛び出していた。

向かう先はもちろん香月の部屋だ。

ドアには鍵がかかっていたが体当たりしてぶち破った。木製のドアは都合三回の体当たりと渾身(こんしん)の足蹴りに屈した。

目に飛び込んできたのは……血を流して床に倒れている男、その傍(かたわ)らで震えている菊池さん、そして、こちらに向いてゴルフクラブを振り上げている香月の姿だった。

え？　なぜ三人？　もう一人は誰？

と思う間もなく香月が飛びかかってきた。

「また来たか糞女(くそ)！　邪魔をするな」

悪鬼の形相(ぎょうそう)で香月が絶叫する。

私は反射的に身を屈め、香月の脇をすり抜けた。菊池さんの傍に行かなくては、彼女を護らなくては、と、それしか考えられなかった。

香月と菊池さんの間に割って入り、彼女をカバーする体勢になった私は、倒れている男性に素早く目を走らせた。

頭から血を流して仰向けに倒れている、この人は誰？　顔に見覚えがある。老人ではないが、若くもない。中年というよりは上の年齢だ。血まみれで倒れていても、スーツの仕立ての良さは見てとれた。

ぶん、と空気が動く気配がしてハッと飛び退くと、ゴルフクラブのヘッドが空を切って目の前を掠めた。

床に激突する寸前で止まったクラブを反射的に両手で摑んだ。

反動で振り上げられようとする勢いのまま、左側に思いきり捻った。

「うお」

クラブを握った腕が捻られた香月は思わず手を離した。

クラブは私の手中にある。シャフトを持って引き寄せ、咄嗟に持ち替えながら、私は香月に迫った。

「どういうこと？　なぜこのひとを殺そうとしたの？　説明しなさい！」

クラブを構えて叫ぶ私。香月は菊池さんを指さした。

「この女が、こいつの方から襲ってきたんだ！」

「嘘でしょう？　菊池さんは、悪いことをされない限り襲いません！　アンタみたいな殺人鬼とは違う！」

言ってしまった。殺人鬼だと決めつけてしまった。

「お前こそ出鱈目を言うな！　三人でプレイするつもりで立山さんを呼んだ。この女が嫌だ嫌だと泣いてウザくなったので、酒をつくろうとしてちょっと目を離したら、立山さんが倒れていた。俺はなにもしていない。あの女がやった以外に答えがあるか？」

菊池さんと、倒れている男をよく見ようと思ったが、今、ちょっとでも視線を外すと香月に襲われる。私は大声で訊いてみた。

「ねえ、菊池さん！　本当なの？　この外道の言ってることは？」

香月からは眼を離さず、クラブも構えたままだ。

しかし、菊池さんは泣くばかりで何も答えない。

「だいたい誰なの？　そこに倒れている男性は」

「だから、立山だって言ってるだろ！」

香月が叫んだ。

「立山って……まさか、ここのオーナーで元政治家で学者の？」

そうだ、ほかに誰が居る？　と叫んだ香月は、手近にあった椅子を掴むと、四本の足を突き出して突進してきた。

咄嗟にゴルフクラブで薙ぎ払い、その椅子を粉々にする。

逆上した香月がうおおお〜と雄叫びを上げ飛びかかってきた。クラブを逆手に持ち替えた私は、柄の部分で彼の顔を突いた。まともに打撃を受けた香月の動きが一瞬止まる。

その機を逃がさず、ゴルフクラブの柄で横っ面を思いきり殴った。アドレナリンで散大した私の瞳孔にすべての動きがスローモーションで映る。香月の頭が首から異様な角度で、一瞬だが折れ曲がったのがはっきり見えた。

次の瞬間クラブのヘッド（ドライバーだった）で私は、香月の股間を下から上に、ぶち上げていた。

「ぐっ」

身体をくの字に曲げた、その顎に膝蹴りを食らわせる。

朦朧となった香月の頭に左右から容赦なくパンチを浴びせる。

一切間を置かない連続攻撃に香月はほぼ戦意を喪失している。普通ならとっくにダウンしておかしくないのにかろうじて立っているところは凄い、と言える。

「こ、こいつは……この女は、おれのオヤジを誑かしているんだ！」

香月は、息も絶え絶えの状態で声を絞り上げた。

言っている意味が判らない。

「どういうこと？　ちゃんと説明しなさいよ！」

私が叫ぶと、香月は身体を低くし頭突きの体勢で突っ込んできたが、私はなんなく体をかわしてつんのめった相手の足を払い、身体のバランスを崩したところを狙って右腕を掴み、背中に捩じ上げた。

　ごきっと、関節が外れるような嫌な音がした。

「どういうことか、判るように説明して！」

「だから、この女に罰を与えようとした。一番嫌がることをしてやろうと、もう一人呼んで、この女を慰み者にしてやるつもりだった」

　鬼畜外道なことを口にしながら、香月は力ずくで、捻られた右腕を元に戻そうとした。このまま頑張って、香月の腕を折ってやるつもりだったが、香月はトンボ返りの要領で身体を回転させ、捩れを解消してしまった。

　どうだ、というような顔で飛びすさった香月は肩で息をして、私を睨みつけた。

　咄嗟に構え、私は防御の体勢を取った。再度攻撃してくるだろうと思ったのだ。

　だが香月は意外にも身を翻し、テーブルの上からカトラリーを数本、攫うように掴み……壊れたドアから走り出て、風のように消えてしまった。

　肩すかしに一瞬呆然とした私だが、ハッと気がついて部屋の中の非常ボタンに飛びつき、素早く二度押しした。

　警報器が作動し、物凄い音量で非常ベルが館内に鳴り響き始めた。

　私は菊池さんに駆け寄り、素早く全身をチェックした。

　よかった。どこにも怪我はしていない。その時。

「う……上には」

頭から血を流して死んでいるかのようだった男が、弱々しい言葉を発した。

「上には上が……」

「え？　なに？」

非常ベルがけたたましくて、男の掠れた声はよく聞こえない。

そうだ、私は、香月を追わなければ！

私は廊下に走り出た。時間にして十秒くらい遅れたか。

長い廊下を香月は走っている。反対側から走ってきた警備員が彼を制圧しようとする。

だが香月はすれ違いざま手にしたナイフを、警備員の胸に突き刺した。

警備員はそのまま力が抜けて崩れ落ちた。心臓を一突きされたのだろう。

さらに警備員たちがわらわらと現れて香月を取り囲もうとした。

そこで香月は驚くべき身体能力を発揮した。跳び蹴りや後ろ回し蹴りなど多彩な足技を繰り出して警備員が怯(ひる)んだところで、手にしたステーキナイフで正確無比に急所を切りつけてゆく。銀色のナイフが閃(ひらめ)き、閃くたびに頸動脈(けいどうみゃく)から血を噴き出させ、警備員たちが次々に倒れ込んでゆく。

みるみる廊下は血の海になり、その中で警備員たちが呻(うめ)き首筋を押さえて転げ回る、阿鼻叫喚(あびきょうかん)の惨状になった。

その時、廊下に面したドアが開いて、滞在客らしき人影が出てくる姿が遠目に見えた。警報音に驚いて、逃げようとしているのか。

しかし今や血に飢えた香月には、その滞在客ですら「障害物」にしか見えないようだ。ステーキナイフで切りつけられた男はよろめき、倒れて頭を強打した。そのまま口から泡を吹いて、動かなくなった。

そこで私が、やっと追いついた。

しかし香月は廊下の先にある階段の手摺りをひらりと越え、下の階に着地した。

私も猛然と追いすがって、下の階に飛び降りた。

振り返った香月は、ステーキナイフを投げてきた。咄嗟に避けたが、それは私の頬を掠め、熱感と、溢れる液体の感覚を残していった。

「みんな！　ドアから出ないで！　殺されるよ！」

私は下の階の廊下に向かって怒鳴った。開きかけていたドアが一つあり、部屋の中の誰かが慌てて閉めようとしている。

だがそのドアに香月は飛びつき、力まかせに抉じ開け、中に飛び込んだ。

後を追って私もその部屋に入った。

時すでに遅く、香月は部屋の主……老人の頭を両手で摑んでいた。

ぐぎっ、という嫌な音とともに頭がほぼ一八〇度捻られ、老人は絶命した。

老人の身体を床に放り出した香月は、室内に苛々（いらいら）と視線を彷徨（さまよ）わせている。武器になりそうなものを探している、と私は気づいた。

「逃げられないわよ。諦めなさい！」

私は叫んだ。

「これ以上、殺さないで！」

香月は無言で、今度は卓上から攫ったフルーツナイフを投げてきた。これもすんでの所で私の頬を掠め、二つ目の筋を残した。

完全に殺人鬼と化した香月は、デスクに置かれたバカラのデカンターを叩き割った。琥珀色（こはくいろ）の液体が飛び散り、ウィスキーの強い匂いが室内に立ちこめる。鋭く尖（とが）ったクリスタルの断面を突きつけ、香月は私に迫って来ようとした。

その時、ドアから警備員が飛び込んできた。いつも見慣れている服装ではない。特殊な、戦闘用としか思えない装備を身につけている。手には特殊警棒を持っているが、急いだものか防弾シールドのついたヘルメットは被（かぶ）っていない。

香月はその警備員に襲いかかり、クリスタルの鋭く尖った断面で、無防備な首筋に切りつけた。

首から血を噴き出させ、この警備員も倒れた。警棒を使う暇はなかった。

倒れたガードマンの背中を踏みつけた香月が、割れたクリスタルをこちらに向けて突進してきたので、私はバックステップで避けた。

その隙(すき)に廊下に飛び出した香月を私も追ったが、廊下は人で溢れていた。いつもの警備員、特殊装備のガードマン、そしていつ呼んだものか、制服警官らしき姿も混じっている。

事情を把握(はあく)している者は誰もいないようだ。

「どういうことです？ 一体誰がこんなことを」

血の海と死体の山に全員がパニックになっている。

廊下の先の、庭に面した窓ガラスが開いているのが目に入った。

思わず窓に駆け寄ると……香月らしい人影が、お城の塀に向かって走って行くのが見えた。

無線のノイズと制服警官らしい声が聞こえた。

「容疑者は建物の外に居ます！ 窓から飛び降りて逃走中です」

制服警官は慌ただしく無線連絡しながら走って行き、警備員が数人、うしろの室内を検分している。

「これは？」

倒れているガードマンと老人を、警備員は指差した。

「誰の仕業(しわざ)です？」

「今、逃げた男です。香月、香月友治という人です」

「二人とも……亡くなってますね」

サイレンの音が聞こえてきた。

廊下に出て庭を見下ろすと、正面玄関のアプローチにはすでに二台のパトカーが駐まっている。しかもサイレンの音は次第に増え、遠くから近づいてくる。

二台、三台、四台……。それを追うように、救急車とおぼしきサイレンも聞こえてきた。

さすがにこれだけ人死にが出ては隠せないと観念して、警察に連絡したのだろう。人海戦術の捜索が始まったらしい。これでは香月が捕まるのも時間の問題か？

いや、あの香月のことだから、そう簡単には捕まらないのではないか？

私は香月の部屋にとって返した。倒れていた立山と、菊池さんが心配だ。

部屋に戻ると、立山がストレッチャーに乗せられたところだった。

「上が……上が……私の責任ではない」

立山はうわ言のように言い続けながら運ばれていった。

菊池さんは、と言えば、怯えた表情のまま部屋の中で固まっている。

ストレッチャーと入れ違いに、大久保マネージャーが部屋に入ってきた。

「香月の仕業ですか？」

「ええ」

私はハッキリと返事をした。

「あの……立山さんを襲ったのも？　そんな筈は」

大久保は信じられない、という表情だが、状況からしてそうとしか思えない。

私は訊いた。

「どうして立山さんがここにいたんですか？」

「それは……オーナーですから。それにあの方は、急にお見えになる事が多くて」

大久保マネージャーは途方に暮れて、窓越しに走り去る救急車を見送った。

「ちょっといいか」

群馬県警のネームが入った紺色の作業服のようなものを着た男が横柄な態度で入ってきた。いわゆる制服警官でもない、鑑識係のような機動隊員のような、見慣れない制服だ。

「あんたは、何者だ？　容疑者のスケか？」

明らかに私を見下している。

「内閣官房副長官室の上白河と言います。事情があってここに派遣されています」

「事情があって？　どんな事情だ？」

その男は、胡散臭そうな表情全開で私を見た。鼻の穴が膨らんでいる。

「それに何だ？　内閣官房副長官室ってのは？　聞いたことないな」

その男は仲間の警官たちと顔を見合わせてニヤニヤと笑った。頭のおかしい女だとでも思っているのだろう。

「疑うなら、内閣官房に確認してもらってもいいですが」

「いいよ。確かめてやる。内閣官房って……総理官邸か？」

「……あの、総理官邸になんか、いきなり電話しちゃマズいのでは？」

さすがに男の部下らしい別の男がたしなめた。

「いや、構わんよ。お前、検索して番号を調べろ」

「〇三、＊＊＊＊の＊＊＊＊です」

暗記している番号を教えてやった。検索していた男の部下が「合ってます。その番号で」と言う。一瞬驚いた様子になった男が、「いいのか？　ホントに電話するぞ」と言いつつ番号をプッシュすると、発信音を聴くうちに表情が強ばってきた。

繋がった瞬間には既に、顔色が青くなるほど緊張していた。

「そ、総理官邸でありますか。あ、そうでありますか。大変失礼致します。こちら群馬県警機動捜査隊、大河原と申します。はい。ええ、その、内閣官房副長官室というモノは実在するのでありますか？　あ」

男は私を見た。小馬鹿にした表情は消えて、畏怖の念が浮かんでいる。

ただ今お繋ぎします、という声、更に保留音が聞こえ、回線が切り替わる気配があった。

「あ！　しし室長でありますか！　お忙しいところ大変申し訳……は、はい、そうであります。実はこの施設で……あ、県警本部から既に」

男は私を見て、足を揃えてお辞儀をした。恐れ入った、という意思表示だ。

「大変、失礼を致しました。これで通話を終了させて戴きます。申し訳、ありませんでした！」

男は、何度もお辞儀をしながら電話を切ると、こそこそと部屋から出て行った。

残された部下らしい男は、豹変した上司の態度に当惑しつつ、私に言った。

「あの、これから署までご同行願えますか？　政府の人でも、いろいろ伺っておかないといけないので」

「ええそれはもちろん」

私は捜査に協力するために、最寄りの所轄署に向かった。

一連の「自殺」、そして前政権に関わった人たちの死。

誰が、どうやって、そして何のために？

手段と動機については、まだ判らない。だが「誰が」については既にはっきりしている。香月だ。ほかの何処よりも安心できる筈の自宅で無惨にも命を奪い、遺された家族を深い悲しみと後悔に突き落としたのは、香月友治なのだ。

第五章　「……よかった。あなたに逢えて」

「上白河君、今回はご苦労だったね。ずいぶん一人で頑張ってくれて」

香月が逃走した翌朝、警察の聴取などを終えて、「お城」から直に東京のオフィスに戻った私を、室長が労ってくれた。

「一人で引っ掻き回したとも言えるけどね」

口の悪い等々力さんだが、目が笑っている。いつもながら辛辣だけど、等々力さんなりの親愛表現だと思うことにする。

しかし等々力さんはなおも言った。

「それにしても君は暴走パトカーか？　下手に追跡したから死傷者が増えたと言われても仕方がない展開だったな」

「なぜですか！　香月は明らかに殺傷を楽しんでいました。私が追跡しなくても手当たり次第に殺していたに決まってます」

追跡に夢中になり、何も見えていなかったことは事実だが……。

「上白河君の言う通りだ。等々力君、意地の悪いことを言うのはやめたまえよ」

津島さんが割って入ってくれた。

「とにかく、昨日は大変なことになってしまった」

香月は逃走する際に警備員を三人、滞在客を二人殺害し、他に重軽傷者を多数出す大惨事を惹き起こした。その上、キャリウェル・グループの総帥である財界の要人・立山大祐にも深手を負わせてしまった。

「幸い、立山氏は命に別状はないそうだ。頭部打撲と裂傷で意識はまだハッキリしていない、とのことで、犯人の事は覚えていないそうだ」

津島さんは目を通していた群馬県警からの報告書を置き、別の書類を手に取った。

「これは我々が独自に調べた情報だ。昨日、上白河君にも知らせようとしたんだが、ほかにも、香月の関与が濃厚に疑われる事案が幾つもある。もちろん昨日の、菅沼県議会議員の殺害もそうだ」

津島さんは慎重な言い回しをした。

「そして香月について重大な事実が判った。あの男には、海外で傭兵の経験がある事が判明した」

「ヨウヘイ？」

津島さんは、一枚のプリントアウトを私に見せた。

一瞬、何が写っているのか判らなかった。だが理解した途端、私は吐き気を催した。プリントアウトの中では、アラブ系らしい女性の生首の髪を摑み、トロフィーのように掲げた香月が、爽やかに笑っていた。

CG？　それとも合成？

「加工された写真ではない」

津島さんが静かに言った。

「この画像、どこで手に入れたんですか？」

私は訊いたが、津島さんは「それは後で説明する」と話を進めた。

「外国の幾つかの国では、金銭で雇われて戦争や治安維持に参加する軍事組織がある。もちろん職業軍人にも給料が支払われるが、自分の国の軍隊なら傭兵とは呼ばれないし、大義、信念、信仰などに基づいて戦争に参加する場合は義勇兵と呼ばれる。傭兵とは、第一義的には『金のために』命を晒す『職業』ってことだ。その意味では『戦争のプロ』と言ってもいい。歴史的な経緯から説き起こすと面倒だから省くが、今は民間の『戦争請負会社』があって、そこに雇われた『社員兵士』という場合もある。香月の場合はそれだ」

等々力さんが口を挟んだ。

「まあ、命をかけるわけだから実入りは悪くない。だが金銭は度外視という傭兵も、意外に多いんだ、これが」

紛争地で反政府側に雇われた兵士が現地の人たちの意気に感じ、報酬無しで戦闘に従事し続けるケース。或いは常に危険に自らを晒していないと生きている気がしない人たちも多いのだという。武器マニアが昂じたり、戦闘が好きな戦争マニアもいる。

「そういう『金のためではない』連中の中で最もヤバいのが、人を殺すのが好きなヤツ。これだね。仕事として戦争をして、堂々と敵を殺せるわけだ」

等々力さんが皮肉っぽく言った。

「香月が……そういうタイプだと？」

「だってこの経歴と、この生首トロフィー画像。そして昨日のあの蛮行を考えれば、その結論にしかならないだろ？」

「香月にしてみれば、特定の思想に由来する使命感に駆り立てられて殺しているわけではないのだろう」

津島さんが言った。

「つまり彼はテロリストではない。なにかの思想にかぶれたとか、特定の団体に加わっていた形跡はまったくない」

津島さんが書類のページを捲りながら、言った。

「そこから考えると、香月は、その攻撃的な嗜好を買われて、誰かの指示・命令もしくは強い示唆によって、多数の犯行を重ねた可能性がある」

「犯行を重ねた、というのはもしかして……自殺とされたけど、自殺にしては不自然すぎる、あの一連の……」

「それについてもこれから説明するが、取りあえず我々はキャリウェル・キャッスルに関連すると思われる二つの不審死、すなわち、浜町公園のトイレにおける塚田真一郎の死亡、そして塚田と同様、キャリウェルを脅していた経営コンサルタント・浜田克則の自宅での死亡は香月友治の犯行だと考える。キャリウェルの施設における菅沼秀明の殺害については言うまでもない。都心のホテル、グランド・ハイアードのトイレにおける前内閣官房参与の今川義正の死亡も、塚田のケースと手口が同様であるところから、このリストに加えてもいい」

津島さんはハッキリとそう言い、他の面々、室長も等々力さんも石川さんも頷いた。

「前内閣官房参与の今川義正は、前首相の相続税をめぐる脱税疑惑に関して国税庁との『調整』を担当していた」

等々力さんはそう言って、顔をしかめた。

「ようするに、脱税したのに脱税していないことにしろって国税庁に圧力を掛けていたって事だ」

「そう言えば香月は立山大祐……キャリウェルのオーナーと非常に親しいって、大久保マネージャーが言っていました」

私も思い出した。

「津島さんの言う『誰かの指示・命令もしくは強い示唆』は、つまり立山の指示だったってことですか？　他の人たち……津島さんのお友達だった上野原先生とか、等々力さんがファンだった美里まりんさんも全員、立山の命令で殺されたと？　まあ、美里まりんさんについては一時、キャリウェル・キャッスルで働いていたわけですけど」

「全員に当てはまるとは思えないが、少なくとも一連の不審死の幾つかについては、キャリウェル・キャッスルの不祥事を隠蔽（いんぺい）するための犯行と見ることが出来る。そして、他の、自殺とされた不審死についても、強力な状況証拠が出て来た」

津島さんが言った。

「昨日の夜、香月が逃走する直前に等々力君が電話で、上白河君、きみに知らせようとした情報がそれだ」

覚えている。等々力さんが電話で『香月はクロだ！』と言った直後に、菊池さんも電話をかけてきて『助けて！』と悲鳴を上げ、そこから香月による大殺戮（だいさつりく）が始まったのだ。

「香月が一連の不審死に関与しているのでは、という推測を裏付ける証拠だが……私と室長が足を運んで、職権を使ったり警視庁に頼み込んだり、法務省に手を合わせたり、防衛省を拝み倒したりして、今のところその存在が極秘にされている、『あるシステム』を使わせてもらった」

アメリカのNSAが開発して、防衛省と共同で運用している「国民の携帯電話の全位置情報を、過去に遡って調べられるシステム」を使った、と津島さんは言った。

「それで香月の位置情報を調べたら……驚くべきことが判ったんだ」

津島さんはホワイトボードに、「連続自殺事件」とされた被害者の写真、そして犯行現場の地図を貼っていった。

「青年実業家・前島忠夫の自宅マンションがある千代田区麴町の高層マンション、舞台俳優・平田俊太郎の自宅である世田谷区経堂のマンション、女子ゴルファー・渋沢桜の自宅がある静岡県御殿場市、アイドル・美里まりんの住む目黒区祐天寺のマンション、政治学者・上野原朋子の自宅がある文京区白山のマンション、そして塚田が殺された浜町公園に、港区六本木にあるホテル・グランド・ハイアード」

津島さんは更に、線が書き込まれた地図を貼った。

「そして、これが香月の行動記録だ。長期に亘るとは言え、かなりめまぐるしく動き回っている。だが、これを見れば判るだろう？　被害者たちが殺された場所には必ず立ち寄っているし、立ち寄った時間も被害者の死亡推定時刻と一致している。七件の場所と時刻がすべて一致した。これが偶然と言えるかね？」

「その連絡を受けたので、おれが君に連絡したんだ。香月はクロだって」

等々力さんが補足し、私の疑問に津島さんが答えた。

「しかも犯行現場となったマンションについてはすべて、監視カメラに香月の姿が映っていた。決定的だろ？」

更なる裏付けを取るべく、我々は独自に動いた、と津島さんは言った。

「千代田区紀尾井町にある香月の自宅マンションを家宅捜索した結果、自宅のものではない鍵が複数出てきた。おそらくは被害者自宅の合鍵だ。スポーツクラブ『フィットネスジャパン浜町』館内の監視カメラ映像も任意で提出させチェックしたが、やはり香月が被害者複数のロッカーを漁る姿が映っていた。施設スタッフを抱き込めば、ロッカーの鍵を開けることは可能だ。香月は被害者の自宅の鍵をその場で撮影し、合鍵を作成したものと考えられる。ロッカーから盗まれたものがなければ、防犯カメラの映像もチェックされないことを香月は知っていたのだろう」

私は言った。

「それ、警察に言うべきですよね？　そんな事実、まだ報道されてもいないのに」

「いや、警察に言っても無駄だね」

津島さんは室長をチラッと見ると話を続けた。

「そもそも警察が香月の自宅の家宅捜索をした形跡がない。いや、したのかもしれないが、結果についての情報が一切出てこないし漏れてもこない。私や室長のコネを使ってもまったく判らない。さっき言ったマンションの監視カメラの件もまったく出てこない。

『フィットネスジャパン浜町』についても調べた形跡がない。そもそも捜査本部が立っていないし、記者クラブへの発表もない。これは、相当強い圧力が掛かっているって事です。それがある以上、警察を動かそうとしても時間の無駄だ。そこで、ウチはウチで独自に香月の自宅の家宅捜索を実施した。ウチにそう言う権限がないことは重々承知しているが、今、そういうこと言ってられるか？」

室長が頷いて、言葉を足した。

「こういう事はたまにあるんです。警察が動いてくれないってことがね。そういう場合は、大きな声では言えませんが、その手の専門家を使って、警察を出し抜くことがあるんです。つまり、『コストを大幅に減らして情報を入手する手段があるのなら、使うのを躊躇うべきではない』。FBIのフーバー長官の言葉ですが」

「それで、あの生首写真が手に入ったんですね……」

私はショックを受けていた。

写真だけじゃない、と津島さんは話を続けた。

「我々が実行した……その、いわば非公式の家宅捜索では、香月のものと思しき指紋も入手した。それと同じ指紋が、塚田氏が殺された浜町公園のトイレ、及び今川氏が殺された六本木のグランド・ハイアードのトイレから、共通して検出されていたんだ」

浜町公園も六本木のホテルも公共の場所である以上、これも状況証拠の範囲を出るものではないが、と言いつつも、津島さんは……いや、津島さんだけではない、官房副長官室の全員が、今や香月の犯行を確信していた。

「ここまでは判りました。で、一連の犯行の動機ですが……」

私が訊こうしたことを、石川さんが先に口にした。

「さきほど誰かに指示されてとか示唆されて、というお話がありましたが、誰にですか？」

「それはまだ判らん。家宅捜索をしても、それらしいもの……犯行を指示する文書とか、思想的背景が判るようなモノは、一切見つかっていない」

「じゃあ、誰かにターゲットの詳細な情報まで与えられて、香月は実行しただけって事ですか？」

「いやそれも判らん。犯行に関する情報はその都度、キレイに処分しているのかもしれん。パソコンの履歴すら真っ白で、足跡がまるで残ってないんだ」

「しかしね、被害者の選び方がなんというか……玄人好みというと語弊があるが、どうにも微妙なんだよなあ」

そう言って、等々力さんが首を傾げた。

「共通点があるようでない。バリバリに政権批判を展開している人物かと思えば、逆に政権与党の既得権益に、どっぷり浸かっている上級国民だったり……。犯行の場所にしてもそうだ。自宅のクローゼットだったり、パブリックスペースにあるトイレだったり……。手口も然りだ。巧妙に自殺を偽装したかと思えば、いきなりブチ切れての大量殺戮だ。これ、本当に同一人物の犯行なんですかね？」

「いや、それは説明がつくよ、等々力君」

疑問に答えたのは津島さんだった。

「特に最後の大量殺戮ね。私はＦＢＩの、あのプロファイリングで有名な行動分析ユニット、今で言う捜査支援ユニットでの研修に派遣されていたことがあるんだが、いわゆるシリアルキラーの場合、殺人を重ねるごとに、手口が雑で杜撰になっていくケースは珍しくないんだ」

最初のうちこそ慎重に、絶対に目撃されないよう注意深くターゲットを選び、犯行の場所にも気を遣うが、次第に殺人と殺人の間隔が短くなり手口も荒っぽくなって、最終的には頼むから捕まえてくれ！　と言わんばかりの破滅的な犯行に至り逮捕される、という例が多いのだと津島さんは言った。

「シリアルキラーにとっては殺人もアルコールや薬物と同じ嗜癖だ。次第に強い刺激を求めるようになるし、決して自分の本当の貌を見せないよう、常に取り繕っているストレスも大変なものだ。そしてある日、限界を迎える。それまで抑えつけていたマグマが、一気に爆発するんだ」

たしかに香月による大殺戮は「爆発」の名に相応しかった。最初、私をあれほど惹きつけた端正な顔立ちも、ミステリアスな雰囲気も、もはや、おぞましい仮面としか思えなくなっている。香月の美しい外見の下では、邪悪で獰猛なエネルギーが猛り立っていたのだ。

「犯行の場所についても簡単に説明がつく。被害者の自宅を選んだ理由。それは合鍵が入手できたから、ではないかな?」

津島さんの言葉に、室長以外の面々は「ハァ?」と声を上げた。

「そんなことで?」

「そんなことで、と諸君は言いますが、実際、そういう利便性というものは無視出来ないですよ。事件を山ほど捜査すれば判る。犯人の毒牙にかかるかどうかは、そんな簡単なことで決まったりするんです」

室長が重々しく言った。

「そんなものですか?」

石川さんの、なんだか情けない声に、室長はなおも言った。

「そういうものです。強盗犯が家に押し入るかどうか、窓にぶら下がっていたてるてる坊主を見て決めたという事件もありました。その結果、現金数万円のために一家全員が殺されたんです」

それを聞いた一同は黙ってしまった。これに反論できる理屈がない。

「……たしかに、自宅のクローゼットも公共のトイレの個室も、閉ざされた場所、という点では共通するなあ。場所は違っても、同じ偽装の手口を使うことが出来る」

等々力さんが言った。

「合鍵が手に入った場合は自宅、入手出来ない場合はその他の場所で、ということだったのか。スポーツクラブが共通項と思ってしまったから、複雑に見えたんだ」

それでもまだ判らないことがあります、と石川さんが言った。

「殺された実業家の前島さんも、政治学者の上野原さんも、たしかに政権批判はしていましたが、もっと激しい言葉で罵倒していた、もしくはしている人は大勢いますよ。どうして彼らが殺されたんですかね？　それに、起業コンサルタントの浜田氏に至っては上野原さんたちと同じ番組に出てはいたが、政権批判はしていない」

「浜田氏については政権批判ではなく、キャリウェルを脅していたことが原因でしょう」

と津島さん。

「そして同じ手口で殺害されたと思しき今川前内閣官房参与は、前首相に関する、それも絶対に表に出せない秘密……脱税だが……を知っていて揉み消すために動いた人物だ。つまりキャリウェル・キャッスルで殺害された菅沼県議と同じく、『前政権の秘密を握る人物』のカテゴリーに入れるべき人です」

「やっぱり判らないなあ」

等々力さんがぼやいた。

「香月が独断で気に食わないやつを殺して回っていたのか、それとも香月のバックに誰か指示していた人間が居るのか、まあ居るとすればそれは立山ってことになるのかなあ」

「でも、立山には政権批判しただけの人物を殺す動機がないですよ」

と石川さん。

「やめよう。考えても仕方がない。頭のおかしいやつの考えることなんか、所詮我々凡人には判らないよ」

「ところで、香月の動機を解明するのなら、これは重要なポイントだと思うのだけど」

室長が重い口調で口を開いた。

「香月は、ある有力な政治家の息子……それも嫡出ではない、いわゆる婚外子ではないかという可能性があるのです。母親の戸籍に入ったままで、認知などもされておりませんが」

室長は香月の履歴を貼った。

「東京都世田谷区成城で生まれ育ち、慶明学園の小学部からの慶明ボーイ。慶明高校在学中に交換留学生として一年間、カナダのモントリオールで過ごしたので英語とフランス語に堪能になり、慶明大学法学部を卒業後はハーバードの大学院に留学した、ということになっています。書類上は。けれども修士課程を修了することなく中退。その後、大手商社・五井物産のニューヨーク現地法人に入社していますが、そこもたった数ヵ月で辞めています。問題はその後です。さっきも言ったとおり」

香月は三年に亘り『傭兵』をやっていた、と室長は言った。

「アメリカの民間軍事会社『ブラック・マーシュ』と契約して、世界各地に派遣されていますが、詳細は不明です。その後、帰国して貿易会社『ムーンワークス』を立ち上げて、大手商社や専門商社が扱わない、ニッチな分野の輸出入で成功したようですね」

「なるほど」

津島さんが顎を撫でながら履歴に見入った。

「たしかに、波瀾万丈な経歴ですな。華やかな人生を羨む人もいるだろう」

昨日までなら、ということだ。

「絵に描いたような七光りドラ息子の経歴ですな。父親が誰か判らないだけで。しかし、傭兵の経験は、自分の会社を作るための資金稼ぎだった、という可能性もありますな」

「……その要素が無いとは言いませんが、さっき上白河さんが言ったように、やはり、当人の特殊な性癖に由来するものではないでしょうか？」

石川さんがパソコンのディスプレイを眺めながら言った。

「香月には、特に資金に困っていた形跡がないのです」

なおも視線をディスプレイに走らせながら石川さんは言った。

「香月の貿易会社ですが、主な株主は五井物産です。しかし五井と並ぶ大株主に『麴町インターナショナル』なる会社の名前があるのですが、これが正体不明。資本金五千万を出資しているのですが、どこかのペーパーカンパニーなのでしょう。登記を調べても本社所在地は雑居ビルの空室で、電話しても『お客様の都合で現在使われておりません』の音声が流れるだけです。そこから先が調べられません」

おお、と一同の口から溜息(ためいき)が漏れた。

「その一方で、香月友治の母親の香月美沙子(みさこ)だが、結婚・離婚歴はありません。あくまでも書類上はシングルマザーとして香月を育てたことになっております」

津島さんが、捜査会議で報告する刑事みたいな口調で喋(しゃべ)った。

「その母親、香月美沙子の情報が、まったくないのです。故意に削除されているとしか思えないほど、綺麗(きれい)さっぱりありません。戸籍と住民票だけはあるが、学歴・職歴に関する記録がまったく存在しないのです。義務教育に関しても記録がなくて、書類上、この女性は一切の教育を受けていないことになっています」

「そこまで徹底しているということは、それはもう、疑いなく故意に消されたのでしょうな」

等々力さんが言ったが、それ以外に考えられないだろう。

「ってことは、香月友治の父親は誰なんです？　そこまで調べたのなら、父親が誰か判りそうなモノでしょう？」

「ですから、ある有力政治家の婚外子ではないかという噂がある程度で、それ以上は……さっぱり判らないねえ」

私はその時、香月が逃げる時に口にした言葉を思い出した。

「あの、香月は昨日、逃げる時にこう呟いたんです。『こいつは……この女は、おれのオヤジを誑かしているんだ』って。この女って言うのは、菊池さんのことですけど」

室長と津島さん、等々力さんと石川さんが、お互いに顔を見合わせた。

「それって君……」

ようやく等々力さんが言った。

「『おれのオヤジ』って、それ、もしかして」

「早まってはいかん、等々力君。『オヤジ』という言葉は家族以外にも使われる。暴力団の組員にしてみればオヤジと呼ぶのは組長だ。他の組織でも同様だ。オヤジすなわち父親とは限らない」

「でもですよ、その人物は、香月とは非常に親密な関係にある、と言えるのではないでしょうか？　その」

等々力さんは、次の言葉を口にするのを躊躇した。

「菊池麻美子に『誑かされている』と、香月が思い込んでいる人物ですが」

たしかに、菊池さんのことを異常なまでに気に掛け、配慮している人がいる。

「……鎌倉の老人……鬼島六平氏」

私を含めた全員が沈黙した。

「……それはね、ご当人に訊くしか方法はないだろうね」

いつもより小さな声で津島さんが言った。

「しかしですね、当人が本当の事を言うでしょうかね？　ましてや、公的な記録まで操作して、徹底的に痕跡(こんせき)を消してきた、とすればですよ。よくぞ訊いてくれた！　と感激して本当のことを打ち明けるとは、とても思えませんね。ワタシなら秘密は墓まで持っていく」

常に本音を口にする等々力さんがそう言ったが……それでは先に進まない。

「最終手段としてＤＮＡ鑑定をやれば判る事だが……」

津島さんの言葉に、私はハッとした。

そう言えば、鬼島老人と香月は似ている。群馬山中の自販機レストランで初めて老人に遭遇(そうぐう)した時、なんだか前にも会ったような気がしたのだ。目だ。若さの絶頂にある香月と、皺深(しわぶか)い老人では一見似ても似つかなかったが、二人は同じ目をしていた。だが、それを言うとみんなに笑われそうなので、黙っていることにした。その代わり、もう一つ気になることを私は伝えた。

「あの、昨日、迎賓館では、キャリウェルのトップである立山さんも襲われて瀕死の重傷を負っていますが、私、倒れていた立山さんのうわ言を聞いたんです。『上には上がいる』って」

「それが？」

　等々力さんは面倒くさそうに言った。

「そりゃ、なんだって上には上がいるだろ。室長の上には副長官、副長官の上には官房長官、その上には内閣総理大臣、その上には……」

「あ〜もう面倒くさい！　等々力さんって、ホント、いちいち面倒くさい人ですね！」

　私はキレた。

「そんな一般論じゃなくて、今知る必要があるのは、立山さんの『上』に居るのは誰かってことじゃないですか！」

「誰だと思うんだ、君は？」

「鬼島さんだと思います。私がお城に行く前、鬼島さんに呼ばれて鎌倉に行った時、鬼島さんは立山さんのことをハッキリ批判してました。覚えてますよね、津島さん」

「ああ。ちょっとびっくりしたな」

「菊池さんの事件を揉み消したのが鬼島さんで、それは立山さんを守るためですか？　と私が訊いたら、鬼島さんは『それはないな。私には私の矜持ってものがある』って……。だから、少なくとも『下』には居ないんじゃないですか？　鬼島さん、とってもエラい人なんでしょう？　凄い大物なんでしょう？」

「乱暴な推論だが、一理あるな」

「それ、立山さんにまず当たってみた方が」

石川さんが提案したが、室長が首を横に振った。

「さっきも言ったが、立山氏は慶明大学のメディカルセンターに緊急入院して生命の危機は脱したものの、頭に傷を負った関係か、記憶が一部飛んでいるらしい。自分を襲った犯人については誰だか全く判らないそうだ。それもあって今も面会謝絶が続いている。すぐに事情を訊くことは無理ですよ」

「そうでしたね……」

出鼻を挫かれた感じで一同が黙ってしまった時、石川さんが「あの、ちょっといいですか？」と手をあげた。

「さっき話に出た、香月の貿易会社『ムーンワークス』の大株主『麴町インターナショナル』ですけど、企業情報を精査してみると、政治結社の幹部が役員になっていたり、古美術商との取引があったり、明らかに普通の会社ではないんですよ」

「それがなにか？」

等々力さんが苛立たしそうに言った。

「ペーパーカンパニーなのに、そんな痕跡があるわけ？」

「逆から調べたんです。鬼島六平氏の側から『麴町インターナショナル』との接点の有無を。鬼島氏の経歴を調べると、過去には民族系の政治結社、つまり右翼組織に属していて大物政治家の知遇を得ています。鬼島氏が政財界の黒幕的存在になって巨万の富を得たあとは、保守系政治家や保守系政治団体に巨額の資金援助を続けていました。その一方で古美術の趣味があり、それもかなりの目利きで、引退同然になってからは鑑定士みたいなこともしています。鬼島先生のお墨付きがあると値段が二桁跳ね上がるとも言われていて。もしやと思って、過去、鬼島氏が関わった古美術の取引を調べてみると、『麴町インターナショナル』の名前が何度も出て来るんです」

「なるほど……それは御手柄だね」

あまり他人を褒めない等々力さんでさえ、これには感心せざるを得なかった。

「それで、ですね、鬼島六平氏は旧東京市麴町区の出身です。だから『麴町インターナショナル』なのかと」

「……行ってみるか」

津島さんはそう言って、私を見た。同行しろ、と言うことだ。

＊

北鎌倉駅から、この前と同じく円覚寺と反対側の道を小袋谷川に沿って歩くと、マンションの谷間にひっそりと、しかし確固とした存在感とともに建つ門が、また見えてきた。鬼島六平老人の邸宅だ。

この前は緊張していて目に入らなかったが、お屋敷の廊下は庭に面していて、苔むした地面には小さな池、そして見事な松に、選び抜かれた植栽が並んでいる。

緑を通して射し込む、初夏のような午後の陽光が美しい。

池で鯉の跳ねる音。鳥のさえずり。

富と権力を、そしてその洗練を、私は改めて目の当たりにした。

通された座敷からも、その見事な庭が一望できた。ここは客間なのだろう。

座布団に畏まって座っていると、この前と同じ、女中頭のような老女がお茶を運んで来てくれた。和服姿で凜とした気品があるので、こちらが恐縮して緊張してしまう。

「突然の訪問をお許しいただき、誠に有り難うございます」

津島さんは畳に手をついて頭を下げた。私もそれに倣って手をついて頭を下げた。

「そんなに恐縮されなくても宜しゅうございます。御前様も、あなた方にはお目にかかりたい御様子でしたから、二つ返事で快諾されました」

「午後のこのような時間にお邪魔して申し訳ありません。用件が済みましたらすぐに退散致しますので」

「あらあら、宜しければお夕飯を召し上がっていってくだされば」

こんなお屋敷ならば、さぞや美味しいご馳走が出てくるだろう、と思ったが、津島さんは「とんでもございません」とさっさと辞退してしまった。

左様でございますか、と女中頭のような老女は私たちがどうすべきかを教えてくれた。

「御前様からお声がかりがあれば、この廊下をずっと奥に進まれて、突き当たりの手前、右手の襖を過ぎたところの障子戸をお開けください。襖絵が特徴的でございますから、すぐにお判りになります」

あ、前に通された部屋ではないのですねと訊こうとしたが、言い出せない雰囲気がある。

「わたくしはご案内致しませんので。あの部屋も、あの部屋においでの御前様も、わたくしは苦手なものですから」

この女性は、妙に険のある口調で言った。

津島さんと並んで極上の玉露を啜っていたら、掛け軸のところにあるインターフォンにスイッチが入り、雑音が聞こえてきた。

「ああ、待たせたね。こちらにいらっしゃい」

聞き覚えのある老人の声がした。

私たちは言われたとおりに廊下を進んだ。たしかに特徴的な、というより、とても気味の悪い襖絵が右手に現れた。薄(すすき)の野原に佇(たたず)む骸骨(がいこつ)の絵。この屋敷の、ほかの襖絵はすべて花鳥や樹木を描いた美しいものばかりなのに、ここだけが不気味な雰囲気に設(しつら)えてあるのはどうしたことなのだろう？

こういうお屋敷では、障子戸を開けるのにも、座って手を伸ばすべしという作法があるのでは……と思っていたが、津島さんは立ったまますっと障子を開けてしまった。

「失礼します」

ほの暗い和室で、敷かれた布団(ふとん)に浴衣(ゆかた)姿の鬼島老人が俯(うつぶ)せになって、女性のマッサージを受けていた。そのマッサージをしているのは……。

「菊池さん！」

私は驚いて声を上げてしまった。

「いつから？　どうしてここに？」

菊池さんも地味な和装だった。さっきの女中頭と色味を合わせたような和服……ということは、この家の女中さんになったって事なのか？

「今日だよ。わしが呼び寄せた。というか、迎えに行かせた。ああいうところに置いておくのは気の毒だと思ってね」

だったら最初からそうしてあげればよかったのにと思ったが、口には出さなかった。

廊下に面した障子以外に窓はなく、障子を通過する柔らかな光だけが部屋の明かりだ。立派な座敷だが、雰囲気がどことなく陰鬱な感じがする。

「ちょっと腰をやってしまってな。このままの格好で失礼するよ」

鬼島老人は私たちにそう言って、菊池さんには「腰を踏んでくれ」と命じた。

「わしは、腰が凝ると、すぐに腰痛になる。凝ってしまうと多少のマッサージでは効かん。だから、踏んでもらうのが一番手っ取り早いんだ」

老人は、さあ、と促した。

失礼します、と言って菊池さんは足袋を脱ぎ、素足になってから、遠慮がちに老人の背中に乗って、ぎこちなく腰のまわりを踏んだ。

「もっと強く踏んでくれんか」

だが菊池さんは、思い切って力を入れることが出来ないようだ。

私はちょっとビックリしていたのだが、横にいる津島さんは「いや、これはマッサージではよくあることだよ」と小声で教えてくれた。

「温泉宿で頼むと、マッサージさんがこうして踏んでくれたりする」

しかし、鬼島老人の様子はちょっと違うようだ。菊池さんに向かって「もっと強く！」

と言い続けているのだ。それ以上強く踏むには老人の背中でジャンプするくらいのことをしなければならない。下手なことをしたら背骨が折れてしまいそうだ。

それは菊池さんも判っていて、どうしていいか判らない様子だ。

「構わん！　もっと強くやってくれ！」

「判りました……痛い時はおっしゃってください」

菊池さんはそう言うと、少しジャンプして老人の背中を踏ん付けた。

「ああ、いいね……」

鬼島老人の顔は恍惚(こうこつ)としている。マッサージで気持ちがいいのとは明らかに違う、エクスタシーの表情だ。

「もっと、強く……」

鬼島老人は、なおもそんな事を言っている。

老人にも、そういう趣味があるのか……。しかしこれでは、どっちがSでどっちがMなのか判らない。

「もっと本気で踏みつけるのだ。わしの言う通りにすれば、あんたの知りたがっていることを教えてやろう……あんたの心からの望みを叶える方法も、わしは知っているぞ」

それを聞いた菊池さんの足が止まった。

「わたくしの望みが何か、御存知だと？」

「ああ、そうとも。わしに判らぬことはない」

少なくとも、この日本の国内のことならば、ほとんどのことが自分には判る。何でも調べさせることが出来ると、老人は豪語した。

さては老人性のボケが始まったのかと私は思ったが、いや、この老人ならそれはウソでもホラでもなく、本当のことなのだろうと思い直した。

勘が鋭く、あらゆることに於いて素早く本質を見抜く。多くの要人の弱点を把握しているから的確に人を動かせる。そうやってこの老人は力を溜め込んできて、手にしたパワーはパワーを生んで倍々ゲームでどんどん膨れあがり、現在に至ったのだろう。お金を貸せば利息を生むように、パワーを使えばそれがまたパワーを生む。

この老人には、それが出来るのだ。

「本気にしないかもしれんが、わしはあんたのことを本当に大事に思っている。寿命の終わりが見えたこの歳になってあんたに出会ったのも、きっと運命というものなんだろう」

老人は満足そうな顔でそう言い、「次は、背中から下りて脇腹を蹴りなさい」と命じた。

「そんな……」

「いいから言われたとおりにやりなさい」

鬼島老人に命じられた菊池さんは、爪先でおそるおそる、ちょんちょんと突っつくように蹴ったが、老人は許さなかった。

「そんな生ぬるいことでは駄目だ。もっと本気で、思いっきり蹴りなさい！」

「出来ません！　もう、これ以上は無理です！」

菊池さんは悲鳴のように叫び、そのまま部屋から走り出てしまった。

鬼島老人はゆっくりと起き上がると、浴衣の上からガウンを羽織った。

「まあ、あの子には無理だな。心根が優しいだけに」

そう言うと、よろよろと立ち上がろうとした。思わず手を貸そうとしたが、「いいから」と手を振って断られた。

「こっちに来て、座りなさい」

老人が襖を開け、私たちは次の間に通された。

畳の上に高価そうな絨毯が敷かれ、紫檀のテーブルと椅子が置かれている部屋だ。

鉄と、乳白色のガラスのシャンデリアが天井から下がり、和洋折衷の重厚な雰囲気だ。

クリスタルのデカンターから揃いのグラスに琥珀色の液体を注ぎ、老人は私たちに勧めた。

「ド・モンタルの四十六年」

津島さんはすぐに手を伸ばして、一口味わった。

「さすがに結構なアルマニャックですな」

鬼島老人は頷いた。

「日本人はコニャックは嗜むがアルマニャックが判る御仁はなかなかおらん。君はいける口だね？」

「ええまあ」

津島さんは頷いたが、私にはこういう強くて重いお酒の味は判らない。

「それで、私に一体何の用だね？　尋ねたいことがあるとのことだが」

津島さんは私を見た。私に話せと言うことだ。

「あの……鬼島さんは、香月友治という男をご存じでしょうか？　もしかして、鬼島さんに所縁のある人物ではありませんか？」

老人はグラスからゆっくりと目線を私に移した。

「どうして、わしに所縁があると？」

私は、自分の、というよりみんなで推理した内容について話した。

「香月が逃げる時に口にした言葉が、『こいつは……この女は、おれのオヤジを誑かしているんだ』でした。この女とは、香月が殺そうとした菊池さんのことです。オヤジという言葉の意味は広い、と津島さんたちから指摘されたんですけど、私には鬼島さん、あなたのことを言ってるとしか思えなくて」

鬼島老人は腕を組んで目を瞑った。私は話し続けるしかない。

「香月には、特殊な趣味があります。海外の学校を中退して、就職して、すぐに辞めた後にアメリカからヨーロッパ、中東、アフリカを回り、その時に知り合った人物に誘われて滅茶苦茶スリリングで、面白い体験をたくさんすることになって、その面白さにのめり込んでしまったと言っていました。具体的には……」

「くだくだしく説明するより、これを見ていただいた方が宜しいかと」

津島さんは、一葉の写真を老人の前に置いた。

傭兵時代の香月が、女性の生首を掲げているものだ。

「これは……」

唸り声を上げた老人は、鋭い視線で射るように私を見た。

「その、面白い体験というのは、つまり」

「ご想像のとおりです」

私が言いづらそうにしているのを見た津島さんが助け船を出してくれた。

「快楽殺人……つまり、人間狩りという禁断の趣味を覚えて、のめり込んでしまったのではないかと」

鬼島老人は、ただ唸った。

「……その件について、私はなにも言えん」

改まった口調になった鬼島老人は、アルマニャックを、飲むと言うより舐めた。

「ただ、君らには、私から話しておきたいことがある」

老人は、ゆっくりと私たちを見た。

「私はね、不治の病を患っていて、余命あと僅(わず)かだ。だから、これ以上、命に執着(しゅうちゃく)したくはない。する必要もない。だが死が近いのなら、せめて、私がこれまでに行ってきたことの償(つぐな)いを、いささかなりともしたいと思っている」

いきなりそんなカミングアウトをされても、どう反応していいか判らない。

私と津島さんは固まってしまった。

「いささか長くなるが、いいかね？」

「もちろんでございます」

津島さんは頭を下げた。

「あれは今から二十年近く前、バブルが崩壊してすでに十年、日本経済がひどい低迷に喘(あえ)いでいた、危機的な時だった」

老人は過去の話をし始めた。

「二十世紀の最後の十年間、ウソばかりついて不良債権処理の邪魔をしてきた銀行を、ここで徹底的に締め上げる必要があると強く主張していた男、それが立山大祐だった。そして私は立山の言うことを信じてしまった。当時、あの男は銀行出身の学者で、大学で教えており、政府の諮問(しもん)委員なども務めていて、財務省や経産省、そして内外の学者や政治家にも知り合いや信奉者(しんぽうしゃ)が多かった。持論も明快で、国際会計基準に則(のっと)った企業経営をしていかねば日本は諸外国の信用を得られず、経済の再生は出来ないというのだ。物の移動だけではない、資本の流動によって世界が強く絡み合うようになっていて、高度経済成長時代のように、日本独特のローカル・ルールでどうにか出来る時代ではなくなっていたのでね。国際基準できっちりやっていくチャンスだと私も思ったのだ。大きな変革は、こういう時じゃないと断行できない。判るかね？」

　老人が語っているのは経済に関する話なので、私にはよく判らない。だが、以前に等々力さんが言っていたことを思い出した。もしかして、日本が今のような生きづらい社会になってしまった元凶は、この人なんじゃないか。この人と立山が犯人。私にはそう思えた。

「そして、当時の首相による抜擢で、民間から金融担当大臣に登用されたのが立山だ。その主導で、不良債権処理が強行された。銀行に対して非常に厳しい『金融再生プログラム』が作成されて実行に移されようとしていた。二〇〇二年の秋のことだ。だが銀行側の激しい抵抗に遭って、この時はプログラムの実行を断念するしかなかったのだが……立山は銀行を一時国有化して、有無を言わせずプログラムを強行するという荒療治に踏み切ることにした。しかし、民間企業である銀行を国有化するというのは前代未聞のとんでもないことで、なにかしらの口実が必要だった。そこで立山が思いついたのは、会計監査を使うことだった。翌年の二〇〇三年の決算期に、監査基準を突然厳しくすることで銀行を追い詰めて、無理やり言うことを聞かせようとしたのだ」

津島さんも頷いて、そうでしたね、と呟いた。

「うん。津島君はその頃、警視庁の捜査二課にいたんだろう？　捜査二課は経済のシステムに通じてないと仕事が出来んから、君ならよく判るだろうね？」

老人に言われた津島さんは、「え、ええ」とちょっと驚いた。

「私の職歴もご存じなんですか」

「だから言っただろう。私はなんでも調べられるのだ」

老人は薄く笑った。

「話はまだ続く。立山はある銀行の監査法人に、金融庁と日本公認会計士協会を通じて圧力をかけ、国際会計基準を厳格に適用させようとした。その銀行の監査を担当していた監査法人のある会計士……はっきり名前を言えなくて申し訳ないが……まあこれも調べれば判るだろう。とにかくその会計士は激しく抵抗した。金融庁の言いなりに、『繰り延べ税金資産』の算入を厳格化すれば、問題の銀行は自己資本比率が国際会計基準を満たすことができなくなり、政府の資金注入を受けて実質、国有化されてしまうことになる。そうなれば事業は整理されて多くの人が解雇され、人生を変えられ、路頭に迷うことになるだろう。それは、その銀行の監査を長く続けてきた会計士にとっては、耐えがたいことだった。我と我が手で銀行を処刑してしまうのと同じだからね」

　老人は溜息をついて、私を見た。

「ここまでのところ、付いて来られたかね？」

「なんとか。何もかもがその会計士さんのせいになってしまうことになるんですよね？」

「そうだ。それでいて、首謀者の立山は自分の手は一切汚さない。完全犯罪だな」

「日本を壊す、完全犯罪ですか？」

「そういうことだ。しかし、当時は、私を含めて、立山の真意を誰も判っていなかった」

　いいかね？　と断って、老人は卓上のケースから葉巻を取った。ナイフで端をカットして火を点け、ゆっくりと燻らせた。甘い香りが部屋に漂う。

　ハバナ製ですか？　と訊く津島さんに老人は答えた。

「品質も値段も世界最高水準の贅沢品が、社会主義国で作られておる。皮肉な話だ」

　そう言いつつ老人は、葉巻をふかしたが、やがて顔を曇らせた。

「葉巻の味がしなくなった。私の身体のせいか、それとも心に原因があるのか……たぶん、両方だろうな」

　鬼島老人は笑った。しかし目は笑っていない。

「……話を戻すと、監査法人が厳しい監査をすれば、永年の顧客である銀行が潰れる。かと言って、甘い監査をすれば自らが株主訴訟を起こされ、巨額の賠償請求をされるリスクを負う。全員が助かる解決策はなかった。会計士は、誰かが苦しまなければならないという苛酷な立場に置かれてしまったのだ。それでも彼は諦めず、この銀行がなんとか厳しい監査を逃れ国有化を回避出来る方法はないかと必死に道を探した。蛇の道は蛇、というが、彼はその糸口が大阪にあると知って大阪に向かい、『ある事実』を摑んだ。それをマスコミにリークすれば、金融庁を巻き込む大スキャンダルとなり、金融再生プログラムの実行どころではなくなり、もしかすると内閣さえ瓦解するほどのそれは大きな『事実』だった。実際、わしはこの件で、立山に相談を持ちかけられたのだ。なんとかしたい、と」

「なんとか、とは?」

津島さんが思わず、という感じで身を乗り出した。その顔は怖いほど緊張している。

「その会計士が、大阪で手に入れた『事実』を楯に取り、その非公表と引き換えに銀行を守ろうとしていると、立山は言った。立山は私に許可を求めてきたのだ。『日本の未来のために、障害となる人物を排除してもよろしいでしょうか?』と。何かの罪で逮捕して社会的に抹殺するのか、それとも他の手段を使うのか……許可を求められ私は逡巡した。そういう選択は、それまでにも何度かあった。私が頷き、周りの者が然るべく対処する。はっきり言葉にされることは決してない。それでも誰かの人生が変わり、時には終わり、周りにいる者たちの人生の道筋も、ある日突然変えられる。なぜそうなったか、また何が起きたかを彼らが知ることも決してない。あの時、立山は私に言った。『これを逃せば、もうチャンスはありません。破壊なくして創造なし。日本経済再生の引き金を、監査法人に引かせるのです』。私は立山に押し切られた」

老人はここまで一気に喋って、言葉を切り、ピッチャーから注いだ水を飲んだ。

「言い訳をするようだが、私が、その会計士を排除するよう直接命じたわけではない。必要があればそういう手の者はいる。だが、あの時は、許可を与えただけだ。同意しただけなのだ。それが、ここまでの後悔をもたらすことになろうとは……」

しばらくの沈黙。

老人は苦しそうな声で、続きの物語を口にした。

「立山は私の前で携帯電話を取り出すと何者かに連絡をとった。『承認が下った。予定どおりやってくれ。ターゲットを処理して、証拠を奪え』とな。その翌日、会計士は自宅マンションの玄関前の廊下から、十階下に転落して死んでいるのが見つかった。状況から、自殺とされた。自殺にしては不可解な事も多くあったのだが、異例の早さで自殺とされて、この件は幕が引かれた」

その時、障子の向こうに人影があったのだが、私は気がつかないフリをした。ここで話の腰を折りたくなかった。障子の向こうで聞き耳を立てているのが誰なのか、察しが付いたからだ。

「その……会計士が大阪から持ち帰った『事実』とは、なんだったのでしょうか？」

津島さんが硬い声で訊いた。

「さあ。私は知らない。知っていても、その事実のウラが取れない以上、口外すべきではないと考えている」

「普通に考えれば、銀行と関西系の暴力団の繋がりか、それに類するものではないかと推察されますが」

「私は知らん。が、後悔してもしきれない結果を招いてしまったのは同じ事だ」

老人は、半分以上燃えてしまった葉巻の灰を落とした。

「とにかくあの時、私は立山の言うことを信じた。立山が日本の経済界、とりわけ銀行に巣食う膿をすべて出し、国際的な競争力のある、足腰の強い、筋肉質の国家に再生させてくれると、私は信じたからだ」

障子の向こうの人影は、消えていた。

「最初は立山もそのつもりだったのだろう。だが改革が進む過程であの男は変わった。いや、最初から変わってなどいなかったのかもしれない。不良債権処理、金融再生プログラムの美名のもとに多くの銀行と企業を潰し、多くの雇用者を路頭に迷わせ、生活の手段を奪った。思い返せば法的な責任を問われ、十年以上もの裁判の末にようやく無罪を勝ち取った銀行の経営者や役員もいた。国際競争力の名のもとに日本の雇用を破壊し、気がつけば非正規雇用が四割を占める、荒涼たる社会ができていた。そしてあの男、立山は自分が作り上げた社会から美味い汁を吸うポジションに、まんまと収まり返っていた」

「どういうことですか?」

思わず私は聞き返した。

「見てみなさい。政界を引退した立山が人材派遣業大手・キャリウェルのオーナーにちゃっかりと収まり、対外的には慶明大学名誉教授の肩書きを使って利益相反を隠し、しかも未だに政府諮問委員を務めており、日本社会の破壊を続けている現状を」

「……許せないと思います。もしも、今おっしゃったことが全部事実であるならば」

「全部、事実だよ」

鬼島老人は、言い切った。

「もしかして……もしかして、ですが、その、『自殺』とされた会計士さんって、菊池さんの……」

答えてはくれないかもしれないと思いつつ、訊いてみた。だが。

「ああ、そうだよ。わしは、彼女に罪滅ぼしをしたいんだ。あの場所で偶然出会って、身の上話を少し聞いただけで、判った。あの人のお嬢さんが、ハッキリ言って、ここまで身を落としていることに慚愧の念を禁じ得なかった。かと言って、あからさまに彼女を身請けすることも躊躇われた。どうすればいいのか。何をすれば償えるのか。わしはわしなりに混乱したのだよ」

「菊池さんは、あなたと立山によって、不幸に落とされたんですね？」

　私は、正面から訊いた。

「そうだ。わしと立山のせいだ。菊池清一郎……それが彼女の亡くなった父親の名前だ。その菊池清一郎氏が亡くなったのが二〇〇三年。その年に厳しい会計監査が銀行国有化の引き金を引いて銀行株が暴落、連鎖的に株安が広がり、日経平均八千円まで株価が下がったところで、失われた三十年のうちの、最初の十年がほぼ終わった。さらなる不毛の二十年の始まりでもあった」

「つまり、菊池麻美子は平成以降の、日本政府の誤った経済政策により家族も人生も、幸福も……そのすべてを奪われて生きてきた、というわけですか」

　溜息をつきつつ津島さんが言った。

「その不幸をつくったのは国家です。権力を恣にするあなた方に、完膚なきまでに人生を破壊されたというわけです。しかもそれは彼女だけではない。もっとたくさんの、大勢の犠牲者がいることでしょう」

　老人は、頷いた。

「それは……よく判っているつもりだ。あの子から父親を奪い、人生を奪ってしまった罪は、判っている。もちろん、彼女以外の大勢の人に対しても」

「判っていると口先だけで言われても、そこで止まっていたら、何の意味もないんだよ！

私は心の中で叫んだ。でも、それを口に出さない程度にはオトナになった。

「わしは、明日から入院する。別に進退窮まったから逃げるわけではない。そろそろ、限界なんだ」

「さっき『寿命』とおっしゃったのは」

津島さんがおずおずと言うと、鬼島老人は頷いた。

「このトシだ……全身にガタが来ておる。以前からの持病もある。若い頃に無茶もしたからな。手術して痛い思いをするより、いっそこのまま悪くなって死ぬ方がいい」

老人はそう言って、笑った。

「自宅で死んでもいいんだが……まあ、新しく出来た病院で死ぬのも一興だろう。ああ、それと、警護は要らない。たぶんそのままあの世に旅立つことだろう。明るみに出せないことは全部、あの世に持っていく。私の血を受け継ぎ、この世で私に最も似ている人間についても、抹殺する手筈は既に考えている。私の命は、遠からず、その権利のある者によって奪われることだろう。及ばずながら、そして余りにも遅すぎたが、いささかなりとも正義が行われるよう、私は手を打った。それがわしの贖罪だ。だから、警護は要らない。いや、警護をされては困るんだ」

そう言うと、老人は黙ってしまった。

なにか、その先があるのかと思って、黙って待っていると……やがてすーすーという寝息が聞こえてきた。老人は、座ったまま寝てしまった。

私たちはゆっくりと部屋を出て、再び廊下を戻り、「すみません」と声をかけた。

顔を出した女中頭の老女に「鬼島先生は寝てしまわれたので」と伝えて、辞去することにした。


駅に向かう道すがら、私は納得がいかないまま、津島さんに言った。

「結局、私たちは何しに行ったんでしょうね？　肝心な話はちっとも聞けずに、なんか、違うことっていうか、明日入院する爺さんの言い訳を延々聞いただけのような……菊池さんの身の上については聞けて良かったと思うんですけど、肝心の香月のことは何も話してもらえないままで」

まあねえ、と津島さんは苦笑した。

「鬼島さんは、わざと話をはぐらかしたと思うね。香月のことは否定しなかった、という事実がそのまま答えになってる気がするが……というより、私たちに話しておきたかったんだろう。言わば、懺悔だな」

「でも……」

「それに」

津島さんは続けた。

「あの爺さんは、意味深な事を言ったぞ。『私の血を受け継ぎ、この世で私に最も似ている人間についても、抹殺する手筈は既に考えている。私の命は、遠からず、その権利のある者によって奪われることだろう』って……君は知らんだろうが、昔話題になったノストラダムスの大予言というのがあってだな、どうとでも意味が取れるみたいなもっともらしい文章をいちいち解釈しては、予言が当たった！　と大騒ぎしたもんだ」

津島さんはそう言って笑ったが、すぐに笑みは消えた。

「もしかすると、鬼島の爺さんは、香月に自分を殺させるつもりかもしれんぞ。病気で死にたくない。苦しんで死にたくないから、その前に殺して貰おうっていう……」

津島さんはスマホを取り出すと室長に電話して、明日入院予定だという鬼島老人の、病室警備について打ち合わせを始めた。

「警視庁が出来ないというなら、内閣官房機密費を使って民間警備会社に依頼しましょう。香月が姿を現したら、これ以上誰かを殺傷する前に拘束する必要があります」

室長からは「なんとかしましょう」という返事が返ってきた。

スマホをポケットに仕舞った津島さんは、私を見てニッコリした。

「どうかね？　明日からはまたハードになるぞ。帰りに横浜に寄って、美味しい中華でも食べていくか？　それとも崎陽軒の弁当を買ってグリーン車で帰るか？」

「ハードになるって事は、私たちも鬼島老人の病室に貼り付くわけですよね？」

「ああ。ああいう話を聞いてしまった以上、放ってはおけないだろう。警察にしろ民間警備にしろ、任せっぱなしには出来ない」

「じゃあ、中華街でご馳走になります！」

私たちは、大船で横須賀線を京浜東北線に乗り換え、横浜中華街に向かった。

＊

八王子の、高尾山近くにある慶明大学八王子メディカルセンターは、最新設備を備えた新病棟が去年、落成したばかりだ。

私学の雄として戦前から実績のある医学部附属病院は、鬼島老人が政財界に働きかけて都心にある本院とは別に、八王子の広大な敷地に超近代的な最新鋭の設備を備えたメディカルセンターを新築し、同時に医学部を移転させた。巨額の費用はかかったが、これで私立の慶明大学医学部は医学界でも最重要な位置に留まることが出来たし、政財界の大物が逃げ込む避難場所にもなった。新病院の建設資金を出した人物には、入院の優先権が与えられているのだ。

新病棟最上階には、特別室が二つある。超高級マンション、或いはホテルのペントハウスよろしく二間続きのスイートでバルコニーがあり、リビングには仕事が出来るデスクが置かれ、当然、バス・トイレもある。普通の病室とは隔絶したデラックスな設備を誇り、そもそも最上階にはエレベーターに特殊なキーを挿し込まないと行けないようになっているのだ。ここに入院できるのは、VIPの中でもごく一部の、超大物に限られている。

「うわあ。見晴らしいいですね！　自然がいっぱいで！」

病室にお邪魔した私は、窓から見える景色に感嘆した。

「そうだろう？　高尾山や多摩丘陵の自然が借景になっておってな」

老人が寝ているベッドルームは病室というよりもホテルのシングルルームだ。白が基調の一般病室とはまったく異なって、濃い木目のパネルを多用した、落ち着いてシックな部屋だ。両開きの窓も、そのままバルコニーに出られるようになっている、いわゆるフレンチウィンドウだ。

「隣にも病室があるんですね。だけどバルコニーには仕切りがないんですね」

「うむ。火事とか緊急の場合に防火壁があると面倒だという理由らしい。で、何の因果か、隣の病室には立山が入っておる。あの男もVIPだからな」

そうなんだと思いつつ、バルコニーに出た私は隣の病室を見た。もちろん、カーテンが閉められていて中はまったくなにも見えないが。

バルコニーの先の、フェンスの向こうにも屋上は広がっている。

「その先も広いだろう？　独り占めだよ。バーベキューだって出来る」

ベッドから老人が声をかけた。

「ダメでしょう。病気で入院してるんだから」

老人は、ふと、私の荷物に目を留めた。バックパックにはパンパンに膨らむほど中身が詰まっている。

「どうしてそんな大荷物を持ってる？」

「おじいさん、あなたを守るためです」

老人がなにか言おうとするのを私は止めた。

「判ってます。警備なんぞ要らんと言ったのは。だけど、それじゃあ私たちが困るので。邪魔にならないようにしますんで」

ふん、と老人はつまらなそうな顔をした。

「どうせ、要らん帰れと言っても、わしの言うことは聞かんのだろ。それじゃあ仕方がないな」

そう言いつつ、バックパックからはみ出たモノを指差した。

「それはなんだ？」

「暗視ゴーグルです。仮に全館停電になって真っ暗になっても、これがあれば暗闇の中でもハッキリ見えます」

「大昔に、『X線メガネ』というのがコドモのオモチャで流行ったことがあったな。なんでも透けて見えるというヤツで、広告には『女性を見てはいけません』とあった」

「これは、そういう子供騙しのオモチャじゃないです」

そんなたわいもない会話をしていると、花瓶に花を生けて、菊池さんが入ってきた。

「菊池さん、あなたもここに？　鬼島先生がお元気そうで良かったです。入院の必要はなかったんじゃないんですか？」

「いえ、そうでもないんですよ」

菊池さんがそう言ってベッドを見ると、鬼島老人はイビキをかいて寝ていた。

「気が張っている時は元気なんですが、そうじゃない時は、すぐ寝ちゃうんですよ」

老人の家族のように話す彼女を見ていると……北鎌倉のお屋敷にいる女中頭のような女性のことが気になった。あの女性は、菊池さんが身の回りの世話をしていることをどう思っているのだろうか？

「あの方は、お屋敷の留守を守ったり、鬼島先生のお仕事の処理があるので、お残りです。と言うより、先生が私をご指名くださったので……」

その辺の感情はいろいろあるんだろうなあ、と私は思った。女中頭はおそらく菊池さんのことを良く思ってはいないだろう。

こちらへ、と菊池さんに誘われて、私たちは隣のリビングに移動した。

「私はここで寝泊まりをしますので、よかったら上白河さんもここで」

「ありがとうございます。でも、警備なので、外の廊下で寝ずの番をしますから」

そうですか、と菊池さんは頷いた。

「病院は完全看護なので私がいる必要はないんですけど、看護師さんに頼めないようなことでも私には遠慮なく言えるわけだから、いた方がいいと思って」

私たちがお屋敷を訪ねて、菊池さんの亡くなった父親の秘密を聞いている時、菊池さんも障子の向こうで話を聞いていたはずだ。気になった私は訊いてみた。

彼女は、鬼島老人に恨みはないのだろうか？

「あの後、改めて鬼島先生からお話があって……頭を下げて謝罪されました。だから……父の件はもう終わった、と思うことにしました」

あの時、自分はまだ小さかったので、これは、後から父の同僚に聞いたことですが、と菊池さんは前置きして言った。

「父が死んだ朝、父は金融庁の課長に面談の約束をしていたそうです。たぶん、大阪で入手した『証拠』を突きつけるつもりだったのでしょう。それで、金融庁の課長が監査法人に出向いてくると知って、父は証拠を置いてある自宅マンションに戻ったのだそうです。すぐ戻ってくるつもりだったのか、携帯電話は会社に置かれたままになっていたと。自宅には誰も居ませんでした。母は仕事に出ていて、兄は小学校、私は保育園。父がマンションの鍵を開けようとした、その痕跡が残っていたそうです。ここからは推測なんですが、鍵を開けようとしたところで、何者かが背後から襲いかかって父の身体を持ち上げて……」

想像でしかないんですけど、と菊池さんは言った。

「警察はすぐに自殺との結論を出したそうです。不自然なくらいに早く……ですが父は、その日も夕食に食べたいものを母にメールしていたんです。自殺を考えていたとはとても思えなくて……だから、長年の疑問が解けて、逆に、先生には感謝の気持ちがあるほどです。だって……先生が殺したわけではなくて、了解しただけで。それも心から謝ってくれたので……逆に恐縮するほどです」

「そうなんですか？　親のカタキを、そんなにあっさり許せるんですか？」

思わずそう訊いてしまった私に、菊池さんは泣き笑いの表情を見せた。

「先生は、私を『お城』から救い出してくれましたし、謝っても戴きました。あれほどの地位にある方が、私みたいなちっぽけな存在を気に掛けてくれて、謝ってくれるなんて、普通はないことだと思います。それに、先生は、親のカタキではないと思うんです……」

菊池さんは、「この病院のレストランは美味しいんですよ！」と話題を変えた。

「先生のお食事の後、一緒にお昼食べませんか？」

「たしかに、ホテル・ニューオーニタのレストランが入っているだけあって、美味しかったです。ここは見舞客も多いので、レストランが充実してるんでしょうね。まあ、この辺じゃあ近くにファミレスもないですし」

私は、病院の駐車場に駐まっているキャンピングカーの中で、津島さん、等々力さん、石川さんに報告した。官房副長官室のほぼ全員が、このキャンピングカーで待機するのだ。室長はご老体なので、何か起きたらすぐ知らせることにして、永田町に残っている。

「そうか。それならここにいる間、食事に困るということはないわけだ」

津島さんが言い、等々力さんはいつものように文句をつけた。

「ああいう金持ちのVIPは、一泊二十万円を超える凄い部屋に入れるんだな。我々とは違うね。死ぬ時は人間皆一緒って言うが、全然違うじゃんねえ！」

「そんな広い病室だと、夜、怖くなったりしませんかね？　僕は四人部屋とかの方がいいなあ」

石川さんは庶民ぶりをアピールした。

「香月に関して調査を進めているんだが……あの男が立山を殺そうとした理由が、やっぱり、今ひとつ判らないんだ」

津島さんが腕組みをする。

「香月はむしろ、立山の側に立って動いてきたと言うべきなのに」

「香月は、誰かの指示を受けて動いている、とこの前おっしゃいましたが」

「そうとしか思えないんだが……香月自身に強い信念を感じないのでね」

「鬼島さんの隣の特別室には立山さんが入院しているんですね。と言うことは、鬼島さんの病室に詰めているのは一石二鳥ですね」

「君にばかり大変な仕事を押し付けて悪いね。われわれ全員では押しかけられないから、ここで待機する。君が休息をとる間の交替要員ぐらいは務まるだろう。君と同じレベルのセキュリティはすぐには手配できない。だから……今日のところは頼むよ。負担をかけてしまって申し訳ないが……」

津島さんは私に頭を下げた。

「ただ、問題は、長期戦になるのか、すぐに敵が動き出すのか判らないって事だ」

「仕方ないです。長期戦のつもりでやりましょう」

私は楽観的だった。なんせあの部屋にはバス・トイレが付いているし、住み心地が良さそうだからだ。ただ……警戒しなければならないので熟睡も安眠も出来ないと思うけれど。

キャンピングカーを出て、病院のコンビニで何か買っていこうとした時、私のスマホが振動した。掛けてきたのは鬼島老人だった。

『済まんが、この病院の電気系統を調べてくれないか』

「はぁ？　何故ですか？」

『何故ですかというやつがあるか。さっき君は全館停電の場合は、とトクトクと言ってたではないか。賊がこの病院を襲う場合、電気系統に工作して停電させるとは思わんのか?』

それはたしかにそうだった。さすがに百戦錬磨の、修羅場を生き抜いてきたであろう人は違う。

『係の者に、あんたに逐一説明をするよう命じておく』

老人は、すでに手筈を整えていた。

私は、地下の「電力集中管理センター」に顔を出し、高圧電気の受電から配電、メンテナンスまで、かいつまんだ説明を受けた。

大きく分けて電気系統は、手術や術後管理に必要な医療機器や、コンピューターなど病院の機能の要である「医療系」、そして、その他照明などの「館内設備系」に分かれている。それぞれバックアップがあり、緊急用に自家発電設備もあるが、大規模災害などで停電が起きた場合、電源は医療系に優先的に振り向けられる、ということが判った。

鬼島老人の「ペントハウス病室」に戻ると、老人は目を覚ましていて、ベッドの上で新聞に目を通していた。

私は、電力集中管理センターで聞いたことをそのまま老人に話した。

「そうか。では、全電源喪失ということになっても、自家発電機が動き出すのだな?」

「はい。自家発電機が動き出して安定するまでちょっと時間がかかりますが、それを埋めるためのバッテリーもあるとのことです。医療系機器はきっちり動き続けます。非常時には、電力はすべて医療系機器に回るということで……」

「そうか。それはよかった」

ほかにも鬼島老人はいくつか私に訊いてきたが、すべて答えることが出来た。

その問答を、菊池さんはお茶を出したり、お見舞いに貰ったお菓子を皿に盛ったりしながらじっと聞いていた。

やがて……夕食の時間になった。菊池さんがかいがいしく老人の食事の世話をし始めたので、私は病院内のレストランで、素早く食事を済ませた。あんまりお腹いっぱいにすると良くないので、オムライスを食べたが、これがとても美味しかった。

食後のコーヒーもそこそこに部屋に戻ると、鬼島老人の食事は終わっていた。

老人はテレビを眺めていたようだが、寝息を立て始めたので、テレビを切り、部屋の明かりも消した。

やがて、菊池さんは部屋を出て行った。洗濯物をランドリーに持っていったのかもしれないし、ゴミをまとめて捨てに行ったのかもしれない。広い病室を綺麗に保つのはなかなか大変だろう。

私は廊下に出て、隣室の立山の病室と、鬼島老人の病室のちょうど真ん中に陣取った。

もちろん、警護のためだ。

ここは夜、お見舞いが出来る時間が過ぎたあとは、定期的に看護師が来るだけだ。それ以外は全員、不審者ということになる。

自分の右に、荷物がいっぱい詰まったバックパックを置いて、座り込んだ。とにかく朝まで私が頑張らなければ。どうしてもという時は、駐車場にいる面々が交代してくれるとはいえ。

警察無線のイヤフォンは常に耳に装着している。何かあったら即応できる。

レシーバーの電池を確認していると激しいノイズが入り、同時に着信があったので、慌(あわ)てて応答した。

「はい、上白河です」

『病院の周辺を警戒している八王子警察署から緊急連絡だ。香月らしき人物の姿を確認したそうだ』

石川さんの声だ。

きたか……。

そう思った瞬間、照明が消え、廊下が真っ暗になった。

館内の照明が一斉(いっせい)に消えたのだ。非常口の表示も消えた。

これは……ブラックアウトか？　そんな筈は無いのに。

「明かりが消えました！　停電のようです！」

『こちらでも見えた。窓の明かりが一斉に消えた。今から調べる』

こういう事もあろうかと、私はバックパックから暗視ゴーグルを取り出そうと……したのだが……ない！　手探りで何度探しても、あの嵩張るゴーグルが手に触れないのだ！

その時、ごく微かな、空気の流れを感知した。ドアが開く気配、続いてカチッとラッチが掛かる小さな音を私の耳は捉えた。誰かが鬼島老人の病室に入った？

「誰ですか？」

誰何してドアに飛びつき、開けようとしたが、開かない。病室のドアは原則として鍵がかからないはずなのに。

一瞬、大声を出していいのかどうか躊躇したが、全館停電という非常時だ。

私はドアをどんどん叩いて「鬼島さん！」と叫んだ。

が、その時。後ろから首にロープが巻き付いて締まり、私は引き擦り倒された。

＊

上白河さんから盗んだゴーグルを装着した私が病室に入ると、バルコニーに面した大きなフレンチウィンドウが開いていた。ベッドの脇には車椅子に座った人影がある。

部屋は真っ暗だが、私は暗視ゴーグルを着けているので、よく見える。盗んだことは悪いが、目的を遂げるためにはどうしても必要なのだ。

全館停電でも、本当なら医療機器のモニターなどが発する光があるはずだった。でも、この病室の機器は、鬼島先生があらかじめ全部プラグを抜いてある。病院自体が山の中にあるので街の灯も入ってこない。ほぼ完全な暗闇だ。

停電状態を作り出したのは、私だ。私が電力集中管理センターに入って、医療系以外の電源はすべて、バッテリーや自家発電機も含めて落としたのだ。

私は、車椅子に座っている人影に近づいた。その人影は、車椅子から動けないように見える。

「立山さんね？」

人影からは、恐怖に晒された生き物の臭いが発散されている。私には馴染み深いものだ。仕事で、お客からの激しい暴力を為す術もなく受ける時、無力な私自身の身体から、その臭いが立ち上ることを、私はよく知っていた。

「お前は誰だ？　これは、どういうことになってるんだ？」

その声は、震えている。もっと震えるがいい。恐怖のどん底に落としてやる。

いや、その前に、この男から、どうしても訊き出さなくてはならないことがある。

この日をどれだけ待ったことだろう。

鬼島先生は約束を守ってくれた。この部屋に立山を呼び出しておくと言ってくれた。その手筈が実行されたのだ。今度こそ、私は本懐を遂げられる。

その時。

誰かの腕が、うしろから首筋に巻き付いた。

息が出来ない。

装着していた暗視ゴーグルもむしり取られた。

ほぼ完全な暗闇の中で襲ってきた何者かに、私は必死に抗(あらが)った。

その時、病室の外からも、激しく争う音が響いてきた。

＊

「やあ、また会ったね。今度こそ、あの日の続きをしよう」

明るく、何気なく、私に話しかける男の声は……香月のものだった。

そう言いながらも容赦(ようしゃ)なく、私の首を絞めてくる。

「本当に愉(たの)しいことはセックスなんかじゃない。そんなことは誰にでも出来る。人体を壊し壊されること。それこそが選ばれた者の快楽だ。君にもそれを教えてあげよう」

君が「壊される」側だけどね、と言いながら香月は腕に力を込めた。

「君は優秀な戦士だけど、実戦経験もないくせに威張(いば)って僕を馬鹿にしたね？　こっちは中東からアフリカ、南米まで、命を張って何人も殺してきたんだ。銃だけじゃなく、ナイフでもね」

私の頰に、冷たいものが触れた。きっとナイフだろう。

チクッと熱感が走り、液体が伝う。香月は嬲るように、愉しむように、ナイフの刃先をごく浅く、私の頰に滑らせた。

「その可愛い顔が、三十分後にはどうなっているかな？　鏡を見たら、きっと殺してって泣いて頼むんじゃないかな？」

嘲笑する声に私の怒りスイッチが入った。実戦経験もないくせに？　こいつは戦地で、無力な女性を嬲り殺しにしてきただけではないか。

地獄の訓練を生き延びた私を舐めるな！　特殊作戦群あがりのプライドが炸裂した。

後ろから首を絞められ、肺にほぼ酸素の無い状態から力を振り絞った私は、全身の筋肉を使って床を蹴った。肩と腰と背中に全力を込め、後ろに突進した。壁にぶつかった瞬間、思いっきり首を後ろに反らせた。

香月の頭部が、私の頭に突き押されて壁に激突する衝撃が伝わった。

僅かに力が抜けた瞬間を逃がさず、私は香月の右腕に思いっきり嚙みついた。この際、腕の肉を嚙み千切っても構うことはない。一切の斟酌無しにぎりぎりと歯に力を込めた。

香月は絶叫した。

「こっこの狂犬女！　なにをしやがる」

やっと首から外れた香月の腕を摑んで引き倒す。ナイフがどこかに落ちる音がした。倒れ込んだ香月を、思いきり踏みつけた。ちょうど足の下には顔があったのだろう、ゴッという嫌な音がした。歯が折れたのだ。もしくは顔面の骨が折れたか。

容赦なく私は攻撃し続けた。

私の脳裏には香月が女性の生首を高々と掲げた、あの画像が浮かんでいた。

こんな男なのだ。殺しても構わない。私はそう決めていた。

しかし香月も、だてに傭兵経験を誇ってはいない。突然足を摑まれて私はバランスを崩し、倒れたところに鈍器のようなものが落下してきた。胸に激痛が走る。

しまった。ニードロップだ。

鈍い音がした。たぶん、あばら骨が折れたのだろう。

＊

病室の暗闇の中で、私は教わった通りの技を使って反撃した。

考えるより先に身体が動いていた。

振り向きざまに肘で相手に一撃を食らわせ、よろけたところを膝蹴りする。顔と思しき辺りに全力で拳を突き出す。

肉と軟骨の手応えがあり、嫌な音がして拳が粘つく液体にまみれた。たぶん相手の血だ。

しかし……私を襲ってきた相手はそれ以上攻撃してこない。

私の反撃が利いて、戦意を喪失したのかもしれない。もしくは、そんなに強い相手ではない？　……ということは、香月ではないのか。

暗闇に目が慣れてきた。外の星明かりが微かに射し込んでいる。

立山は、ベッドの向こうで車椅子に座ったままだ。

襲ってきたのが誰かは、もうどうでも良かった。

どうしても、立山から聞き出さねばならないことがある。

「菊池清一郎。その名前を覚えている？　私の父よ」

「だ、誰のことだ？」

私は落胆した。予想していたこととは言えこの鬼畜外道は、自分が死に追いやった人間の名前さえ忘れていた。

「どこへ行く？　私をどうするつもりだ？」

それには答えず、私は車椅子を押して、開け放たれたフレンチウィンドウからバルコニーに出た。

「今夜こそ、本当のことを話してもらう」

空には、細い細い三日月が出ていた。それだけが光源だ。そのほとんど闇の中で、私は立山に迫った。

「会計監査法人を使って銀行国有化の引き金を引かせたのは、あなたでしょう？　私の父を殺したのも」

立山も目が慣れてきたのだろう。振り返って私の顔を見上げ、「あ」と叫んだ。

「お前か……迎賓館で私を襲ったのは」

「やっと記憶が戻ったのね」

私はそう言って、車椅子をバルコニーのフェンスまで押して行った。

一ヵ所だけフェンスが開き、その向こうの広い屋上に出られる場所があるのだ。

その先にもう柵は無い。

フェンスの向こうに車椅子を押し出した私は、屋上の端まで立山を連れて行った。

私が何をするつもりか悟った立山は見苦しく喚き始めた。

「やっやめろ！　止まれ！　悪かった！　何でもする」

屋上のぎりぎりの端。建物の壁面が地上に向けて垂直に落ち込む、いわば崖のところで、私はぴたり、と車椅子をとめた。フットレストに置かれた立山の足、そして車輪の前半分くらいが既に空中に出ている。

「暴れないでね。ちょっとでもバランスを崩したら、あなた、地上に真っ逆さまよ」

本当のことを言わないと、ここから突き落とすと、私は告げた。

立山は、ごくりと唾を飲み込んだ。

「私は何も怖くない。失うものがもう、何も無いから。あなたを殺すのに、なんの躊躇もないからね」

「判った……いや待て！　私がどうしてこんな酷い目に遭わなければならないんだ！　私は日本経済の舵取りをしてきた、日本経済の陰の司令塔なんだぞ！　時の財務大臣や総理大臣までが私の意見を聞きに来るんだ。そんな私が、お前みたいな、底辺の女に命を玩ばれるなんて、冗談じゃない！」

「日本経済の舵取り？　じゃあ何故、今の日本はこんなことになっているの？　どうして私はこんなに生きるのが苦しいの？」

「それはお前が無能でバカだからだ。自分の能力の足りなさを社会の、国家のせいにするんじゃない！　いいか、私はマクロ経済をやってるんだ。日本国全体の方向を決めて、国際社会の中で生き残っていくための方策をずっと検討し、立案して実行してきたんだ。いちいちお前のようなゴミのことなんて気に掛けてられるはずがないだろう！　十人の幸せのために一人が死んでも、それは仕方がない。それが政治ってものだ」

立山はそう言った。本当にそう言ったのだ。

「思い出した。お前の父親は、あの会計士だろ？　あの会計士が死んでくれて、あの銀行は国有化できて、私の計画通りに展開した。あの会計士は、言わば捨て石だ。歴史が展開する中で、捨て石になった人間は山ほどいる。それのいちいちを気に留めていられるわけがないだろう！　将軍が戦死した兵士をいちいち弔うか？　弔わんよ！」

「あなたにとっては他人でも、私にとってはかけがえのない、ただひとりの父親だった。それに、父親があいう死に方をして、銀行も、監査法人も、きちんとしたことをしてくれなかった。私たち家族は滅茶苦茶になった。それでも捨て石だから仕方がないというわけね！」

「そうだとも！　仕方がないのだ！」

私は立山の車椅子をさらに押した。

「このまま押せば、あなたは車椅子ごと落下する。下は駐車場。この病棟は十二階建て。間違いなく死ぬよね」

「そんなことをして、どうするつもりだ！　お前は殺人犯になるんだぞ！」

「別に。それがどうかしたの？　私はもう、失うものは何も無いって言ったでしょう？」

月明かりに照らされた立山の顔が、歪んだ。そして、異臭が漂った。

立山は、恐怖のあまり、お漏らしをしたのだ。

「あなたのやったことを正直に話しなさい。そうすれば、突き落とすのだけは勘弁してあげてもいい」

「……話せばいいんだな？」

私は頷いた。

＊

いきなり、電気が点いた。

私の目の前には、流血して横たわる香月の姿があった。

血の池の中で、かろうじて生きている、そんな状態だ。

私も、あばら骨を折られて……おそらく、両手の指も何本か折れているだろう。しかし今は興奮しているので痛みを感じない。

しかし、香月は、死のうとしている。

「……おれは……おれがどうして、人を殺してきたか、判るか？」

「誰かに指図（さしず）された？」

喉（のど）に血が溢（あふ）れているのだろう、ごぼごぼと溺（おぼ）れるような声で香月は言った。

「指図はされていない。ヒントは貰った。それをやれば喜ぶ人がいるんじゃないか？　と言われたからだ。背中を押す人はいたが、やったことはおれの判断だ」

「誰があんたの背中を押したの？　もしかして鬼島さん？」

「違う。オヤジはそんなことは言わなかった。あの人は、おれにはずっと無関心だった。それよりも……オヤジに伝えてくれ。最後まで……期待に沿えなくて申し訳なかったと」

「どういうこと？　あんた、ここで誰をヒットしようとしたの？」

私は慎重に、自分の身体のどこが折れているのか確認しながら訊いた。だが断末魔の香月には、私の質問も、もはや耳には入っていないようだ。

「来れば判ると言われた。おれは呼ばれた。初めて直接の連絡を貰った。唯一、初めて、ハッキリと、具体的な指示を受けた。断るわけがない。初めて、認めてくれたと思ったからな……」

認めてくれた？　それはどういう意味だ？

その時、私の頭に、鬼島老人が言った言葉が浮かんだ。

『私の血を受け継ぎ、この世で私に最も似ている人間についても、抹殺する手筈は既に考えている』

え？

ということは、つまり？

鬼島老人はこうも言った。

『私の命は、遠からず、その権利のある者によって奪われることだろう。及ばずながら、そして余りにも遅すぎたが、いささかなりとも正義が行われるよう、私は手を打った』

その時、エレベーターが開いて、津島さんや石川さん、等々力さんが廊下に駆け込んできた。後ろには拳銃を構えた刑事と制服警官が五人ほど続いている。

「香月です！　救命してください！」

私はそう叫んで、鬼島老人の病室のドアを開けようとした。

病室のドアに鍵は付いていないから、何かを使って開かなくしているだけだ。私は何度も体当たりした。振動させていれば、バリケードか何か知らないが突破できるはずだ。

室内で何かが倒れる音がし、不意にドアが開いた。

踏み込んだ私は一瞬立ちすくんだ。

血まみれで床に倒れているのは、ベッドで寝ているはずの老人だった。

バルコニーに続くガラス戸が開け放たれ、カーテンが夜風にひるがえっている。

「君か……」

ひんやりした手が足首を摑んだので、私は飛び上がって驚いた。てっきり、老人がもう死んでいるとばかり思ってしまったのだ。

「あいつは、死んだか？　あいつは、わしが呼び出した……わしの責任で、息の根を止めなければと思ったのだよ……親としての最後の責任を果たさねば、と思ってな……」

屈み込んだ私は老人の顔に耳を近づけた。声が次第に弱ってゆく。

たぶん老人も、もう長くはないだろう。

「これでいい。わしは……あの娘の手に掛かるのが本望だった」

私たちの脇を警官隊、そして裏官房の面々が走り抜けた。開いたガラス戸から外のバルコニーに、そしてさらにその向こうめがけて走ってゆく。

「あの子に、親のカタキを取らせてやろうと思った。そのための段取りをした。わしはまだ寝たきりではなかったが、そういうことにして入院した。暗闇の中で、あの子をわざと後ろから襲った。あの子は反射的に、相手が誰とも判らず、反撃してきた」

息づかいが激しくなった。苦しい息の下で、老人は笑っていた。

「わしの思った通りの展開だ。これまでの一生、わしは多くのことを仕組み、人も、社会も思い通りに動かしてきた。大きく間違ったこともあったが最後はこうして、望んだ通りに出来た。思い残すことは、ない……」

ひゅーっと息を吸い込んだ鬼島老人はそこでカッと目を見開いたまま、動かなくなった。

その時。

「来ないで！　それ以上近づいたら車椅子をここから落とすわよ！」

菊池さんの声だ。私は反射的に立ち上がった。

車椅子？　乗っているのは立山？「親のカタキを取らせてやろうと思った」？

大変だ。菊池さんにこれ以上の罪を犯させるわけにはいかない。

二人殺せば死刑、という言葉が頭に浮かんだ。

鬼島老人の亡骸に一礼した私は窓からバルコニーに走り出た。

広いバルコニーを、更にその向こうの屋上から仕切るフェンスが一箇所、開いている。

警官たちが持ち込んだのだろう、屋上はハンディの投光器で煌々と照らされていた。

光の中には、屋上ぎりぎりの端で車椅子をホールドしている菊池さんと、車椅子に縛り付けられている立山の姿があった。

警官たちはすでに銃を構えている。津島さんが必死に説得を試みていた。

「やめなさい！　そんなことをしても何にもならないですよっ」

「おい、お前たち！　私を助けろ！」

錯乱した立山が絶叫した。

「こんな底辺女に、私のような国家にとって欠くべからざる人材を殺させていいのか？」

……撃て撃て撃ち殺せ！　こんなゴミは駆除してしまえ！　と喚き散らす立山に、菊池さんはゾッとするほど冷たい声で言った。

「そうなんだ？　そういう風に、思ってたんだ。あんたからはもう、訊くだけのことは訊いたから、助けてあげてもいいと思っていたけれど」

菊池さんの手が車椅子をじりじりと押すのが見えた。

「菊池さんやめて！」

私は走り出した。胸が痛い。肺に肋骨(ろっこつ)が刺さっていそうだ。喉に血が溢れてくる感じもある。でもさいわい、脚は無事だ。

「上白河君、下がりなさいっ」

津島さんが叫んだが、私は無視した。

五人の警官が制式拳銃で菊池さんに狙いを定めている。

その射線を遮(さえぎ)るように私は走った。菊池さんを撃たせてはならない。

「菊池さんお願い。あなたは生きて！　生きて幸せになって」

菊池さんの顔にためらいが浮かんだ。

「ねえお願い、うしろに下がって。あなたはそんなことが出来る人じゃない。冷静に人を殺したりしたら……あなたは一生苦しむのよ！」

私には判った。菊池さんの僅かな筋肉の動きから、彼女が後ろに下がろうとしていることが見て取れたのだ。今しかない。私はダッシュして車椅子の背をしっかりと摑んだ。同時に、もう片方の腕で菊池さんの身体を後ろに突き飛ばした。

その時だった。閃光(せんこう)とともに銃声が響いたのは。

「なぜっ！　なぜ撃ったの！」

私の叫びもむなしく、菊池さんは崩れ落ちた。

彼女は後ろに下がろうとしていた。立山を殺す意志は、もう無くなっていたのだ。

駆け寄った私は菊池さんの身体を抱き締めた。白いパーカーの胸がみるみる血に染まってゆく。そんな……動脈が傷ついているなんて……。

菊池さんの震える手が、パーカーの前ポケットから何かを取りだした。

「これを……大事にして。これにすべてが……」

小さな、銀色のＩＣレコーダー。

渡された私は、しっかりと握りしめた。

菊池さんが囁(ささや)く。

「ありがとう……よかった。あなたに逢えて」

その言葉とともに、彼女の全身からゆっくりと力が抜けていった。

菊池さんは、私の腕の中で息絶えた。

救急隊の手で、私は菊池さんから引き離された。

呆然(ぼうぜん)としている私に、耳障(みみざわ)りな声が聞こえてきた。

「死んだのか、そのキチ〇イ女は？　まったく、下級な連中が被害妄想(もうそう)をこじらせると始末に負えない」

「てめえ、今なんつった？」

縛めを外され、倒れた車椅子から解放された立山に、私は飛びかかっていた。永田町でスーツを着て働いてはいても、私の地金は福生のヤンキーだった。

「おい、上白河君、上白河君?」

「上白河君、やめなさい!」

等々力さんと津島さんが呼びかけているが、それは遠くの声のように聞こえた。

「やめろ。やめんか!」

等々力さんに羽交い締めにされて、ハッと気が付いた。私は両手で、立山の首を絞めようとしていた。

「よそう。ダメだ。何の意味もない。そうだろう?」

等々力さんが私の耳元で懸命に囁いてくれて……やっと我に返った。そうして、ポケットの中のＩＣレコーダーを、強く握り締めていた。

エピローグ

数週間後の朝、私が出勤すると、全員が笑顔で迎えてくれた。

「どう？　傷は全部良くなったのか？　その……心を含めて」

等々力さんが柄にもないことをぎこちない表情で訊いてきた。

私は、全身のあちこちを骨折していて……そして、精神的ショックが癒えなくて、しばらく休職していた。

「もう、大丈夫です」

悲しみが癒えたわけではないが。

「ところで、あれは等々力さんの仕業ですよね？　大炎上している、あのリークは」

気になっていたことを訊くと、等々力さんは「さあなあ」とミエミエのトボケ方をした。

菊池さんが射殺された後、彼女がＩＣレコーダーに録音した立山の「自白」音声がネットに流出して、大変な騒ぎになった。

最初、立山は、自分の声ではない、自分が話したものではない、捏造だデッチアゲだと完全否定しようとしたが、問題の音声データを検証した複数の週刊誌が声紋鑑定までした結果、立山本人の音声であることが確定した。

その中で立山は、菊池さんの父親である公認会計士が、実は他殺だったことを認めていた。立山とその監査法人の上層部が実は繋がっていて、日本経済を破壊する引き金を引いたことなどを立山が認め、見苦しく命乞いする音声もはっきり録音されていた。

脅迫による告白は法的な証言・証拠にはならないと立山を擁護する意見もあったが、世論が裁判とは別のものである以上、脅迫云々は問題にされなかった。

そして……過去の事実が徹底調査されて、菊池さんの父親・菊池清一郎は、金融庁も関与する不祥事の証拠を握り、銀行の自己資本に繰延税金資産五年分を算入することと引き換えにそれを黙っている、という交渉をしようとした結果、殺されてしまった……との真相が浮かび上がった。

立山の抗弁に耳を傾ける者はいなくなった。慶明大学名誉教授の称号は剝奪され、別の大学の教授の座も失い、政府の諮問委員なども更迭され、あっけなく世間の表舞台から消えた。事実上の失脚だ。

菊池さんから託されたＩＣレコーダーを「ちょっと貸してくれ。悪いようにはしないから」と持っていったのは等々力さんだった。ネットに上手くリークしてマスコミに食いつかせたのは、等々力さんのお手柄だろう。

「菊池さんに復讐を果たさせるべく、手引きをしたのが鬼島老人だとしても、鬼島老人の罪が消えるわけではない。しかし、その鬼島老人も、自ら望んで菊池麻美子に襲われて亡くなった。自らを処分したんだから、自業自得と切って捨てるのはおかしいか？」

等々力さんは首を傾げた。

「香月のこともありますからね。香月の父親は鬼島老人。製造物責任がありますよ」

石川さんが怒った顔で言った。

「香月が実の父親のことを知ったのはいつかは判りませんが、鬼島は血を分けた我が子の存在を無視し続けた」

有名な歌舞伎役者の親子関係みたいに、と石川さんは言った。

「さすがに留学とか進学、それに起業にも陰で支援していたようですが……しかし、香月としては、影の大物である父親に、なんとしても認めてもらいたかった。それなのに学業は途中で挫折、鬼島のコネで押し込んでもらった大手企業でも使い物にはならなかった。その鬱屈が、香月を異常な嗜好に走らせたのでしょう」

「そうだな。やつは傭兵稼業に入って初めて、自分にも人並み以上に出来ることがある、と気づいたんだろうな」

と等々力さん。

「香月の出自を知って近づいたのは、おそらく立山の側からでしょう」

石川さんが指摘する。

「大物の身内を取り込んでおけば、自分の権力の維持にも都合がいい、と立山は考えた。そして立山から下へも置かぬ扱いを受けた香月は自我を肥大させ、ついには自分と政権の中枢を同一視するまでになったのでしょう。前政権にとって都合が悪い事実を知る人物を次々に消していった理由はおそらくそれです」

津島さんが話を引き取った。

「そうだ。強烈な承認欲求と思い込みから、香月は前政権を守るために殺人を重ねた。それについてはある人物……立山でもなければ、鬼島でもない、前政権に連なる『何者か』が香月の背中を押した可能性が大いにあるが、その『悪魔の囁き』をしたのが誰なのか、現時点ではまだ判らない……おそらくは、『そうすれば鬼島さんが喜ぶ』とでも言ったのだろうが」

津島さんは、いくつかの書類を確認して話を続けた。

「それ以外の殺人についてなら、概ね動機ははっきりしている。すべて立山を守り、キャリウェル・キャッスルに纏わる不祥事を隠蔽するためだ」

上野原先生を始め、「呪われた」番組「ギリギリないと」に出演した有名人や芸能人が次々に「自殺」とされた死を遂げた原因は、上野原先生が書いた、おそらく一つのブログエントリーにあるのだ、と津島さんは言った。

津島さんは、私たちに問題のブログのプリントアウトを見せて、読み上げた。

「……そして私は信じられない話を耳にしました。私が時々、ある番組でご一緒する……名前は出せないのですが、ある芸能人の方が打ち明けてくれたことです。政権と極めて近い大手人材派遣会社、はっきり言ってしまえば『政商』が保有している迎賓館的な施設において、とてもここには書けないような所業が……女性の人権をひどく毀損する行為が行われているというのです。政商が破壊した日本の社会。そこでは非正規雇用の、あらゆるセーフティネットからこぼれ落ちた多くの女性が、今日も苦しんでいます。それではまだ足りないと言わんばかりに、くだんの政商は、なおも女性を苦しめようというのでしょうか……」

たしかに、危険な内容だ。

自己愛が異常に強く、政権と自分を同一視するようになった香月は、手厳しく政権批判をする上野原朋子が大嫌いだった、と津島さんは言った。

「だから彼女のブログを執拗に監視していた。そこにもってきてこの内容だ。立山と親しい、そしてキャリウェル・キャッスルを何度も利用している香月には、『政商』が保有している『迎賓館的な施設』が何処を指すか、『とてもここには書けないような所業』が具体的にはどんな行為か、立ちどころに判ったことだろう。そしてそれを上野原先生にリークした芸能人が、美里まりんであることも。そして危機感を抱いた。あの番組の出演者の間では、この噂が広まっているに違いない、と信じ込み、口封じをしなければならない、と決心した。それが一連の殺人、偽装自殺の動機であろうと考えられる」

しかし、と津島さんは目を赤くした。

「こんなことで、あの聡明で有能で素晴らしい上野原先生を失ってしまった。個人的にも、いや個人的じゃなくても、大きな損失だ。今でも悔しくて仕方がない」

津島さんはプリントアウトをデスクに丁寧に、そっと置いた。

ブログの文章が、まるで、上野原先生その人であるかのように。

「殺害のほとんどは香月独自の判断で実行したので、彼以外には動機が判りにくい結果になったのだと思う」

「香月は、そんなに鬼島老人に拒絶されていたのですか？」

それが私の疑問だった。

「昔から、高い地位にある人物の隠し子の多くが、屈折した人生を歩んだものですがね」

途中から話に加わった室長が口を挟み、私は反論してしまった。

「そんなことで……生まれてくる時に外れくじを引いて毒親に当たったっていう、たったそれだけのことで？」

菊池さんが死に、上野原先生も自殺に見せかけて殺され、津島さんを悲しませている。

「そんな小さなことで……」

「決して『小さなこと』ではありませんよ、上白河君。人は愛情と承認を求めるものです。求めずにはいられない。世の中を動かすものは結局のところ、株価でも生産性でも効率でもない。多くの人が『お気持ち』としてバカにしている感情、それが人の世の幸せをつくるのです。それが今はあまりにも足りない」

室長はそう言うと、窓外に見える総理官邸や国会議事堂を眺めた。

「官僚として、私は国民が幸せに暮らせる世の中をつくりたい。そう願って仕事をしてきました。お世辞にもうまく行っているとは言えないが。でも」

私は諦めませんよ、と室長は言った。

私だって諦めるつもりはない。

いつだって生きるのが苦しかった菊池さん。

彼女のような人が、一人でも少なくなるといい。そう願った。

参考文献

『自衛隊最強の部隊へ―偵察・潜入・サバイバル編』二見龍　二〇一九年　誠文堂新光社
『ザ・必殺術』マスター・ヘイ・ロン／ブラッドリー・J・シュタイナー著　天海陸・田丸鐘訳　二〇〇二年　第三書館
『実戦格闘術ハンドブック』ロン・シリングフォード著 柴田譲治訳 二〇〇一年 原書房
『特殊部隊の装備大図解』坂本明　一九九八年　グリーンアロー出版社
『民間軍事会社の内幕』菅原出　二〇一〇年　ちくま文庫
『犯罪捜査大百科』長谷川公之　二〇〇〇年　映人社
『週刊新潮』二〇二〇年十月八日号
『総理の影―菅義偉の正体』森功　二〇一六年　小学館
『官邸官僚―安倍一強を支えた側近政治の罪』森功 二〇一九年　文藝春秋
『平成金融史―バブル崩壊からアベノミクスまで』西野智彦　二〇一九年　中央公論新社
『りそなの会計士はなぜ死んだのか』山口敦雄　二〇〇三年　毎日新聞出版

この作品はフィクションであり、登場する人物および団体は、実在するものといっさい関係ありません。

政商　内閣裏官房

一〇〇字書評

切り取り線

購買動機（新聞、雑誌名を記入するか、あるいは○をつけてください）	
□（　　　　）の広告を見て	
□（　　　　）の書評を見て	
□ 知人のすすめで	□ タイトルに惹かれて
□ カバーが良かったから	□ 内容が面白そうだから
□ 好きな作家だから	□ 好きな分野の本だから

・最近、最も感銘を受けた作品名をお書き下さい

・あなたのお好きな作家名をお書き下さい

・その他、ご要望がありましたらお書き下さい

住所	〒				
氏名		職業		年齢	
Eメール	※携帯には配信できません		新刊情報等のメール配信を 希望する・しない		

この本の感想を、編集部までお寄せいただけたらありがたく存じます。今後の企画の参考にさせていただきます。Eメールでも結構です。

いただいた「一〇〇字書評」は、新聞・雑誌等に紹介させていただくことがあります。その場合はお礼として特製図書カードを差し上げます。

前ページの原稿用紙に書評をお書きの上、切り取り、左記までお送り下さい。宛先の住所は不要です。

なお、ご記入いただいたお名前、ご住所等は、書評紹介の事前了解、謝礼のお届けのためだけに利用し、そのほかの目的のために利用することはありません。

〒一〇一－八七〇一
祥伝社文庫編集長　坂口芳和
電話　〇三（三二六五）二〇八〇

祥伝社ホームページの「ブックレビュー」からも、書き込めます。

www.shodensha.co.jp/bookreview

祥伝社文庫

政商(せいしょう) 内閣裏官房(ないかくうらかんぼう)

令和 3 年 5 月 20 日　初版第 1 刷発行

著　者　安達(あだち)　瑶(よう)
発行者　辻　浩明
発行所　祥伝社(しょうでんしゃ)
東京都千代田区神田神保町 3-3
〒101-8701
電話　03（3265）2081（販売部）
電話　03（3265）2080（編集部）
電話　03（3265）3622（業務部）
www.shodensha.co.jp

印刷所　萩原印刷
製本所　ナショナル製本
カバーフォーマットデザイン　芥　陽子

Printed in Japan ©2021, Yo Adachi　ISBN978-4-396-34725-3 C0193

祥伝社文庫の好評既刊

安達 瑶

正義死すべし 悪漢刑事

現職刑事が逮捕!? 県警幹部、元判事が必死に隠す司法の〝闇〟とは? 別件逮捕された佐脇が立ち向かう!

安達 瑶

殺しの口づけ 悪漢刑事

不審な焼死、自殺、交通事故死……。不可解な事件の陰には謎の美女が。佐脇の封印された過去が明らかに!?

安達 瑶

生贄(いけにえ)の羊 悪漢刑事

警察庁への出向命令。半グレ集団の暗躍、庁内の覇権争い、踏み躙(にじ)られた少女たちの夢——佐脇、怒りの暴走!

安達 瑶

闇の狙撃手 悪漢刑事

汚職と失踪——市長は捕まり、若い女性は消える街、眞神(まがみ)市。乗り込んだ佐脇も標的にされ、絶体絶命の危機に!

安達 瑶

強欲 新・悪漢刑事

最低最悪の刑事・佐脇が帰ってきた! だが古巣の鳴海(なるみ)署は美人署長の下、人心一新、すべてが変わっていた……。

安達 瑶

洋上の饗宴(上) 新・悪漢刑事

休暇を得た佐脇は、豪華客船に招待される。浮かれる佐脇だったが、やはりこの男の行くところ、波瀾あり!